novum **🖊** pro

LEXA STEIN

die Gegenwart – **BAND 1**

VERLANGEN UND HOFFNUNG

novum pro

www.novumverlag.com

Bibliografische Information
der Deutschen Nationalbibliothek:

Die Deutsche Nationalbibliothek
verzeichnet diese Publikation in
der Deutschen Nationalbibliografie.
Detaillierte bibliografische Daten
sind im Internet über
http://www.d-nb.de abrufbar.

Gedruckt in der Europäischen Union
auf umweltfreundlichem, chlor- und
säurefrei gebleichtem Papier.

© 2023 novum Verlag

ISBN 978-3-99146-371-9
Lektorat: Erika Möstl
Umschlagfoto:
Wirestock I Dreamstime.com
Umschlaggestaltung, Layout & Satz:
novum Verlag

www.novumverlag.com

Dies ist mein erstes Buch, wie ich dazu gekommen bin, ist mir auch schleierhaft. Ich hatte immer den Wunsch gespürt, Wörter auf das Papier zu bringen, nur fehlte immer irgendetwas, bis jetzt ... Bei diesem Buch habe ich mich einfach hingesetzt und geschrieben, es kam mir so leicht von der Hand, es sprudelte aus mir heraus. Die Charaktere haben sich frei entwickelt. Ich wusste bis zur letzten Seite nicht, wie das Buch wird beziehungsweise wie es endet. Die Geschichte hat sich im Laufe der Zeit ergeben, das fand ich faszinierend. Ich hoffe, ihr habt genauso viel Spaß beim Lesen, wie ich beim Schreiben hatte! Dies ist das erste Buch der Trilogie „Gegenwart, Vergangenheit, Zukunft".

Was wird mir jede Stunde so bang? –
Das Leben ist kurz, der Tag ist lang.
Und immer sehnt sich fort das Herz,
Ich weiß nicht recht, ob himmelwärts;
Fort aber will es hin und hin.
Und möchte vor sich selber fliehn.
Und fliegt es an der Liebsten Brust,
Da ruht's im Himmel unbewusst;
Der Lebestrudel reißt es fort,
Und immer hängt's an einem Ort;
Was es gewollt, was es verlor,
Es bleibt zuletzt sein eigner Tor.

Johann Wolfgang von Goethe

Kapitel 1

Lisy

(November 2021)

Es ist Ende November und obwohl es noch Herbst ist, fühlt es sich an diesem Morgen wie Winter an, die Temperaturen sind um den Gefrierpunkt, ich kann die Kälte schon spüren, obwohl ich mich noch unter meiner Decke im Bett befinde. Ich kann mit geschlossenen Fenstern nicht schlafen, deshalb, egal, ob Sommer oder Winter, das Fenster ist nachtsüber immer auf.

Der Wecker läutet, sechs Uhr, es ist Zeit aufzustehen, einfach zu früh für mich, eine Stunde mehr wäre perfekt, aber ich zwinge mich trotzdem aus dem Bett, ein neuer Tag beginnt und ich möchte ihn nicht unnötig vertrödeln ...

Ich habe immer den gleichen Ablauf und schon eine kleine Veränderung bringt mich durcheinander. Der Mensch und seine Gewohnheiten, immer diese Suche nach Sicherheit und Beständigkeit, da sind sie wieder, fest verankert und alltäglich wiederkehrend.

Mein Mann und ich teilen uns das Bad, wir haben zwei Waschbecken und zwei Spiegel, perfekt, wir kommen uns nicht in die Quere und können schon langsam den Tag planen und uns darauf einstimmen. Wir müssen immer schmunzeln, wenn wir uns das erste Mal am Tag unterm grellen Licht des Badezimmers ins Gesicht schauen, ich habe den Eindruck, es wird jedes Mal schlimmer! Die Haare stehen wirr, die Augen noch voll Schlaf und der Gang sagt alles über deine momentane körperliche Verfassung, sagenhaft! Zum Glück ist dies nur ein Augenblick, denn nach Zwanzig Minuten fühlt man sich wieder (halb) frisch und munter (wo ist mein Kaffee?!). Liebe Leute, altern ist unmenschlich!

Ich mag es, wenn das Haus gerade erwacht, draußen ist es noch dunkel, die ersten Lichter werden angemacht, die Kaffeemaschine brummt schon und begrüßt mich mit ihrem lächelnden ‚Hallo‘, meine Stimmung hebt sich augenblicklich. Aus dem Radio ertönen die bekannten Lieder und da fange ich an mitzusingen. Ich bin kein Morgenmuffel, im Gegenteil, ich würde sagen, ich begrüße den Tag, denn ich hasse die Nacht, schlafen ist für mich reine Verschwendung! Ich bin also in neunundneunzig Prozent der Fälle beim Aufstehen gut gelaunt und so ist es auch an diesem Morgen!

Auch da muss ich mich an meinen Plan halten, damit alles reibungslos von der Hand geht und ich pünktlich aus dem Haus gehen kann. Sechs Uhr fünfundvierzig, die Kinder sind jetzt dran! Obwohl meine Jungs (vierzehn und sechszehn) Wecker haben, muss ich sie immer noch morgens wecken. Es macht mir aber nichts aus, ich liebe es, sie mit einem „Good Morning!“ aus dem Schlaf zu holen. Meine Kinder sind definitiv nicht wie ich, sie sind Morgenmuffel durch und durch. Ich muss ein zweites Mal nachhaken, bis ich ein leises"Hmmm!"höre, dann bin ich sicher, dass sie meine Anwesenheit bemerkt haben. Sie haben auch ihren festen Ablauf morgens, da mische ich mich lieber nicht ein, denn die Katastrophe wäre sonst vorprogrammiert! Ich sehe nur, wie sie wie kleine Roboter aus dem Bett kriechen und sich langsam Richtung Bad bemühen. Geschafft!

Ich höre kurz meinen Mann rufen, dass er zur Arbeit fahren will, und eile herunter, um ihn noch zu verabschieden. Dies ist ein Ritual bei uns, egal für wie lange und wann einer von uns die Tür passiert, man könnte sagen, ich bin abergläubig, und ja, ich würde hier vielleicht sogar zustimmen, obwohl ich sonst daran keine Gedanken verschwende. Ich bin eigentlich ein realistischer, bodenständiger Mensch mit einer guten Portion Verrücktheit. So würde ich mich beschreiben. Sind wir nicht alle ein bisschen …? Sie wissen schon …! So bin ich einfach, diese Seite gehört zu mir und macht mich aus, ich gehe stets positiv durchs Leben und genieße diese immer wiederkehrende Unbeschwertheit, diese ‚quardeur de folie‘, wie die Franzosen sagen würden!

Nun bin ich auch so weit und flitze, nicht ohne meine Kinder ein letztes Mal in Augenschein genommen zu haben, aus dem

Haus. Die Dunkelheit und die Kälte packen mich wieder. Es ist schon einiges los auf den Straßen, ich habe gehört, November ist der Monat, in dem die meisten Leute Auto fahren. Den Eindruck habe ich auch und frage mich, wie lange ich heute zur Arbeit brauchen werde ... Trotz allem genieße ich diese Zeit, allein im Auto, ich kann meine Gedanken laufen lassen, den Tag organisieren und den Morgen nochmal Revue passieren lassen. Das Radio ist auch hier an und lullt mich mit seiner Musik ein, es spielt nur im Hintergrund, nur so viel, dass ich es wahrnehme, aber es meinen Gedankenlauf nicht unterbricht. Ich habe meinen Kaffeebecher dabei und freue mich bei jeder roten Ampel, daraus schlürfen zu können, die lebendige Flüssigkeit breitet eine Wärme in mir aus und ich merke, wie ich dabei immer wacher werde. Morgens auf den Straßen trifft man meistens auf zwei von Kategorien Menschen: Die Schnecken, die sich partout nicht vom Platz zu bewegen scheinen und stur ihre fünfzig Kilometer pro Stunde halten, obwohl es schon längst das Siebzig-Kilometer-pro-Stunde-Schild gab, und dann die Hasen, die es nicht abwarten können auf der Arbeit anzukommen, wie sie ankommen, ist ihnen anscheinend egal, denn sie nehmen alle Risiken auf sich. Ich fühle mich weder von der einen noch von der anderen Kategorie zugehörig, ich würde sagen, ich befinde mich genau in der Mitte, denn ich bin nicht übermütig: ‚Hallo, ich achte auf mein Leben!' (auf das von den anderen mit inbegriffen), bin aber auch nicht zu vorsichtig, die Schnecken machen mich eher rasend. An diesem Morgen bin ich leider einer Schnecke ausgeliefert, ich kann sie leider nicht überholen, da die Straßen voll sind. Ich sehe die Minuten verstreichen, es brodelt in mir, meine gute Laune droht zu kippen, ich werde zum Tier. Hat er kein Gas-Pedal?! Soll ich ihn etwa anschubsen, damit er Antrieb bekommt ...? Oh Mann, ich komme zu spät zur Arbeit! So ist es jeden Morgen, wie Roulette spielen, man weiß nie, was einen erwartet. Somit bin ich jeden Tag voller Hoffnung, es könnte heute besser werden als gestern ...

Bei diesem Tempo bleibt mir nur eins, damit ich nicht fix und fertig ankomme, abschalten! So bemerke ich nun, wie manche schon ihre Häuser dekoriert haben, ich muss sogar hin und wieder lachen, wenn ich sehe, wie kitschig es manchmal aussieht. Der Kampf der Lichter hat angefangen, die Konkurrenz ist groß! Die Geschäfte machen schon auf und die ersten Menschen holen sich frische Brötchen für den Tag. Ich erspähe hier und da eine alte Dame hinter den Gardinen, wie einsam mag sie sein? Wenn sie schon so früh am Morgen sich die Zeit mit Beobachten der Autos vertreibt. Nicht selten bekomme ich für einen Moment einen kleinen Eindruck von dem Leben der Leute, wie sie eingerichtet sind vor allem. Ich würde mich nicht als Voyeur bezeichnen, aber ein kleiner Blick in das Leben anderer, ihnen einen winzigen Moment stibitzen, eine kleine Gefühlsregung zu erspüren, finde ich faszinierend und aufregend zugleich.

Es ist halb acht, der Sender meldet die Nachrichten, ich höre kurz zu, ich weiß schon was kommt, Fallzahlen gehen drastisch nach oben! Verrückte Zeit! Seit gut zwei Jahren leben wir mit gedrückter ‚Pause'-Taste, jeder hält den Atem an und wartet, ob nicht irgendwann die Nachricht kommt, die uns unsere Freiheit wiedergibt. Aber sie kommt nicht, auch heute nicht … Die Pandemie hat uns fest im Griff. Es ist seltsam, ich kann mich kaum noch erinnern, wie es ‚vorher' war, vor dem siebzehnten März zweitausendzwanzig, vor dem ersten Lockdown! Wie leicht das Leben war, wie unbeschwert. Es wird einem erst bewusst, wenn die Leichtigkeit nicht mehr da ist. Obwohl ich eigentlich kein Party-Mensch bin und ich meine Freunde an einer Hand abzählen kann, macht mir diese Zeit langsam zu schaffen. Ich fühle den ständigen Druck auf den Schultern, dieses Damokles-Schwert, wie ich es gern nenne. Dabei immer der Gedanke, wann wird es mich treffen? Nun heißt es, wir müssen, einmal mehr, alle Kontakte einschränken. Ich seufze laut vor mich hin, wir wollten doch dieses Silvester mit Freunden feiern, macht uns Corona wieder einen Strich durch die Rechnung? Früher war das Wort Pandemie ein Fremdwort, keiner von uns konnte sich vorstellen, was so ein Ausbruch mit sich bringen würde. Im Mittelalter war eine Pandemie gang und gäbe, sie waren auch von großem Ausmaß, aber noch lange nicht wie heute, wo jeder verreist. Es ist heute unaufhaltsam, früher hat man die betroffene Stadt niedergebrannt, das war es. Heute kann man nur an den Verstand jedes Einzelnen appellieren. Sind wir mittendrin oder erst am Anfang? Das weiß keiner. Dabei denke ich immer an die Kinder, sie werden es nicht leicht haben in so einer Gesellschaft. Das soziale Leben wird erschwert.

Das alles kommt mir in den Sinn, während ich zur Arbeit fahre. Schnell parke ich vor dem Gebäude, wo sich mein Büro befindet. Ich freue mich, meine Kollegen zu sehen, der Tag kann beginnen!

***

Ich liebe meine Arbeit! Echt, sie macht mir richtig Spaß! Ich arbeite als Innenarchitektin in der Stadt Düsseldorf. Es ist viel zu tun, denn diese Branche boomt richtig! Da die Menschen nicht mehr verreisen können, wie sie wollen, fangen sie an, über ihr Zuhause nachzudenken, und viele bitten um Unterstützung bei der Renovierung ihres Heimes. Das Beste daran, finde ich, ist die Vielseitigkeit, die diese Arbeit mit sich bringt, zudem kann ich meiner Kreativität freien Lauf lassen. Der Kundenkontakt ist auch nicht zu verachten, ich liebe es, direkt mit Kunden zu kommunizieren, der Austausch ist mir wichtig, man lernt dabei so viel! Jeder Tag ist anders, denn jede Situation ist anders und bringt hin und wieder auch Anekdoten mit sich. Es entstehen auch manchmal peinliche Situationen ...

***

Nun, heute Vormittag haben meine Kollegin und ich einen Termin in der Innenstadt, bei einer Dame, die kurz vor Weihnachten eröffnen möchte. Da die komplette Inneneinrichtung noch fehlt, braucht sie Unterstützung. Es ist kein üblicher Laden, die Dame verkauft Steine, ja, richtig, Steine! Fossilien und Kristalle aller Art. Sie hat aus ihrer Passion ihren Beruf gemacht, sie gibt auch Seminare und vermittelt dadurch ihr Wissen darüber. Ich hatte bis jetzt nur telefonisch mit ihr Kontakt, denn in der jetzigen Situation und der täglich verschlechterten Lage dürfen wir vorerst nicht direkt zum Kunden. Erst wenn wir den Auftrag haben, dann gilt die Regel *auf beiden Seiten zwei G+*, also genesen oder geimpft, zudem getestet, damit jeder von uns sich frei bewegen kann. Es ist zwar umständlich und die Kunden sind manchmal genervt davon, haben aber meistens Verständnis. Ein Besuchstermin kann bis zu drei Stunden dauern, je nachdem, was vor Ort noch zu tun ist. Denn, sollte der Kunde die Maße seines Objekts nicht haben, müssen wir alles vermessen.

***

Zum Glück hat diese Dame uns schon die Daten zugeschickt sowie ein paar Fotos. Der Laden ist ziemlich klein, aber geräumig. Man kann daraus viel machen, es wird ein interessantes Projekt, ich freue mich schon darauf!

Der Termin ist um zehn Uhr, deshalb fahren wir schon um neun Uhr los. Es gibt nichts Schlimmeres, als zu spät einzutreffen. Ich lasse mir den Weg vom Navigationssystem zeigen, ich möchte kein Risiko eingehen. Meine Kollegin plappert wie immer fröhlich vor sich hin und erzählt, wie spannend ihr Leben ist, sie scheint mit ihrem jetzigen Freund glücklich zu sein! Ich mag sie, sie ist immer gut gelaunt, hat einen tollen Humor. Wir verstehen uns prächtig, nicht nur auf der Arbeit. Wir lachen viel über die Geschehnisse unseres Alltags, wir gehen regelmäßig zusammen aus, mit ihr kann ich über alles sprechen, sie ist eine gute Zuhörerin.

***

Endlich sind wir da, was für eine Fahrt! Wir parken im Parkhaus um die Ecke, anders ist es in dieser Stadt nicht möglich, einen Platz zu finden. Auf dem Weg zur Boutique schauen wir uns die Umgebung an, die Schaufenster anderer, nehmen die nahe gelegener Läden in Augenschein, um einen Eindruck der Gegend zu gewinnen und um unsere Idee abzurunden, denn der Laden soll hervorstechen, pfiffig sein. Schließlich sollen sich die Kunden in den Räumlichkeiten wohlfühlen. Frau Schmitt erwartet uns bereits am Eingang. Sie ist klein, elegant, hat ein sehr freundliches Wesen, ich würde sie auf Mitte fünfzig schätzen. Nach einer kurzen Begrüßung und dem üblichen Zeigen unseres Sanitärpasses sowie Tests führt sie uns durchs Geschäft. Sie erzählt uns gleichzeitig, was sie sich vorstellt. Was wir noch nicht wussten, ist, dass sie ganz hinten, hinter einem Vorhang, noch ein Zimmer hat, wo sie gern ihr Atelier einrichten sowie Seminare beziehungsweise Vorlesungen geben möchte. Wir schauen uns alles ganz genau an und fangen an, in Gedanken Pläne zu skizzieren. Emilie, meine Kollegin, hat schon ihren Block herausgeholt. Sie fängt mit dem Nachmessen an. Wir haben immer den gleichen Vorgang, irgendwann habe ich einen Fragebogen erstellt, den wir immer dabei haben. Damit fangen wir generell an, es sind allgemeine Fragen wie ‚Was sind Ihre Lieblingsfarben? Welche Materialien und Stoffe bevorzugen Sie?‘.

∗ ∗ ∗

Nach zwei Stunden sind wir fertig und haben eine Menge Input im Gepäck. Es wird am Ende fantastisch aussehen!

Unser nächster Termin ist um vierzehn Uhr, so haben wir noch etwas Zeit einen Lunch zu uns zu nehmen, bevor wir uns im Chaos der Straßen wiederfinden. Beim Mittagessen gehen wir noch unsere Notizen kurz durch und ergänzen hier und da, was uns noch einfällt. Im Auto angekommen, holt Emilie schon die nächste Mappe heraus und fängt an vorzulesen, was wir an Informationen über das nächste Objekt haben. Es befindet sich in Meerbusch in der Luxusgegend, wie ich sie nenne. Es handelt sich um ein Privathaus, dreihundert Quadratmeter groß. Frau van der Falk hat uns kontaktiert, auf Empfehlung einer ihrer Freundinnen, für die wir vor zwei Jahren gearbeitet haben. Ich finde das immer sehr befriedigend, es gibt mir das gute Gefühl, dass ich doch das Richtige tue und die Menschen glücklich mache. Jedenfalls, als wir in die angegebene Straße einbiegen, sind wir geflasht von der Architektur der Häuser. Ein Haus schöner als das andere, sie glänzen um die Wette. Wir sind voller Bewunderung!

Da sehe ich die Hausnummer ... „Wow!", sage ich begeistert. Sie haben bestimmt einen Gärtner, ist mein erster Gedanke. Das Paar möchte das Erdgeschoss neu gestalten, ich bin sehr gespannt auf das, was mich erwartet und Emilie rutscht schon total nervös auf ihrem Sitz hin und her.

Wir steigen aus dem Auto und kommen aus dem Staunen nicht mehr heraus, sie haben sich was einfallen lassen, es ist sehr schön, gepflegt, hat Stil, nicht übertrieben. Eine Mischung aus Moderne und Romantik, großartig! An der Tür angelangt setzen wir unsere Masken auf, kurz nochmal den Namen prüfen und schon setze ich den Finger an die Klingel. Eine schöne Melodie ertönt, gleich darauf geht die Tür auf und da steht...er!

Ich hatte gar nicht damit gerechnet, einen Mann zu treffen, der mich vom Hocker haut. Ich fühle mich überrumpelt. Ich gucke den Mann an, unsere Blicke treffen sich, mir wird plötzlich heiß, meine Hände werden feucht und ich spüre ein Kribbeln in der Bauchgegend ... Oh Gott! Wann habe ich dieses Gefühl das letzte Mal empfunden? Es ist auf jeden Fall ewig her. Dieser Moment kommt mir wie eine Ewigkeit vor, ich bekomme nur kurz mit, wie Emilie anfängt, ihm zu erklären, wofür wir hier sind und dass wir mit Frau van der Falk einen Termin haben. Er dreht langsam den Kopf zu Emilie und scheint überrascht, anscheinend wusste er von dem Termin nichts. Endlich finde ich meine Stimme wieder und frage ihn, ob seine Frau da ist, sollten wir ungelegen kommen, würden wir selbstverständlich einen neuen Termin ausmachen.

„Keineswegs, die Damen!" Er schaut mich dabei direkt an.

Er ist groß, ich würde ihn auf einen Meter neunzig schätzen, hat dunkle Haare und, oh mein Gott, so schöne grüne Augen! Ich könnte mich darin verlieren, ich muss mich kräftig ermahnen!

Was ist mit dir los? Du bist doch verheiratet. Er ist es offensichtlich auch, hör auf damit ... Er bittet uns herein, dabei müssen wir an ihm vorbei, wir tragen immer noch unsere Masken.

14

Hmm, er riecht so gut … Es ist mir so peinlich, diese Gedanken zu haben, ich merke, wie mir die Röte ins Gesicht läuft und, was soll ich sagen, er merkt es. Er lächelt mich an! Oh weh! Ich kriege weiche Knie. Ich muss mich unbedingt zusammenreißen, so geht es nicht weiter.

Nächstes Jahr habe ich meinen fünfundzwanzigsten Hochzeitstag, fällt mir ein, ich halte mich daran fest, wie an einem Anker, und ringe nach Fassung.

Der Eingangsbereich des Hauses ist gigantisch, mittendrin befindet sich eine Treppe nach oben. Auf der linken Seite gelangt man zur Küche, er zeigt uns dort den Weg, wir folgen, ich bin damit beschäftigt meine Gedanken zu ordnen, so viele Eindrücke und sie sind nicht nur dem Haus geschuldet! Die Küche ist geräumig und steht offen zu einer fantastischen Essecke und einem imposanten Wohnzimmer. Da ist schon wieder diese Mischung aus Moderne, Romantik und jetzt kommt noch Antike hinzu. Ich würde daran nichts ändern wollen, es ist schon gut aufeinander abgestimmt und es sieht fantastisch aus! Ich bin kurz davor, meine Meinung zu äußern, als ich eine Bewegung an meiner Seite bemerke, er steht neben mir und beobachtet mich, sofort fühle ich mich wieder wie ein Schulmädchen, das gerade ihren Prinzen gefunden hat.

„Gefällt Ihnen, was Sie sehen?", fragt er mich, seine Augen fixieren mich unentwegt.

Und ob! Ich öffne meinen Mund, aber es kommt nichts heraus, Emilie antwortet fröhlich, so wie sie immer ist: „Es sieht einfach fantastisch aus!" Sie merkt gar nicht, wie verlegen ich gerade bin.

Er merkt es aber, nickt zufrieden und wendet sich von mir ab. Was für eine Idiotin bin ich denn.

Ein Räuspern lässt mich kurz zucken … Ich drehe mich um, da kommt sie, Frau van der Falk, wunderschön, blond, blaue Augen, wie aus einer Modezeitschrift entsprungen, nur ist mir irgendetwas an ihr unangenehm. Es läuft mir kalt über den Rücken. Sie schaut mich eiskalt an.

Oje! Es wird mit ihr nicht einfach sein. Sie begrüßt uns, ihre Stimme ist klar, stark, einen Tick zu hoch, würde ich behaupten. Sie funkelt ihren Mann an. Ich merke die Spannung zwischen den beiden. Er hält ihrem Blick stand, bis sie sich von ihm abwendet. Er verlässt den Raum und ich merke wie diese Verbindung, die sich komischerweise zwischen uns nach so kurzer Zeit gesetzt hatte, gekappt wird. Es fröstelt mich mir bleibt nur ein Gefühl des Unwohlseins, das ich schnell zur Seite zu schieben versuche. Ich habe einen Job hier zu erledigen, ermahne ich mich noch mal.

Emilie hat gar nichts bemerkt, sie ist so fasziniert von der Schönheit des Hauses, dass sie alles um sich herum gar nicht wahrnimmt, sie ist in ihrem Element, in ihrer Blase. Nun hat sie sich ebenfalls Frau van der Falk zugewandt und fängt an, ihr die üblichen Fragen zu stellen. Die Eigentümerin zeigt uns das Erdgeschoss und erklärt uns, wie sie es sich gern wünscht. Sie möchte alles modern gestalten, mag *diese alten Möbel*, wie sie sie bezeichnet, nicht mehr, es sind Erbstücke aus der Familie ihres Mannes, und für ihren Geschmack passen sie ganz und gar nicht ins Bild. Sie will es hell, am liebsten alles weiß, viel Metall, weiße Felle und Teppiche. Praktische Schränke beziehungsweise Sideboards in Hochglanz. Ich verstehe, was ihr vorschwebt, in welche Richtung sie gehen möchte, ich finde es nur sehr schade, dass das Haus dadurch an Gemütlichkeit und Geborgenheit verlieren wird.

Deshalb versuche ich, ihr das zu erklären, das passt ihr aber gar nicht. Sie meint, wenn ich mich nicht auf die Wünsche meiner Kunden einlassen kann, dann könnte ich direkt wieder die Tür nehmen. Zicke! Wer ist denn hier der Profi?!

„Elena, ich finde, Frau Anderson hat recht, warum hörst du nicht einfach auf diese Fachleute, sie haben viel mehr Erfahrung in dem Bereich als du, dafür hast du sie doch kommen lassen, oder nicht?", mischt sich ihr Mann ein.

Er kommt gerade aus einem Raum in der hintersten Ecke des Hauses. Es kribbelt wieder in meinem Bauch und meine Nackenhaare stehen zu Berge, er stellt sich hinter mich, ich fühle wieder diese Verbindung, wie kann es denn sein? Ich meine, ich weiß, dass hin und wieder Menschen eine gewisse Anziehungskraft ausüben können, aber das hier entzieht sich komplett meinem Verständnis.

Ich höre mich nur sagen: „Frau van der Falk, ich verstehe Sie absolut, wir sind immer bedacht, die Wünsche unserer Kunden zu respektieren, wir sind ebenfalls da, um unsere Kunden zu informieren und zu beraten, wenn wir merken, dass ihre Wünsche nicht optimal zum Objekt passen; sollten Sie mit unserer Arbeit nicht zufrieden sein, haben Sie immer die Möglichkeit, in der Pre-Phase abzubrechen. Vielleicht möchten Sie nochmal darüber nachdenken und sich mit Ihrem Mann beraten, bevor wir anfangen?"

„Sagen Sie mir nicht, was ich zu tun und zu lassen habe!", faucht sie mich an.

Emilies verdutzter Blick wechselt zwischen mir und Frau van der Falk. Ich sammle in Ruhe meine Sachen und gehe schon Richtung Ausgang. Meine Kollegin schaut mich entgeistert an, denn sie hat mich noch nie so erlebt. Ich möchte nicht noch mehr Unruhe stiften und fühle mich schon so sehr unwohl dabei. Ich will einfach nur gehen. Frau van der Falk hat meine Reaktion nicht erwartet und sieht mich einen Moment lang verblüfft an.

„Wo wollen Sie denn hin?", fragt sie etwas barsch.

„Wir gehen, Frau van der Falk, keineswegs werde ich zulassen, dass Sie mit meiner Kollegin oder mit mir so sprechen!", kontere ich ausfallend ruhig.

Ich drehe mich um und lasse sie stehen. Emilie an meinen Fersen und Herr van der Falk hinterher, erreichen wir die Tür. Als ich die Klinke erfasse, fühle ich, wie seine Hand meine ergreift. Ein Lauffeuer bahnt sich seinen Weg durch meine Adern und lässt mich für einen Moment erstarren. Ich nehme meine Hand zurück und gucke ihn argwöhnisch an. Diese Augen! Wie kann man bei dem Anblick ruhig bleiben? Er lächelt, wie ein Star, ich muss gerade schmunzeln.

„Ich muss mich für meine Frau entschuldigen, sie hat wohl einen schlechten Tag!", sagt er freundlich.

Ich muss kurz kichern, ja, kichern! Wie unmöglich!

„Ich melde mich bei Ihnen", sagt er dann.

„Brauchen Sie meine Telefonnummer?", frage ich ihn.

„Nicht nötig, ich habe sie bereits." Er grinst mich an.

Ich schaue ihn überrascht an, denn ich hatte nur mit seiner Frau zu tun gehabt, ich kann mir nicht vorstellen, dass sie ihm meine Nummer gegeben hat, zudem erweckte er den Eindruck, als ob er von unserem Termin nichts wusste! Ich erwidere aber nichts und gehe, Emilie mir immer noch folgend. Erst jetzt bemerke ich, dass sie die letzte Viertelstunde absolut nichts gesagt hat. Es ist überhaupt nicht ihr Stil. Ich blicke sie an, sie ist blass und schaut komisch drein.

***

„Emilie? Alles klar bei dir?" Wir sind gerade ins Auto eingestiegen. Sie dreht sich zu mir um. „Was war das denn, bitte schön? Kennst du etwa diesen Typen?", fragt sie mich aufgeregt.

Jetzt bin ich richtig überrascht, denn ich dachte, sie würde auf das Benehmen von Frau van der Falk kommen. Ich wusste nicht, dass sie das zwischen mir und ihm etwas mitbekommen hatte. Mist, falsch gedacht!

Ich lasse mir meine Nervosität nicht ansehen und antworte frech: „Was meinst du damit? Es war ein Desaster gerade, sie ist eine echte Zicke. Nervig, dass wir wegen so einer Tussi so viel Zeit verloren haben!"

Ich bin richtig sauer und frustriert, denn den Auftrag können wir uns jetzt abschminken.

„Na ja, irgendwie kann ich die Frau verstehen, ihr Mann hat wohl ein Auge auf dich geworfen, es war nicht zu übersehen, wie es zwischen euch geknistert hat, der Raum war voller Elektrizität!", stellt sie fest und macht dabei eine umfangreiche Bewegung mit den Händen, um ihren Worten mehr Kraft zu verleihen.

Es scheint so, als ob ich daran schuld wäre, dass das Projekt gescheitert ist!

„Jetzt übertreibst du aber, ich habe ihn zum ersten Mal in meinem Leben gesehen, zugegeben, er ist attraktiv, aber hallo?! Ich bin verheiratet und glücklich mit meinem Mann. Wie es mir scheint, überfällt er eher alles, was weiblich ist. Sie scheint ihn da bestens zu kennen, daher die Spannung zwischen ihnen, aber lass mich bitte daraus, ich habe nichts damit zu tun!"

Für mich ist das Gespräch erledigt, ich habe nichts mehr hinzuzufügen.

Aber Emilie ist anderer Meinung: „Findest du das nicht komisch, wie er auf dich zugegangen ist? Und deine Reaktion darauf? Ich habe dich noch nie so verlegen erlebt!"

Das ist ihr auch nicht entgangen. Oh Mann! Wie peinlich!

„Hör zu!", sage ich. „Ich möchte mir jetzt keine Gedanken darüber machen, lass uns zurück ins Büro fahren und mit dem ersten Projekt anfangen, ja? Das hat jetzt Priorität, ich garantiere dir, von diesen Leuten hier werden wir nichts mehr hören."

Wenn es eine Fliege im Auto gegeben hätte, hätten wir sie in diesem Moment gehört. Keine von uns sagt was, in Gedanken versunken, bemerken wir nicht mal, dass es angefangen hat zu schneien. Der Winter macht sich breit! Es wird schon langsam wieder dunkel, das Display zeigt sechzehn Uhr an. Ich hasse den Winter mit seiner Kälte, seiner Dunkelheit. Ich habe gerade den Eindruck, in ein Loch zu fallen, nach den heutigen Ereignissen und den ganzen Aufregungen diese Ruhe kommt mir unheimlich und drückend vor. Ich breche als Erste das Schweigen.

„Es tut mir leid, dass ich dir gegenüber so ruppig war, es war keine Absicht, der Nachmittag ist irgendwie doof gelaufen ...!", sage ich versöhnend.

„Schon vergessen!" Sie lächelt mich an. „Wollen wir gleich noch was zusammen trinken gehen?", fragt sie mich.

Ich bin eigentlich nie sehr spontan, habe aber hier den Eindruck, etwas wieder gut machen zu müssen, deshalb sage ich zu. Ich werde Tom, meinen Mann, von der Arbeit aus noch kurz anrufen und Bescheid geben, dass ich heute Abend etwas später heimkomme. Es ist nie ein Problem bei uns, wir haben absolutes Vertrauen ineinander und machen keine große Sache daraus, wenn einer von uns mal mit Freunden ausgehen will. Nächstes Jahr sind wir fünfundzwanzig Jahre verheiratet, wird mir nochmal bewusst, zum zweiten Mal heute! Wahnsinn! Ich war gerade mal dreiundzwanzig Jahre alt, als er um meine Hand angehalten hat. Wir hatten uns auf einer Party bei Freunden zum ersten Mal gesehen, es hat sofort gefunkt zwischen uns, wir waren auf Anhieb so vertraut miteinander, seelenverwandt sage ich immer, und muss jetzt dabei lächeln, ich fühle mich wieder im Reinen mit mir selbst.

Emilie schaut mich an.

„Alles klar? Woran denkst du? Du siehst aus, als ob du gerade deine Lieblingsspeise in den Händen halten würdest!", sagt sie fröhlich.

Ich lache: „Ja, sowas in der Art …!".

Wir sind da.

$$***$$

Wir sitzen nun zusammen an einem ruhigen Tisch in unserem Lieblingscafé.

„Na, Mädels? Was darf es denn sein?"

Yannick, der Besitzer, ist charmant wie immer, wir kennen uns nun seit fünf Jahren, eigentlich seitdem wir ihm bei der Renovierung der Räumlichkeiten geholfen haben, und sind nun, würde ich sagen, befreundet. Wir haben uns auf Anhieb gut verstanden, da stimmt die Chemie, rein freundschaftlich natürlich. Yannick steht mehr auf Männer, wirklich schade für das weibliche Geschlecht, denn er sieht fantastisch aus, er könnte sogar Model werden. Wir hören immer gebannt zu, wenn er anfängt über sein Liebesleben zu erzählen, alles andere als langweilig!

„Ich nehme eine Latte macchiato", sage ich.

Emilie nimmt einen Cappuccino, Yannick plaudert noch kurz mit uns, dann geht er wieder, um unsere Getränke vorzubereiten.

Emilie sagt dann: „Es ist schon bald Weihnachten, noch ein Monat, wie schnell die Zeit vergeht!"

„Was machst du denn an Weihnachten und Silvester? Bist du bei deiner Familie?", frage ich neugierig.

Emilie ist nicht verheiratet, lebt allein, hat aber vor Kurzem jemanden kennengelernt. Sie hat keine Kinder, noch nicht den richtigen Partner gefunden, sie ist Mitte dreißig und hat noch etwas Zeit. Ihr Neuer ist Pilot bei einer renommierten Gesellschaft, der absolut tolle Fang, weiß sie auch, und wie ich merke, bedeutet er ihr etwas, nicht wie bisher bei ihren Affären.

Wir arbeiten schon fast zehn Jahre zusammen, sie ist eine echte Perle! Ich bin immer noch sehr glücklich, sie bei mir zu haben.

„Glaubst du, dein neuer Schwarm verbringt die Tage mit dir? Habt ihr schon was geplant?", frage ich sie.

„Jein, wir wissen noch nicht so genau, vielleicht fliegen wir einfach über die Tage weg und lassen diesen ganzen Trouble hinter uns, du weißt ja, Weihnachten ist nicht meins!", antwortet sie.

„Wow, so weit warst du noch nie mit einem Mann, täusche ich mich, oder ist es dir mit ihm wirklich ernst?"

„Ach!"

Ein Lächeln umspielt ihre Lippen, ihre Augen nehmen einen verträumten Blick an. Sie fährt fort: „Er macht mich glücklich, weißt du, er versteht mich und akzeptiert mich so wie ich bin. Wir sind vielleicht erst seit drei Monaten zusammen!"

Drei Monate schon! Das hatte ich gar nicht gewusst und wundere mich tatsächlich, denn länger als ein paar Wochen hat es bei ihr nie gedauert, sie spricht weiter: „Ich fühle mich wohl bei ihm und er meint es ernst mit mir."

„Wie meinst du das, woran machst du das fest?"

„Na ja! Er hat mich gefragt, ob ich zu ihm ziehen will", sagt sie verlegen.

„Oh, wow! Das ist fantastisch, Emilie, ich freue mich für dich, wann ist der Umzug?"

Jetzt wird es spannend!

„Ich weiß es noch nicht, ich habe ihm gesagt, ich müsste noch überlegen, wir kennen uns noch nicht so lange … und … ich habe Angst. Was ist, wenn wir uns doch nicht verstehen und ich nach ein paar Wochen wieder umziehen muss, es ist doch schön so, wie es momentan ist, kann es nicht erstmal so bleiben und wir schauen, ob es wirklich passt?!"

„Ich verstehe deine Bedenken, mir würde es wahrscheinlich auch nicht anders gehen, aber du hast recht, er meint es wohl ernst mit dir, und das ist doch schön, du solltest dich auf deine Gefühle einlassen und vielleicht fürs Erste einfach nur ein paar Sachen bei ihm lagern, du musst doch nicht sofort deine Wohnung kündigen, so habt ihr immer noch die Möglichkeit zurückzuziehen, wenn es sein muss", schlage ich ihr vor.

„Das ist eine super Idee! Warum bin ich nicht sofort darauf gekommen? Ja, das werde ich ihm anbieten, denn ich möchte es wirklich mit ihm versuchen, dieses Gefühl hatte ich noch nie, weißt du?"

„Das ist wunderbar, er wird bestimmt froh sein, dass du sein Angebot nicht komplett ausschlägst, das ist eine tolle Alternative! Und nun über Weihnachten?", frage ich nochmal.

„Wir entscheiden spontan, aber wir haben vor, die Tage zusammen zu verbringen, er hat auch frei, also …"

„Hört sich gut an!", sage ich und freue mich aufrichtig für sie.

Spontanität! Ist definitiv nichts für mich, ich muss immer alles organisiert und frühzeitig geplant haben. Tom sagt mir schon, dass es krankhaft wird bei mir, er ist aber froh, wenn dann alles in trockenen Tüchern ist und er keine bösen Überraschungen erleben muss! Daher …

Wir sprechen eine Weile über dies und das und dann driftet das Gespräch zurück zu den Geschehnissen des Tages.

„Das Haus war schon toll und die Einrichtung erstmal! Unglaublich, ich kann nicht verstehen, dass sie das alles rauswerfen wollte!"

Da war es wieder, Emilie spricht von Frau van der Falk. Ich bleibe erstmal stumm, in Gedanken.

„Was ist mit dir los?", fragt sie.

Sie schaut mich direkt an: „Jedes Mal, wenn wir das Thema anschneiden, bist du wie ausgewechselt!"

„Kennst du dieses Gefühl, wenn du dein Leben anschaust und merkst, dass die Spannung, die Vorfreude, dieses Kribbeln, was eine junge Beziehung ausmacht, weg ist? Es passiert schleichend, man merkt es eigentlich nicht, nur jetzt. Dieses Gefühl war heute auf einmal wieder da, und was mich dabei stört, ist, dass es nicht wegen meines Mannes war …"

Ich schaue so schuldbewusst zu ihr hoch, sie sieht mich erschrocken an, ihr Mund steht weit offen.

„Mach den Mund zu, Emilie, so tragisch ist es auch nicht!", versuche ich zu beschwichtigen. „Es passiert jedem Mal."

Es klappt aber nicht, wie ich jetzt feststellen muss:

„Ne, ne, ne, komm mir jetzt nicht so, ich kenne dich, ich will alles bis ins Detail wissen!"

„Da gibt es nichts mehr zu erzählen, er ist verheiratet, ich bin verheiratet, basta, schlimm genug, dass ich überhaupt was empfunden habe, es liegt bestimmt an dem ganzen Stress, den wir im Moment haben."

„Was für ein Stress? Mit Tom?"

„Nein, ich habe keinen Stress mit Tom, ich meine nur, es ist im Moment viel zu tun, Ende des Jahres steht immer viel an, du weißt doch, was ich meine ...?"

„Wenn ich ehrlich bin, nein, weiß ich nicht. Es ist jedes Jahr viel zu tun um diese Zeit. Aber niemals hast du mir gesagt, dass du dich in einen Typen verguckt hast!"

„Ich habe mich auch nicht verguckt, spinnst du? Es ist nicht so, dass ich direkt verliebt bin, nur weil ich jemanden attraktiv und anziehend finde! Komm, lass uns jetzt über was anderes sprechen, denn es gibt keine Fortsetzung."

„Ob du recht hast, bleibt noch offen. Er wollte sich doch bei dir melden?!", sagt sie verschmitzt.

„Es war nur eine Höflichkeitsfloskel, weiter nichts, so, jetzt ENDE!"

Kapitel 2

Stefan

(November 2021)

Die Stimmung war alles andere als entspannt. Die Feindselig-
keit, mit der Elena mir am Nachmittag begegnet ist, hält immer
noch an. Die zwei Frauen aus dem Innenarchitekturbüro Anderson & Co. sind gerade durch die Tür, als sie anfängt.

„Kannst du mir bitte sagen, was das eben sollte?", fragt sie
wütend.

„Wenn du meinst, warum ich mich bei den Damen in deinem
Namen entschuldigt habe, es gehört sich so, Elena! Was ist in
dich gefahren? Warum bist du so wütend geworden?"

Meine Antwort macht sie rasend, ich weiß schon, worauf
sie hinaus will, aber die Genugtuung will ich ihr nicht geben.
Ich kenne sie so gut und weiß genau wie sie tickt, seit Jahren
geht es so zwischen uns. Ich muss zugeben, dass es mir sogar
Freude bereitet sie zu quälen. Sie ist nicht blöd, klar hat sie bemerkt, dass ich mich zu Frau Anderson hingezogen fühle, aber
ich will es nicht zugeben. Es wird mir klar, dass ich es auch mir
nicht zugestehen will, ich kann das Geschehene noch nicht
zuordnen.

Sie schreit mich an: „Du hast bei Frau Anderson gehechelt
wie ein Hund nach seinem Knochen, es ist einfach nur widerlich und peinlich, Stefan!" Sie ist außer sich.

„Ich würde es zwar anders nennen, aber ja, sie ist eine at-
traktive Frau und eine sehr angenehme Person dazu, was ich
von dir in letzter Zeit nicht behaupten kann!"

Habe ich das wirklich so gesagt? Oh weh! Das hat auf jeden
Fall gesessen, Elena ist ganz blass geworden, sie ist in Rage.

„Wie kannst du es wagen? Wir sind verheiratet!", spuckt sie
mir ins Gesicht.

Sie würde mir am liebsten an die Gurgel gehen, das sehe ich an ihrem Blick. Da sind wir wieder, diese Situation kommt so oft vor in letzter Zeit, mir rutschen auch ständig beleidigende Wörter heraus, die ich ihr an den Kopf werfe, einerseits tut es mir leid, andererseits kann ich nicht mehr anders. Es gibt keine Möglichkeit mehr, vernünftig miteinander zu sprechen und es gibt definitiv zu viele Streitthemen zwischen uns. Trotzdem, ich hätte sowas nicht sagen sollen.

Ich habe es heute aber wirklich satt, am liebsten würde ich einfach packen und weggehen. Indem ich das denke, macht sich bei mir der Gedanke breit, dass es eigentlich die Lösung unserer Probleme wäre! Frau Anderson hat irgendetwas in mir ausgelöst, ich kann es noch nicht in Worte fassen. Ich möchte mir aber darüber erstmal keine Gedanken machen, Fakt ist, Elena und ich haben uns schon lange vorher verloren. Wann es angefangen hat? Kann ich nicht mehr sagen. Wenn ich an frühere Zeiten denke, dann wird mir klar wie glücklich wir doch waren, wir hatten zwar nicht viel, aber hatten uns und es reichte, vorerst. Dann kamen unsere Karrieren, sie wollte unbedingt was erreichen, sie ist immer sehr ehrgeizig gewesen. Sie ist jetzt stolze Leiterin eines Unternehmens und geht in ihrem Job richtig auf, sie ist sehr erfolgreich. Ich bin Anwalt geworden, ich bin zwar gut darin, es ist aber nie meine Priorität gewesen.

Ich wollte mit ihr Kinder haben, eine Familie gründen, doch sie hat mich immer vertröstet, denn ihre Karriere war einfach wichtiger. Ich konnte es zwar verstehen, aber wirklich akzeptiert habe ich es nie, das ist mir jetzt klar, trotzdem habe ich mitgemacht, ich habe sie geliebt und dachte mir, Hauptsache wir sind glücklich, wir haben uns, wir haben noch Zeit! Bis ... ja bis jetzt! Wo ist die Zeit geblieben?!

Ich weiß nicht, ob es das ist, was unsere Ehe belastet, wir können nicht mal mehr zwei Sätze miteinander wechseln, ohne uns an die Gurgel zu gehen.

Sie sieht jetzt so zerbrechlich aus, so zermürbt, sie sitzt auf dem Sofa, ihren Kopf in die Hände gestützt, ich weiß nicht, weint sie gerade? Plötzlich hebt sie den Kopf, ihr Blick voller Kummer.

„Was ist mit uns passiert?", fragt sie zwischen zwei Schluchzern.

„Was meinst du damit?"

„Ja, wie sind wir an diesem Punkt angelangt? Wir haben uns geliebt, wir hatten eine gute Ehe und jetzt ...?!"

Sie hatte anscheinend den gleichen Gedankenverlauf, wie ich gerade.

„Tja, so ist es einfach, die Menschen ändern sich, entwickeln sich weiter, wir haben obendrein immer viel zu tun und sehen uns kaum noch. Wir haben uns auseinandergelebt, Elena, so sehe ich das."

Meine Stimme ist kühl und fest, obwohl ich mich alles andere als sicher fühle.

„Ist es das, was dir fehlt? Die gemeinsame Zeit, oder ist es wegen der fehlenden Kinder?"

Ich bin jetzt überrascht, ich hätte nicht gedacht, dass sie das Thema Kinder anspricht. Ich weiß selbst nicht, ob dieses Thema das Problem ist, ich fühle mich so leer.

Ich höre mich nur sagen: „Es war vielleicht mal ein Problem und ja, mein Wunsch wäre es immer noch, aber es ist jetzt zu spät dafür, wir sind beide über vierzig! Zudem glaube ich, dass unser Problem woanders liegt, wir sind so verschieden, wir haben überhaupt keine gemeinsamen Interessen mehr!"

Ich habe mich in den Jahren immer mehr von ihr distanziert, sie ist mir nun fremd geworden und ich kann dieses Gefühl, was ich früher für sie empfunden hatte, nicht mehr empfinden.

„Es hat sich einfach viel verändert, wir haben uns verändert und meine Gefühle dir gegenüber auch, das tut mir leid, aber ich kann es nicht mehr leugnen, ich liebe dich nicht mehr, Elena!"

Da war es, ich habe jetzt die Bombe platzen lassen, wie wird sie reagieren? Ich traue mich nicht mal, sie anzuschauen, ihre Stimme zittert, sie ringt mit sich, ich kann es spüren.

„Wie? Was ...? Willst du dich trennen? Ist es das, was du mir jetzt sagen willst?", jammert sie.

So zerbrechlich habe ich sie noch nie gesehen, sie ist blass, hat Tränen in den Augen. Ich empfinde aber nur ... Mitleid!

Mehr nicht, wie grausam, wir haben so viele Jahre zusammen verbracht, das Bett geteilt, in einem Haus gelebt, und ich empfinde nur noch Mitleid mit ihr? Das muss ich selbst verarbeiten, ich habe nicht bemerkt, dass es so schlimm um uns steht.

Ich höre mich noch hinzufügen: „Ja, Elena, wir sollten ab jetzt in unseren Leben getrennte Wege gehen, denn es hat keinen Sinn mehr, so weiterzumachen. Ich will es einfach nicht mehr, das ist mir erst gerade richtig klargeworden. Ich empfinde nichts mehr für dich, das tut mir leid, ich kann es aber nicht steuern. Ich will dir nichts mehr vormachen, ich möchte dich nicht verletzen, aber es musste nun gesagt werden. Nur eins musst du wissen, du denkst bestimmt anders darüber, aber ich habe dich nie betrogen, Elena, Treue war mir immer sehr wichtig. Ich gebe zu, dass ich hin und wieder gern geflirtet habe, aber es ist nie weitergegangen. Nur heute, was ich empfunden habe, ist für mich neu, es ist nicht gespielt, sondern Fakt. Ich weiß nicht, ob es an dieser Frau liegt oder ob es so oder so gekommen wäre. Es ist aber da, dieses Gefühl, hier in unserer Beziehung nicht mehr weiterzukommen. Ich habe keine Lust, noch mehr Energie hinein zu investieren. Ich merke, dass es für mich an der Zeit ist, weiterzuziehen, bevor wir uns noch mehr wehtun."

Ich habe mich ihr noch nie so offenbart, vielleicht war es das, was uns bisher gefehlt hat. Keine Ahnung, es ist auch egal, nun ist es vorbei, ich werde es nicht mehr kitten. Vor allem nicht nach den Gefühlen, die Frau Anderson in mir ausgelöst hat.

Es wird mir immer bewusster, diese Frau hat mich bis ins Mark berührt, als ob wir uns schon kannten. Ich war plötzlich voller Sehnsucht, so ein Gefühl hätte ich nicht mehr für möglich gehalten, ich dachte wirklich, es wäre normal, wenn das Kribbeln, die Spannung in einer festen Beziehung weg ist, dann folgt tiefe Liebe und Vertrautheit. Aber bei Elena und mir gibt es diese Liebe, diese Geborgenheit nicht. Desto überraschender kam es dann für mich, als Frau Anderson durch die Tür kam und mich regelrecht umhaute.

„Moment, verstehe ich das richtig, wegen dieser Tussi willst du unsere Ehe aufgeben?", fragt sie jetzt erbost.

„Es hat mit ihr nichts zu tun, unsere Ehe ist schon kaputt! Wann waren wir das letzte Mal zärtlich miteinander? Wann sind wir zusammen ausgegangen, haben was zusammen unternommen? Siehst du das denn nicht? Du bist lieber mit deinen Kollegen und Freunden unterwegs als mit mir! Was wir uns jeden Tag vormachen, ist eine Farce!", sage ich Laut.

„Ich bin fassungslos, ich kann gerade gar nicht realisieren, was du sagst, ich …ich … Diese blöde Nutte! Wenn ich sie in die Finger bekomme."

Die Tränen laufen nun ihre Wangen herunter, sie sieht wie ein kleines Mädchen aus, gebrochen, aber trotzig, und auch da, kann ich nichts mehr empfinden außer Mitleid. Ich gehe auch nicht auf ihre Worte ein, sie ist sauer und das kann ich verstehen. Ich kann mir das hier nicht mehr ansehen und muss einfach aus dem Raum.

„Du und ich, wir brauchen einfach Zeit, um das alles zu verarbeiten, ich will auch nichts überstürzen, nur … meine Entscheidung steht fest, Elena. Ich kann nicht mehr zurück, es ist keine Laune, sondern es ist real. Sorry, aber ich muss jetzt einfach raus …"

Ich verlasse den Raum, ziehe mich schnell an und gehe durch die Eingangstür, bevor sie reagieren kann. Jetzt, draußen in der Dunkelheit und Kälte, fühle ich mich plötzlich wie gelähmt, ich weiß gar nicht wo ich hin soll, ich weiß nur, ich muss weg.

Ich nehme das Auto und fahre durch die Gegend. Ich brauche einen Ort, wo ich meine Gedanken für mich in Ruhe ordnen kann, wo ich mich beruhigen kann. Ich merke, wie meine Hände leicht zittern, es hat mich also doch mehr mitgenommen, als ich dachte.

Ich erlebe die Fahrt wie ein Traum, erst jetzt merke ich, dass ich bei meinem Bruder in der Straße eingebogen bin. Er wohnt unweit entfernt von uns zu Hause, ‚uns' gibt es nicht mehr. Gott, was habe ich getan? Ich parke an der Seite und schaue mich um, die Straße ist ruhig, hier und da ein paar Lichter an den Häusern. Bei meinem Bruder brennt ebenfalls das Licht und das Auto parkt in der Einfahrt, er ist also zu Hause.

Wie spät ist es? Ich habe die Zeit völlig vergessen, achtzehn Uhr dreißig, schon? Sie bereiten bestimmt das Essen für die Familie vor.

Mein Bruder, Robert, hat das, was ich nie mehr bekommen werde, zwei wunderbare Kinder. Er ist etwas älter als ich, zwei Jahre trennen uns voneinander, und er ist CEO in einem renommierten Unternehmen. Seine Frau, Maggy, ist hübsch, freundlich, geduldig und eine tolle Zuhörerin. Sie arbeitet in einem Zentrum für psychisch kranke Kinder. Ihre Kinder, Lina und Ben, vierzehn und sechzehn, sind wunderbar, ich liebe die zwei. Ich liebe es, sie zu verwöhnen, mit ihnen Zeit zu verbringen. Wir waren früher sehr eng, mein Bruder und ich, wir haben viel zusammen unternommen. Er kennt seine Frau seit der Kindheit, sie waren zusammen in der Schule.

Ich habe Elena später kennengelernt, während meines Studiums auf einer Party, sie war das hübscheste Mädchen, das ich je gesehen hatte. Ich hatte mich damals sofort in sie verliebt, es beruhte wohl auf Gegenseitigkeit, auf jeden Fall sind wir kurz danach ein Paar geworden und uns war damals klar, dass wir irgendwann heiraten würden. Nur das Thema Familie war immer ein Streitpunkt gewesen, wir sind auch dann nicht mehr so oft bei meinem Bruder zu Besuch gewesen, denn es war ihr unangenehm, zudem war sie immer genervt von den üblichen Fragen: ‚Wann bekommt ihr denn Kinder?‘ Später: ‚Warum willst du keine?‘

Immerzu habe ich versucht, ihr den Rücken zu stärken und ihre Meinung zu vertreten, obwohl ich anders dachte, nur, wohin hat es uns gebracht …?! Hätte das etwas geändert, wenn ich früher reagiert hätte, wenn ich mich getraut hätte, das Thema anzusprechen?

Mir war damals unsere Liebe wichtiger, ich habe die Zeit nicht verstreichen sehen, war in meiner Routine verfangen. Es wäre vielleicht alles anders gekommen, aber vielleicht auch nicht. Ich hebe den Kopf, es wird kalt im Auto, da steht Robert vor mir, eine Mülltüte in der Hand, er guckt mich verdattert an, ich mache die Tür auf.

„Hi!", sagt er. „Was machst du hier und wie lange bist du schon da?"

„Hi, Bruderherz, keine Ahnung, ehrlich gesagt, kann ich mit reinkommen?", frage ich hoffnungsvoll.

„Klar! Die Kinder werden sich freuen Onkel Stefan wiederzusehen, es ist schon eine Weile her, seit wir dich das letzte Mal gesehen haben!" Er runzelt die Stirn: „Gibt es Probleme?"

Ich konnte vor ihm nie was verbergen, ich war immer ein offenes Buch für ihn.

„Lass uns erstmal reingehen …", sagt er.

Kapitel 3

Lisy

(November 2021)

Das Treffen mit Emilie hat mir gutgetan, wir haben dann doch noch etwas gegessen und ich habe nicht mal bemerkt, dass es schon spät wurde, erst als Emilie einen Anruf von ihrem ‚Mister Right' bekommen hat, habe ich auf mein Handy geschaut. Zu meinem Entsetzen musste ich feststellen, dass wir schon zwanzig Uhr hatten!

Tom hat sich nicht gemeldet, er ist wahrscheinlich mit den Kindern so beschäftigt ... der Arme. Jetzt bekomme ich Schuldgefühle, weil ich ihn allein mit ihnen gelassen habe, ich weiß, wie anstrengend es sein kann, sich nach der Arbeit noch um die Kinder zu kümmern, das Essen vorzubereiten und dann die Küche sauberzumachen ...

***

Ich komme durch die Tür und bin erstaunt, dass nirgendwo im Erdgeschoss Licht zu sehen ist. Es ist so still, als ob keiner da wäre. Ich ziehe meinen Mantel aus und streife meine Schuhe ab. Hm! Tut das gut, ich war den ganzen Tag in diesen Schuhen, ich merke jetzt, wie empfindlich meine Füße sind. Ich gehe durch den Flur zum Wohnzimmer und rufe nach Tom. Keine Antwort, ich höre aber dann, wie im ersten Obergeschoss eine Tür aufgeht.

„Hallo, Mama! Da bist du ja!" Es ist mein Vierzehnjähriger, er trottet gerade herunter.

„Hallo, mein Schatz, ist dein Bruder da?", frage ich.

„Ja, in seinem Zimmer, telefoniert mit Steffi!" Er grinst dabei.

„Ahh! Steffi!" Ich schmunzle.

Mein Großer hat eine Freundin, eine total hübsche, muss ich sagen, so süß, scheint ein vernünftiges Mädchen zu sein und mein Sohn ist total verschossen in sie, es ist so schön! Die erste Liebe!

„Wo ist denn Papa?", frage ich Tim.

„Er musste noch mal weg."

„Ok, hat er gesagt, wohin?" Ich muss ihm immer noch alles aus der Nase ziehen.

„Nein, wir haben gegessen und dann sagte er, er müsste weg, dass du aber jeder Moment nach Hause kommen würdest."

Ich runzele die Stirn.

„Komisch, war er sauer?", frage ich besorgt.

„He?! Nein! Warum?"

„Ach, gar nichts, alles gut. Wie war die Schule?", wechsle ich das Thema.

„Ziemlich gut, wir haben unsere Mathearbeit zurückbekommen ...", sagt er fröhlich.

„Ja! Und?"

Er grinst: „Ich habe eine Zwei Plus bekommen!"

„Cool! Gut gemacht mein Schatz!", ich nehme ihn in meine Arme.

„Mami?!" Oh, jetzt weiß ich, dass was kommt ... „Darf ich am Wochenende bei Jonathan übernachten?", fragt er ganz süß.

Ich kenne Jonathan gut, er war schon öfter hier, ist ein guter Junge und versteht sich prima mit Tim, die Eltern sind freundlich, wir haben ein paar Mal miteinander gesprochen und uns hin und wieder bei der Schule getroffen. Ich weiß, dass die ganze Familie geimpft ist und was das Virus angeht, denken sie genauso wie wir, deshalb macht es mir nichts aus, wenn Tim ein Wochenende bei ihnen verbringt.

„Klar, kannst du, aber vorher bitte alles erledigen, was du zu tun hast!", antworte ich.

„Yes! Ja, mache ich, danke, Mama!"

Mit einem fröhlichen Aufschrei läuft er wieder hoch in sein Zimmer, es ist das erste Mal, nach dem ersten Lockdown, dass er auswärts übernachten darf, früher hockten sie viel öfter aufeinander, es ist schon zwei Jahre her.

Was ist mit Tom, schießt mir jetzt durch den Kopf, ich dachte schon, ich würde auf einen genervten Mann treffen. Ich habe mich nicht gemeldet, dass es bei mir später wird, und siehe da, er ist auch weg! Ist das ein Zufall? Wir sehen uns nicht viel in letzter Zeit, wir sind beide wegen der Arbeit eingespannt und dann noch die Kinder, auch wenn sie nun schon groß sind und nicht mehr ständig behütet werden müssen, mag ich sie immer noch nicht zu lange alleine lassen, vor allem abends nicht. Nachts schon mal gar nicht. Deswegen können Tom und ich immer nur in den Ferien mal für uns alleine sein, wenn die Kinder bei den Großeltern ein paar Tage verbringen. Was nicht oft vorkommt, denn *es ist voll langweilig!* wie die Jungs immer sagen.

Ich mache mir gerade etwas Sorgen, deshalb versuche ich, Tom auf seinem Handy zu erreichen. Mailbox! Hm! Es wird immer rätselhafter … Ich entscheide mich aber, es gelassen zu sehen, und gehe Richtung Bad, eine Dusche ist jetzt genau das Richtige!

Es tut so gut, das warme Wasser auf meinen müden Körper laufen zu lassen, ich lasse in Gedanken den Tag nochmal Revue passieren. Ein verrückter Tag! Ich sehe noch vor mir seine grünen Augen, mir wird dabei sofort heiß, mein Herz fängt an schneller zu schlagen … oh Gott! Mich überkommt die Lust, ich kann die Finger nicht von mir lassen und lasse sie langsam an meiner Brust entlang herunter zu meinem Bauch und zwischen meine Schenkel gleiten, es fühlt sich gut an, ich kann nicht aufhören.

Wann hat mich Tom das letzte Mal so berührt, ich kann mich nicht daran erinnern, ich bin so erregt und möchte nur eins, die Spannung herauslassen, die ich schon den ganzen Tag mit mir rumschleppe. Ich spüre nach kurzer Zeit, wie das Kribbeln langsam kommt, mein Körper fängt an zu beben und da ist sie schon, die Erlösung, die Welle, die mir bis zum Hals hinaufläuft und mich atemlos hinterlässt.

Wow! War das schön, ich bin ganz erschöpft, mein Körper fühlt sich schlaff an, aber ich fühle mich fantastisch!

Jetzt fällt mir es ein, das letzte Mal, das wir Sex hatten, war an seinem Geburtstag und es ist schon fünf Monate her?! Was? So lange? Mir wird gerade übel, ich bin so schnell von meinem Trip herunter, dass mein Körper beginnt zu zittern. Wackelig auf den Beinen gehe ich aus der Dusche und binde mir schnell ein Handtuch um den Körper. Es hat bestimmt nichts zu bedeuten, oder? Ich meine, jedes Paar hat mal eine Flaute. Wir haben beide immer viel zu tun und sind meistens abends müde, da bleibt keine Zeit mehr zum Kuscheln, geschweige für Sex. Ich sollte mir doch nicht so viele Sorgen machen!

Trotzdem, eine leise Stimme in mir hört nicht auf zu sagen, dass da irgendetwas nicht stimmt. Ist Tom in letzter Zeit öfter länger unterwegs gewesen? Ja, schon, zwar nie sehr lange, aber immer wieder hat er sogar das gemeinsame Abendessen verpasst. Ich habe mir nie was dabei gedacht, denn es ist drei, höchstens vier Mal passiert, zudem hieß es immer, er müsste länger arbeiten, er hat mich immer vorher angerufen, um mir Bescheid zu geben. Da ich in der Firma auch viel um die Ohren habe, habe ich nie nachgehakt oder weiter darüber nachgedacht, bis auf heute! Wo steckt er denn überhaupt?! Warum hat er den Jungs nicht gesagt, wo er hingeht? Ich schaue mir die Uhr an, sie hängt über der Tür.

Einundzwanzig Uhr dreißig, so spät schon?!

Ich laufe nun barfuß Richtung Wohnzimmer, wir haben Fußbodenheizung, was ich sehr angenehm finde. Ich mache den Fernseher an, kuschle mich in die Decke ein und mache es mir dabei gemütlich auf der Couch, ich zappe durch die verschiedenen Kanäle, bis ich bei einer alten Serie aus den Neunzigern stecken bleibe, sie erzählt die Geschichte von vier Freundinnen im Chaos der Stadt New York. *Na, Mädels?! Was gibt es denn heute zu erzählen?* sage ich mir und schaue mir die Sendung an, sowas Leichtes und Unkompliziertes. Meine Gedanken schweifen weit vom Fernseher ab.

Herr van der Falk, dieser Mann, wie heißt er noch mit Vornamen? Wurde sein Name überhaupt erwähnt? Ne, glaube ich nicht. Sie heißt Elena, ein schöner Name, muss ich feststellen, und eine sehr hübsche Frau! Haben sie Kinder? Ich konnte nichts entdecken, was danach aussah, aber vielleicht sind sie schon groß!

Mein Handy vibriert auf dem Wohnzimmertisch. Ich schaue darauf, eine Nachricht ist gekommen, Adressat: ‚unbekannt'.

Hm, wer schreibt mir denn? Ich mache die App auf, um mir die Nachricht anzuschauen, mich überfällt ein komisches Ge-

34

fühl: ‚Hallo, schöne Frau! Ich hoffe, Sie sind gut nach Hause gekommen? Smiley signiert S. vdF'. Mir fällt die Kinnlade herunter.

„Oh my God!", sage ich laut.

„What's up, Ma'?"

Ich erschrecke mich so sehr, dass ich das Handy auf den Boden fallen lasse, ich habe nicht gehört, dass mein Großer runtergekommen ist und direkt hinter mir steht.

Er grinst mich an: „Sorry, ich wollte dich nicht erschrecken."

„Oh, Adrian! Mann, hör auf dich so anzuschleichen …, Hast du aber! Ich bekomme noch einen Herzinfarkt mit euch Kindern! Was ist los?"

„Nichts, ich wollte mir nur schnell was zu trinken holen und habe dann gehört wie du laut *Oh My God* gesagt hast, deshalb dachte ich, es wäre was passiert …!"

„Ach so, nein, alles gut, du solltest aber jetzt ins Bett gehen, morgen hast du noch Schule!"

„Ja, ich weiß. Ist Papa wieder zu Hause?", fragt er neugierig.

Ich runzele die Stirn: „Nein, noch nicht … hatte er dir vielleicht gesagt, wo er hinwill? Ich kann ihn leider nicht erreichen", sage ich dann, wie zu mir selbst.

„Nope, hat er nicht, gute Nacht, Mama!"

„Gute Nacht, mein Schatz, schlaf schön!"

Die Zeiger laufen weiter, unerbittlich, es ist zweiundzwanzig Uhr, er ist immer noch nicht zurück. Ich sollte vielleicht nochmal versuchen ihn zu erreichen. Ich greife zum Handy, das immer noch auf dem Boden liegt, mir fällt es wieder ein, wer mich angeschrieben hat … S. vdF. Das kann nur… er sein, ich habe große Mühe ruhig zu bleiben, ich mache das Handy wieder an, um mir die Nachricht nochmal anzuschauen, ja, er ist es bestimmt.

Tom ist aus meinen Gedanken verschwunden, ich überlege nur noch eifrig, was ich darauf erwidern soll, und entscheide mich, erstmal sachlich zu bleiben.

‚Hallo, Herr van der Falk, nett, dass Sie sich Sorgen um mich machen, es geht mir bestens, vielen Dank. Konnten Sie mit Ihrer Frau über das Projekt sprechen? Haben Sie sich es anders überlegt? Gern können wir morgen einen neuen Termin vereinbaren, wenn Sie es mögen?! Ich wünsche Ihnen und Ihrer Frau einen schönen Abend.' Senden! Hallo?! Für wen hält er sich eigentlich? Er ist verheiratet und schreibt mir sowas! Das geht doch nicht, oder? Aber es fühlt sich so verdammt gut an, begehrt zu werden!

Die Antwort lässt nicht lange auf sich warten.

‚Warum so förmlich? Immerhin wissen Sie, wer ich bin … Es tut mir leid, ich wollte nicht aufdringlich sein, nur heute … Nun, wie soll ich das beschreiben? Als ich Sie gesehen habe … Sie haben meine Welt umgehauen, Lisy. Verstehen Sie mich nicht falsch, es ist nicht meine Art so zu agieren, ich bin auch kein Don Juan, ich finde es so schwierig zu schreiben, dürfte ich Sie jetzt anrufen? Bitte, ich möchte mich erklären …'

Oh Gott, damit hatte ich jetzt nicht gerechnet, mir ist heiß, ich schwitze förmlich und sehe ihn mit seinen schönen grünen Augen vor mir. *Lisy!* Ermahne ich mich, *du bist verheiratet! Was machst du denn da? Ja, noch gar nichts*, sagt mein Teufelchen.

Ich ertappe mich dann dabei, wie ich ‚ja' schreibe und sende … Eine Minute später ruft er an. Oje, was soll ich sagen? Was, wenn Tom jetzt durch die Tür kommt? Ganz ruhig, noch hast du gar nichts getan, er ist ein potenzieller Kunde und du möchtest diesen Auftrag, das ist alles. *Von wegen …!* meldet sich wieder mein Gewissen. Es klingelt immer noch, mit zitternden Händen gehe ich ran: „Anderson!"

„Hallo, Lisy!"

Oh wow, wie er meinen Namen sagt, es fühlt sich wie Honig an …

„Ich wollte mich vorab kurz für das heutige Debakel entschuldigen! Es ist leider mittlerweile zur Gewohnheit geworden zwischen Elena und mir, aber nun hat es ein Ende."

„Wie meinen Sie das? Ein Ende? Ich verstehe Sie nicht."

Er räuspert sich und scheint nach Worten zu suchen, dann sagt er bestimmt. „Ich habe mich von Elena getrennt, tut mir leid, ich wollte das Thema eigentlich gar nicht ansprechen …", sagt er etwas verlegen.

„Wie bitte? Oh, das tut mir leid für Sie …" Ich bin fassungslos.

„Es muss Ihnen nicht leidtun, es war absehbar, die Frage war nur wann …? Sie sind irgendwie der Auslöser gewesen, deshalb wollte ich mit Ihnen sprechen …"

„Moment!", unterbreche ich ihn.

Es nimmt gerade eine Wendung, die ich gar nicht möchte.

„Wie meinen Sie das, ich bin der Auslöser, Sie machen doch Witze, oder?", frage ich unsicher.

Stille in der Leitung, er räuspert sich dann wieder mal: „Na ja, ich werde jetzt versuchen mich zu erklären, bitte lassen Sie mich kurz aussprechen, ja?"

„Ich bin ganz Ohr!" Meine Stimme ist eiskalt.

„Sie sind verärgert und das kann ich verstehen, wir hatten keine gute Basis heute, die Art und Weise, wie Elena mit Ihnen umgesprungen ist, war unmöglich, wir haben danach einen richtigen großen Streit gehabt, endlich habe ich den Mut gefunden ihr zu sagen, was ich mittlerweile von ihr halte, beziehungsweise wie ich unsere Ehe finde. Und da wurde mir klar, dass es für mich nur einen Ausweg gibt, Trennung! Und ja, Sie sind der Auslöser, weil ich das ohne Sie nie gewagt hätte …"

„Was habe ich Ihrer Meinung nach getan, dass Sie zu diesem Entschluss gekommen sind?", muss ich ihn nochmal ins Wort fallen.

Er zögert und dann: „Ich hatte vergessen, wie sich Schmetterlinge im Bauch anfühlen, die Euphorie und das Begehren, bis… Sie durch meine Tür gekommen sind. Es ist kein Anbaggern, ich weiß, dass Sie verheiratet sind."

Woher weiß er das? Ach, klar der Ehering!

„Leider, müsste ich fast sagen. Hören Sie, ich möchte mich bei Ihnen bedanken, dafür, dass Sie diese Gefühle in mir ausgelöst haben, dafür, dass Sie mir gezeigt haben, dass ich nicht stumpf und emotionslos geworden bin. Sie haben mich aufgewühlt, alleine durch Ihre Präsenz. Meine Ehe geht zwar jetzt in die Brüche, aber ich fühle mich fantastisch! Ich weiß endlich, was ich will! Unsere Ehe ist lange schon kaputt. Meine Güte, jetzt habe ich Ihnen die Ohren vollgelabert … ich … Lisy? Sind Sie noch dran?", fragt er.

Ich kann kaum noch schlucken, meine Kehle ist so trocken, meine Hände eiskalt, alles, was er über seine Gefühle gesagt hat, habe ich ebenfalls gespürt, wie kann ich ihm jetzt sagen, dass es falsch ist, wenn ich dasselbe empfunden habe.

„Ich bin noch da!", antworte ich mit einer dünnen Stimme. Ich kann kaum sprechen, so durcheinander bin ich.

„Ich hätte das alles nicht sagen dürfen, es tut mir leid, ich wollte Sie nicht durcheinanderbringen, ich hatte nur den Eindruck, dass irgendetwas zwischen uns war, eine Verbindung, obwohl wir uns noch gar nicht kennen, verrückt, oder? Sagen Sie es schon, ich bin bescheuert und gehöre in die Klapse." Er lacht nervös in den Hörer.

Ich kann nicht anders und muss ebenfalls kurz lachen.

„Sie haben ein so schönes Lachen, Lisy."

Oh, wie er meinen Namen sagt, mir wird wieder heiß, wie oft kann mein Körper diese Achterbahn der Gefühle durchlaufen, ich habe den Eindruck, ich breche gleich zusammen. Ich erlange meine Stimme wieder und versuche sie fest wirken zu lassen: „Herr van der Falk!"

„Stefan! Bitte nennen Sie mich Stefan."

Ich räuspere mich: „Ok, Stefan, ich verstehe das alles nicht, ja, Sie verwirren mich. Ich bin glücklich verheiratet und finde diese Situation unangemessen, wir kennen uns kaum, also gar nicht, dennoch ..." Ich stocke.

Was will ich sagen?

„Ja, Lisy?"

Ich weiß nicht warum, aber ich muss es doch zugeben: „Dennoch habe ich ebenfalls sowas wie eine Verbindung gespürt und das alles, aber das kann immer vorkommen, nicht? Sie sind ein attraktiver Mann ..." Und er riecht so gut, fällt mir wieder ein ... „Und Anziehungskraft gibt es immer wieder, das ist in der Natur der Menschen, deswegen muss man aber nicht sein Leben komplett umwerfen, sorry aber ... ich glaube es ist besser, wenn ich jetzt auflege ..."

„Moment! Sie haben recht! Nur wegen der Anziehungskraft sollte man es nicht tun, aber ich bin der Meinung, dass man dieser Verbindung auf den Grund gehen sollte, was meinst du?"

Jetzt sind wir per Du, das ging aber schnell! Ich höre gerade, wie der Schlüssel im Schloss gedreht wird, Panik!

„Ich muss auflegen", sage ich hastig.

Ich drücke den ‚aus'-Knopf, bevor er etwas erwidern kann.

Tom kommt durch die Tür, Gott sei Dank es ist dunkel im Raum, so dass er nicht sehen kann wie erschrocken und verlegen ich gerade bin ... oder vielleicht doch ...?

Kapitel 4

Stefan

(November 2021)

Mist! Sie wird wahrscheinlich nie mehr mit mir sprechen wollen, ich bin zu weit gegangen.

Oh Mann! Ich könnte mich jetzt ohrfeigen. Ich muss ihr sagen, dass es mir leidtut, dass ich ein Narr bin, und vielleicht kann ich sie überreden, mit mir was trinken zu gehen, um mich zu entschuldigen. Warum habe ich nicht gleich daran gedacht? Ich weiß es nicht, ich bin gerade durcheinander. Sicher ist, dass ich sie wiedersehen will, sie hat wieder so eine Sehnsucht in mir geweckt! Hätte ich eigentlich nie für möglich gehalten, dass mir so etwas widerfährt.

Meine Spontaneität bringt mich manchmal in Situationen, das ist echt nervig. Ich hätte besser vorher überlegen sollen, bevor ich ihr die erste Nachricht geschickt habe, ich konnte es mal wieder nicht lassen …

* * *

Dabei fing der Abend so toll an. Als ich bei meinem Bruder ankomme, springen mir die Kinder direkt in die Arme, so froh sind sie, mich wieder zu sehen, sie haben eine Menge zu erzählen. Wie schön! Es tut mir richtig gut. Maggy hat einen Auflauf im Ofen, es riecht himmlisch, sie laden mich kurzerhand zum Essen ein. So sind sie, immer gastfreundlich, die Tür immer offen, nicht wie bei uns! Es musste immer Wochen im Voraus geplant werden, wenn wir meine Familie einladen wollten, immer akribisch diskutiert wer und wie und was … Es ging mir immer gegen den Strich, Elena mag meine Familie nicht und versuchte es nicht mal zu verbergen. Sie war jedes Mal kalt und unfreundlich, ich habe mich dafür geschämt, am Ende ist es immer in Streit ausgegangen. Irgendwann habe ich aufgehört, sie einzuladen und da sie auch nicht mehr danach gefragt haben, ist es dabei geblieben. Wer würde sich freiwillig in einen Löwenkäfig begeben.

Jedenfalls ist das Essen fantastisch! Kein Fertiggericht aus dem Kühlregal! Am Tisch ist es ein lebhaftes Durcheinander, die Kinder, Robert und Maggy plappern alle quer über den Tisch und ich sitze da, mittendrin, gucke hin und her, fühle mich pudelwohl, richtig, richtig wohl! Es hat mir so gefehlt, ich hätte nie für möglich gehalten, wie sehr!

Auf jeden Fall muss ich irgendwie ein trauriges Gesicht ziehen, denn es ist plötzlich still um mich und alle Augen sind auf mich gerichtet! So fängt das Gespräch dann an.

„Was ist mit dir los, Bruderherz?", fragte mich Robert.

Ich bin so überrascht von meiner Gefühlslage, also bitte, ich bin keine Heulsuse, ja ...

„Ach Leute, ich freue mich so, euch wieder zu sehen! Maggy, es hat mal wieder fantastisch geschmeckt, vielen Dank!" Alle lachen.

„Macht dir Elena nichts zu essen, du armer Kerl?", spottet mein Bruder und bekommt von der Seite den Ellenbogen von Maggy zu spüren.

„Wie geht es ihr?", fragt Maggy neugierig. „Es ist eine Ewigkeit her, seitdem wir sie gesehen haben!"

Ich räuspere mich und schaue verstohlen in die Richtung der Kinder, die miteinander über eine Serie debattieren. Robert bekommt es mit und gibt den Kindern ein Zeichen, dass sie nach oben gehen sollen. Als diese außer Sicht sind, sagt Robert: „Was hast du auf dem Herzen?"

„Ich weiß nicht so recht, wie und wo ich anfangen soll ..." Ich überlege einen Moment. „Elena und ich haben uns getrennt, besser gesagt, ich habe mich von ihr getrennt, deswegen, Maggy, um auf deine Frage zurückzukommen, es geht ihr bestimmt nicht so gut gerade", sage ich etwas schuldbewusst.

Sie gucken mich beide entgeistert an, Maggy findet ihre Stimme als Erste wieder.

„Wie meinst du das, du hast dich getrennt, warum? Was ist passiert?" Sie bombardiert mich mit Fragen.

„Es ist eine lange Geschichte, Leute", mir entgeht ein Seufzer dabei. „Die Kurzform ist, wir verstehen uns nicht mehr, und das nicht seit gestern, wir streiten uns ständig und können kein Gespräch miteinander führen, seit Ewigkeiten nicht mehr. Wir leben einfach aneinander vorbei. Wir haben uns zwar weiterentwickelt, aber jeder für sich! Es ist mir heute ganz klar geworden und ich konnte nicht mehr so tun, als ob alles in Ordnung ist. Deshalb habe ich sofort Nägel mit Köpfen gemacht, ihr werdet wahrscheinlich sagen, es war überstürzt von mir, aber ich denke es war höchste Zeit …", ich atme laut aus.

Die Last auf meinen Schultern fühlt sich etwas leichter an.

„Ok!", sagt Robert langsam.

Er nimmt die Hand von Maggy, die den Mund nicht mehr zu bekommt.

„Was war der Auslöser?", fragt er.

Er kennt mich so gut.

„Es ist komisch, dass du das fragst … Es gab tatsächlich einen. Hm! Wie soll ich das sagen …? Ich habe jemanden getroffen …", platze ich heraus.

Maggy hält merklich die Luft an, sie schaut mich mit großen Augen an.

„Wie jetzt? Wann? Wer ist sie?", fragt sie ungläubig.

„Wann? heute. Wer? Weiß ich nicht genau, ich kenne nur ihren Namen, wir haben nur ein paar Wörter ausgetauscht." Mir wird gerade klar, wie es sich anhören muss, was ich da gerade von mir gebe, wie unglaubwürdig …„Sorry, ich möchte euch nicht mit meinen Problemen behelligen", leierte ich noch hinterher.

„Ne, ne, ne, so kommst du nicht aus der Geschichte heraus, Freundchen!" Das ist mein Bruder! „Du willst uns also sagen, dass wegen einer Frau, der du heute irgendwo begegnet bist, du deine über zwanzigjährige Ehe hingeschmissen hast?", fragt er mich fassungslos.

„Zu Hause!", sage ich knapp.

„Was, zu Hause?", fragt er.

„Ich habe sie zu Hause getroffen, also sie ist Innenarchitektin und Elena wollte schon lange das Erdgeschoss umgestalten, was ich eine schwachsinnige Idee finde, ganz nebenbei, aber egal. Sie hat also ein Innenarchitekturbüro angeheuert ‚Anderson & Co.' heißt es. Heute hatten sie den ersten Termin. Zufällig war ich heute zu Hause. Als ich die Tür aufgemacht habe … hat sie mich umgehauen!" Ich schaue mich dabei um. „Es war wie Magie, ihre Präsenz, ihre Schönheit, ich konnte nicht anders, ich habe sie nur angestarrt. Wenn ich darüber nachdenke, hat sie mich wahrscheinlich für dämlich gehalten. Versteht ihr das? Da war sofort eine Verbindung zwischen uns, mir wurde heiß, kalt, alles zusammen! Ich hatte Schmetterlinge im Bauch, Schmetterlinge, hallo? Wann habe ich sowas das letzte Mal empfunden? Im Teenie-Alter?!" Ich muss dabei lachen. „Diese Situation hat mir klar vor Augen geführt, dass das, was ich bisher für eine normale Beziehung gehalten habe, in Realität nichts dergleichen ist und dass ich viel zu lange meine Zeit und meine Energie damit vergeudet habe!"

„Hm!", fängt Robert an. „Ich meine, ich bin kein Experte, Stefan, aber kann es sein, dass du sie nur attraktiv gefunden hast, ja, vielleicht sogar eine gewisse Anziehungskraft empfunden hast, die meines Erachtens, solange es dabei bleibt, auch gesund ist, denn nur zu Hause wird gegessen …", schmunzelt er in Richtung seiner Frau. Sie lächelt ihn an. „Egal, ich meine, so ein Gefühl vergeht, dafür muss man sich nicht schämen und dafür muss man schon gar nicht seine Ehe beenden! Aber du sagtest, sie ist ‚nur' der Auslöser gewesen, daher … Puh, das sind Neuigkeiten! Kannst du eure Beziehung nicht mehr kitten? Was meinst du?"

„Nein, und ich will es auch nicht mehr, es ist mir klargeworden, wie viel ich von mir in dieser Ehe verloren habe. Bei euch, mit den Kindern und so, ich fühle mich so wohl. Zu Hause ist alles still und steril, es ist kein Leben. Ich hatte geschafft, ein paar Familienerbstücke im Wohnzimmer hinzustellen, damit es etwas wohnlicher aussieht, und jetzt will sie das alles auf die Müllkippe werfen. Sie will am liebsten alles in Weiß und hochmodern haben!", sage ich zerknirscht.

„Auf gar keinen Fall!", meldet sich Maggy hastig. „Lass es nicht zu, dass sie diese schönen Möbel zerstört! Sie gehören dir, sie hat nicht darüber zu entscheiden", sagte sie noch.

„Ja, du hast recht, ich schätze, es hat sich jetzt eh erledigt. Ich werde mir eine neue Bude suchen müssen und meine Möbel mitnehmen. Ich wollte nur soviel sagen, das bin nicht ich, dieses Leben. Sie ist immer auf Karriere aus gewesen, ich habe mitgemacht, weil ich dachte, wenn wir das erreicht haben, was wir beide sein möchten, dann können wir endlich anfangen, an uns zu denken und eine Familie gründen."

„Aha! Daher weht der Wind also", sagt mein Bruder. „Ich wusste, dass es nicht deine Idee war, keine Kinder zu bekommen, ich meine, es geht uns nichts an, aber warum hast du das Thema mit ihr nicht früher angesprochen?", fragt er interessiert.

„Ich habe es versucht, öfter sogar, aber es gab immer was, warum es gerade nicht passte. Irgendwann habe ich aufgehört zu fragen, ich dachte, vielleicht reichen wir uns, wir lieben uns doch und das ist das Wichtigste, aber jetzt ist auch das vorbei. Ich liebe sie nicht mehr und es erschreckt mich selbst, aber ich glaube, das ist schon eine Weile der Fall."

„Puh, schwierige Situation", sagt Maggy mitfühlend. „Und wie fühlst du dich jetzt? Dass du jetzt Klarschiff in deinem Leben gemacht hast? Ich meine, es ist ein langer Weg, willst du wirklich die Scheidung einreichen? Wird sie einwilligen? Ich meine, verstehe mich nicht falsch, aber in der Situation ist es vielleicht sogar besser, dass ihr keine Kinder habt. Es ist so schon kompliziert genug ... Du kannst auf jeden Fall so lange hierbleiben, wie du willst. Ich kann dir das Gästezimmer vorbereiten, es ist zwar nicht groß, aber gemütlich. Eine Frage noch: Wirst du sie wiedersehen?", fragt sie gespannt.

„Hä, wen denn?"

„Tja, diese Frau, wie heißt sie überhaupt?"

„Lisy, sie heißt Lisy." Allein nur bei dem Namen wird mir ganz warm ums Herz. „Ich weiß nicht, ob ich sie wiedersehe, sie ist verheiratet und es muss auch nichts bedeuten, dass sie das Gleiche gefühlt hat wie ich, obwohl ...", ich überlege, wie sie mich angeschaut hat.

44

„Ja?", fragen sie beide gleichzeitig wie im Chor.

„Ich hatte eben den Eindruck, dass es ihr genauso erging wie mir, wisst ihr, was ich meine? So wie sie mich angeguckt hat, ihre Körpersprache, in meinem Beruf habe ich halt gelernt darauf zu achten, wie ihr wisst, und es gab Zeichen, da kann ich mich nicht so geirrt haben. Aus diesem Grunde weiß ich noch nicht recht. Ich hätte gern die Gewissheit, ob es sich nur um was Flüchtiges gehandelt hat oder ob mehr dahinter steckt …"

„Hmm, verstehe!", sagt Maggy.

„Vielen Dank, Maggy, für dein Angebot, euer Angebot.", korrigiere ich mich. Ich schaue meinen Bruder an.

„Es wäre aber nicht richtig, wenn ich heute Nacht Elena allein lasse. Ich werde jetzt nach Hause fahren und versuchen etwas zu schlafen, vielleicht kann ich morgen früh vernünftig mit ihr reden. Ich komme aber gern auf euer Angebot zurück, wenn es so weit ist. Ich bedanke mich für das Essen und für euer Ohr, tut mir leid, dass ich euch vollgequatscht habe, ihr hattet bestimmt Besseres zu tun heute Abend, als mich mit meinen Problemen zu trösten", sage ich rasch. Ich will nicht noch mehr ihrer Zeit in Anspruch nehmen.

„Mach dir deswegen keinen Kopf, wir sind eine Familie und halten zusammen. Mach kein Quatsch und komm herum, wann immer du willst", sagt dann mein Bruder und drückt mich.

Maggy nimmt mich ebenfalls in den Arm und dann stehe ich wieder auf der Straße vor meinem Wagen. Ich setzte mich rein und zücke mein Handy, ich habe mich entschieden, und so schreib ich ihr die erste Nachricht …

Kapitel 5

Lisy

(November 2021)

„Was ist los?", fragt er prompt.

Wie bitte? Er fragt mich, was los ist!

„Wo warst du?", Entgegnete ich statt einer Antwort.

„Ich war mit Eric etwas trinken", sagt er etwas schroff.

Eric ist sein Schwager und mit Toms Schwester Gil seit über dreißig Jahren verheiratet, sie haben sich auf dem Gymnasium kennengelernt.

„Ah, ok, wie geht es ihm? Musstest du was Finanzielles mit ihm besprechen oder war es nur so?" Eric ist auch unser Finanzberater.

„Was wird das, Lisy? Ein Verhör?", antwortet er barsch.

Mir stockt der Atem, ich kann gerade nichts erwidern.

„Tut mir leid, Lisy, ich bin einfach müde, es war ein langer Tag, ich gehe besser hoch duschen und dann ins Bett ... gute Nacht!"

Er dreht sich dabei um und läuft die Treppe hoch. Ich bleibe wie angewurzelt stehen, mir ist ganz komisch zumute, er hat mich nicht mal begrüßt und mir auch keinen ‚Gute Nacht'-Kuss gegeben ... Was ist denn nur los mit ihm? Und warum ist er mir gegenüber so genervt?

Es dauert etwas, bis ich aus meiner Starre herauskomme und ebenfalls hoch laufe, ich will das jetzt klären! Ich komme ins Bad, wir haben unser eigenes Bad, deshalb schließen wir nie ab, er steht unter der Dusche. Ich schaue ihn an, er hat sich gut gehalten, muss ich eingestehen, ist immer noch muskulös, hat zwar über die Jahre etwas Bauch angesetzt, aber es tut seinem Erscheinungsbild keinen Abbruch, er sieht immer noch sehr attraktiv aus. Athletisch, kräftiger Brustkorb, behaart, männlich, meine Augen wandern immer höher, seine vollen Lippen, seine Augen! Unsere Blicke treffen sich, er schaut mich amüsiert an.

„Was tust du da, Lisy?", fragt er verschmitzt.

„Ich schaue meinen Mann an!", antworte ich herausfordernd.

„Ja, das sehe ich ..., Lisy ...?!", sagt er nun genervt.

„Ja?", ich könnte ihn auf der Stelle anspringen.

Wir haben schon so lange keinen Sex gehabt und so wie er da steht ...

„Lass es einfach. Mir ist absolut nicht danach."

Wie bitte?! Schon wieder lässt er mich abblitzen. Ich fühle mich gekränkt. Ich hätte mir so seine Nähe gewünscht.

„Was ist mit dir los? Du bist heute so komisch, überhaupt in letzter Zeit! Wir haben kaum Zeit füreinander. Ich bekomme nicht mal mehr einen Kuss von dir!", sage ich verzweifelt.

„Oh Mann, Lisy, im Ernst? Willst du jetzt im Bad einen Streit anfangen?", kommt er drohend aus der Dusche.

„Weißt du was?", sage ich, „du kannst mich mal ..." Ich drehe mich um und gehe.

Ich spüre, wie mir die Tränen in die Augen schießen, bloß nicht weinen! Ich fühle mich so bloß gestellt. Am liebsten würde ich mich in ein Loch verkriechen. Ich laufe wieder runter ins Wohnzimmer, meine Gedanken schnellen hin und her in meinem Kopf, ich kann nicht ruhig stehen bleiben und laufe auf und ab, um mich zu beruhigen. Es brodelt in mir! Ich höre ihn aus dem Bad gehen und hoffe innerlich, dass er noch runterkommt und mich in den Arm nimmt, aber das tut er nicht.

Er geht ins Schlafzimmer, ich höre wie die Tür oben leise zu geht. Typisch Tom! Er geht der Situation aus dem Weg. Meine Reaktion war übertrieben, das weiß ich, trotzdem habe ich nicht erwartet, dass er so abwertend mit mir spricht. Zumindest habe ich es so empfunden. Ich bin halt ein emotionaler Mensch, ich überlege nicht vorher, ich agiere sofort und ja es kommt dann vor, dass ich Sachen sage, die ich später bereue. In dem Moment will ich nur mein Gegenüber verletzen. Aber bei Tom funktioniert das eben nicht, das weiß ich, trotzdem versuche ich es immer wieder. Ich werde es nie lernen ...! Ich bin eine

Katastrophe! Es war nicht klug von mir, ihn so zu attackieren. Er hat mich aber abblitzen lassen! Wir müssen morgen auf jeden Fall darüber sprechen!

War er wirklich bei Eric heute Abend? Der Gedanke schießt mir gerade in den Kopf. Ich gucke auf die Uhr im Wohnzimmer, das ist jetzt zu spät ... Ich nehme mir vor morgen mit Gil zu sprechen. Gil und ich werden niemals gute Freundinnen, wir sind einfach zu verschieden, wir sehen uns auch nur bei Familienfeiern. Die Animosität, die wir füreinander hegen, ist für keinen ein Geheimnis. Deshalb muss ich mir gut überlegen, unter welchem Vorwand ich sie morgen anrufe, damit sie nicht Wind davon bekommt, dass ich Tom ausspioniere, sie würde sonst sofort zu machen. Sie liebt ihren Bruder abgöttisch!

Ich glaube, ich habe schon eine Idee! Wenn Tom nicht mit mir spricht, dann muss ich eben zusehen, dass ich die Informationen woanders her bekomme, denn irgendetwas stimmt hier definitiv nicht! Es stinkt zum Himmel, das kann ich spüren, und mein Instinkt hat mich bisher noch nie getäuscht!

Jetzt, da ich einen Plan habe, merke ich, wie mein Körper in sich zusammenfällt, ich bin völlig erledigt. Ich lege mich auf das Sofa, der Fernseher gibt immer noch irgendwelche Töne von sich, die ich aber nicht weiter beachte, denn schon bald bin ich eingeschlafen ...

* * *

Ich höre im Halbschlaf mein Handy klingeln. *Jetzt schon?* frage ich mich mit geschlossenen Augen. Es bringt nichts, es zu ignorieren, es ist Zeit aufzustehen! Ich taste nach dem Telefon und versuche halb liegend den Wecker auszumachen. „Mann! Geh doch aus, du blödes Ding!", beschwere ich mich laut.

„Guten Morgen?!", sagt eine Stimme hinter mir. Ich schnelle nach oben. Tom schaut mich amüsiert an. „Na, gut geschlafen?", fragt er provokant.

Ehrlich? Was für eine Frechheit! Ich stehe auf, gehe auf ihn zu, schaue ihn scharf in die Augen, an ihm vorbei und laufe nach oben ohne, ein Wort zu erwidern.

Darauf muss ich nicht antworten, oder? Im Bad schließe ich die Tür hinter mir zu, ich will heute meine Ruhe, die Nacht war eine Katastrophe und mein Blick in den Spiegel bestätigt es sofort! Oje! Etwas Make-up wird heute nicht reichen, da muss ich mehr verwenden, du bist schuld Tom! Wenn ich an die letzte Nacht denke, wird mir übel, ich habe so viel blödes Zeug geträumt. Ich weiß schon jetzt, dass der Tag miserabel sein wird. Wenn ich das richtig in Erinnerung habe, haben wir heute drei Termine auswärts, zum Glück nicht sehr weit, sie sind alle in Düsseldorf, also von Neuss nur ein paar Kilometer entfernt, und dann wollte ich noch an dem Projekt von Frau Schmitt arbeiten. Es hilft nichts, da muss ich durch, und jetzt muss ich mich beeilen!

Nach einer halben Stunde fühle ich mich etwas besser, geschminkt und gestylt! Die Kinder sind auch schon geweckt. Ich gehe runter, Richtung Küche, und wundere mich. Hier ist keiner! Ist er schon weg? Ich entdecke den Zettel auf dem Küchentisch: ‚Ich wünsche dir einen schönen Tag, bis später!‘, unterschrieben mit Tom und ein Herzchen daneben. Will er mich veräppeln?

„Ja, dir auch einen schönen Tag!“, murmle ich.

Ich habe immer noch einen Groll auf ihn. Meine Uhr am Handgelenk vibriert, ich schaue sie mir an, vielleicht noch eine Nachricht von meinem ‚liebsten‘ Mann. Nein, es ist eine Erinnerung: ‚anrufen‘, steht da. Jetzt fällt es mir wieder ein, dass ich Gil anrufen wollte, hatte aber bei der Erinnerung ihren Namen nicht geschrieben, denn Tom und ich teilen uns den gleichen Kalender und ich wollte nicht, dass er merkt, was ich vor habe. Es ist sieben Uhr genau, um acht Uhr wollte ich sie anrufen, denn dann ist sie noch zu Hause, aber Eric soweit ich weiß schon unterwegs zur Arbeit …

Ich schnappe mir schnell meine Sachen, ich bin auch etwas spät dran, sage den Jungs noch tschüss, marschiere dann aus dem Haus in die Kälte. Mist, jetzt muss ich auch noch die Scheiben freikratzen! Im Schnelltempo zum Auto mache ich mich ans Werk, fluche über die eisige Luft und lasse mich am Ende auf den Sitz des Autos plumpsen. Endlich fahre ich los! Emilie wird wieder schimpfen, dass ich zu spät bin, wir hatten ausgemacht, dass ich sie heute abhole und wir dann zusammen direkt zum ersten Kunden fahren. Sie wohnt eine halbe Stunde von mir entfernt, danach brauchen wir wieder ungefähr zwanzig Minuten bis zum Kunden ... Wie spät ist es jetzt? Zwanzig nach sieben, es passt schon, wird zwar knapp, aber das kriegen wir hin ... Mir fällt gerade ein, dass Emilie im Auto sein wird, wenn ich mit Gil telefonieren werde. Mist! Darüber habe ich gar nicht nachgedacht! Egal, ich kann es nicht verschieben, denn danach geht es den ganzen Tag getaktet weiter. Wenn mein Plan funktioniert, wird keiner merken, was eigentlich dahintersteckt. Noch eine halbe Stunde bis zum Telefonat, ich merke, wie ich zunehmend nervös werde. Die Fahrt verläuft ruhig, Emilie steht schon draußen an der Straße, ihr ist wohl nie kalt! Als sie mich sieht, wedelt sie schon mit den Armen, süß, ein breites Lächeln im Gesicht. Sie ist echt ein Schatz! Sofort hebt sich meine Laune.

„Hi, Emilie!"

„Hallo, liebste Partnerin! Etwas spät dran, was?", sagt sie frech.

„Wir haben noch reichlich Zeit, wir kommen schon pünktlich an. Schnall dich an, Emilie, es geht los!", sage ich eifrig.

„Alles klar!", sagt sie und lacht.

„Du, stört es dich, wenn ich kurz ein Telefonat führe? Es dauert nicht lange."

„Nein, mach ruhig, kein Problem, soll ich mir die Ohren zu halten?", fragt sie munter.

„Es wird nicht nötig sein", gebe ich zurück, ich lächle sie an. „Es ist Gil."

„Gil?", fragt sie überrascht.

„Ja, Tom hat gestern Unterlagen von Eric bekommen, die unterschrieben werden mussten ...", lüge ich sie an.

Wir haben tatsächlich Unterlagen von ihm bekommen, aber es ist schon über eine Woche her, nichtsdestotrotz könnte ich darauf anspielen, habe ich mir gestern gedacht. Also rufe ich jetzt die Nummer aus meiner Telefonliste ab und drücke auf den Knopf ‚Wählen', es klingelt eine Zeit ...

„Berger!" anscheinend hat sie meine Nummer nicht in ihrem Handy, sonst wüsste sie, wer sie gerade anruft. Das bestätigt wieder unser angespanntes Verhältnis.

„Hallo, Gil, ich bin es, Lisy! Wie geht es dir?", frage ich etwas aufgesetzt.

„Lisy? He! Gut, bis jetzt … Warum rufst du mich an?", fragt sie patzig.

„Sorry, ich wollte dich nicht stören, aber Tom hat gestern Abend von Eric noch Unterlagen bekommen, die wir unterschreiben sollten und deshalb …"

„Gestern Abend? Das kann nicht sein …!", unterbricht sie mich.

„Wie meinst du das, es kann nicht sein?" Ich bin überrascht.

„Tom war nicht bei uns gestern, da musst du dich vertan haben!", sagt sie genervt.

„Nein, sie haben sich in der Bar getroffen, nicht bei euch zu Hause, egal, diese Unterlagen wollte ich aber zurückgeben, wir haben sie jetzt unterschrieben …!", versuche ich noch zu sagen.

„Eric war gestern Abend zu Hause, du solltest lieber vorher mit deinem Mann sprechen, bevor du Sachen behauptest, die nicht wahr sind!" höre ich sie zischen und da legt sie auf.

Emilie guckt mich an: „Was war das denn bitte schön?"

„Meine reizende Schwägerin, wie sie leibt und lebt."

Mir ist gar nicht mehr nach Witzen zumute. Ich habe die Antwort bekommen, die ich wollte, und bin überhaupt nicht froh darüber, dass meine Vermutungen sich bestätigen. Tom hat mich angelogen!

„Was ist los, Lisy, du bist ganz blass geworden! Ist dir gerade schlecht?", fragt sie erschrocken.

Ja, mir ist schlecht, mir kommt gerade die Galle hoch, ich muss mich aber zusammenreißen, denn wie könnte ich das denn bitte schön erklären? Also sage ich:

„Ja, mir ist etwas mulmig, habe noch nichts gegessen, das wird es wohl sein, du weißt ja, ich musste schnell aus dem Haus, um meine liebe Emilie abzuholen!" Ich stupse sie an, mit einem Grinsen im Gesicht.

Sie kauft es mir ab: „Wärst du früher aufgestanden, hättest du noch dein Frühstück zu dir nehmen können, ich bin also nicht schuld!"

„Du hast recht." Ich lache, es klingt aber falsch in meinen Ohren.

Wenn ich an letzte Nacht denke, wird mir ganz flau im Magen. Emilie plappert fröhlich weiter und merkt gar nicht, dass ich nur halb zuhöre, denn ich bin mit meinen Gedanken ganz woanders. Ich kann es absolut nicht fassen, dass er mich angelogen hat. Das ist für mich das Schlimmste, ein Vertrauensbruch, denn ab jetzt weiß ich, dass ich ihm nie wieder einfach so glauben werde. Wer einmal so offensichtlich lügt, wird sich nicht scheuen es noch einmal zu tun, nicht? In mir schleicht sich der Gedanke an: Wie oft hat er mich schon angelogen und ich habe es nicht bemerkt? Es ist gerade wie ein Gift, das sich langsam ausbreitet, es tötet nicht, es macht nur krank, und es geht nicht mehr weg!

Irgendwie muss ich den Tag durchstehen. Vielleicht ist es auch nur ein Missverständnis, versuche ich mich zu beruhigen. Klappt aber nicht wirklich! Ich weiß, dass ich mit Tom darüber sprechen muss, nur habe ich echt Bammel davor, denn es wird ihm nicht gefallen, dass ich ihm hinterherschnüffle. Vor allem, um an diese Informationen zu kommen, habe ich auch gelogen … Nur es ist schon ein Unterschied, ob ich meine Schwägerin, in meinem Fall, oder meine Frau, in seinem Fall, belüge, ein No-Go!

Kapitel 6

Stefan

(Ende November 2021)

Sie hat sich nicht mehr gemeldet und ich habe mich nicht mehr getraut. Ich bin zu weit gegangen, habe sie überrumpelt. Ich habe es vermasselt! Es war spät gestern, als ich nach Hause kam, und Elena war schon im Bett, besser so. Ich fühlte mich nicht mehr imstande eine Auseinandersetzung zu führen. Ich habe die Nacht im Gästezimmer verbracht und muss feststellen, dass ich trotz des ganzen Troubles doch gut geschlafen habe. Ich fühle mich einigermaßen fit, ganz anders sieht allerdings Elena aus, als sie gerade die Treppe herunterkommt. Ihre Augen sind gerötet, ihre Haare fallen ihr ungekämmt ins Gesicht, sie sieht völlig fertig aus, sie tut mir leid. Trotzdem findet sie noch die Kraft mich anzufauchen.

„Jetzt nicht, Stefan!", sagt sie zu meiner Überraschung. „Wenn du mit mir sprechen willst, dann nur noch über meinen Anwalt!"

„Wie bitte? Sind wir schon so weit? Können wir nicht wie vernünftige Erwachsene miteinander sprechen?", sage ich entsetzt.

„Wer spricht hier von vernünftig?!", schreit sie nun „Wer ist derjenige, der wegen eines Augenblickes fünfundzwanzig Jahre Ehe wegwirft?"

„Elena!", brumme ich.

„Nein, stopp! Komm mir nicht so, du hast es so gewollt. Ich habe gestern noch Christian erreicht, er wird sich um alles kümmern, wir haben uns nichts mehr zu sagen!"

Christian ist also ihr Anwalt, er hat bei mir in der Kanzlei gearbeitet und war kurz davor, ebenfalls zum Partner benannt zu werden, nur ist er wegen einer Affäre gekündigt worden, er musste die Kanzlei verlassen.

„Christian?! Elena, ist das dein Ernst? Soll dieser Typ dich wirklich vertreten? Das Einzige, was er will, ist, dir an die Wäsche gehen!", sage ich empört.

„Es kann dir doch egal sein!", brüllt sie mich an. Sie läuft wieder nach oben.

„Elena?!" Sie dreht sich nicht um, aber bleibt stehen.

„Bitte, wir müssen reden, du weißt, dass es nichts mit der Innenarchitektin zu tun hat, es ist zwischen uns so viel passiert oder eben nicht passiert. Ich wünsche mir, dass wir wie zivilisierte Menschen auseinandergehen und nicht im Streit, wir haben uns doch mal geliebt!", sage ich versöhnlich.

„Du kannst dir deine Wünsche irgendwohin stecken, Stefan! Das hättest du dir vorher überlegen sollen! Du übergibst mir diese Hiobsbotschaft und machst dich dann vom Acker, was glaubst du, wie es mir gestern ergangen ist, hä?! Du warst wahrscheinlich bei dieser Tussi, um ihr die gute Nachricht mitzuteilen, und ich saß allein wie ein Häufchen Elend! Ich werde dir das niemals verzeihen, Stefan!", kreischt sie.

Mir ist klar, dass es unmöglich ist, mit ihr rational zu sprechen.

„Wenn du es so meinst, Elena, dann kann ich tatsächlich nichts mehr tun."

Diese Reaktion von mir hatte sie nicht erwartet, bestimmt hatte sie vermutet, dass ich vehement abstreite, mit Lisy zusammen gewesen zu sein, dass Schuldgefühle hochkommen und ich mich entschuldigen würde. Diese Blöße gebe ich mir nicht, wenn sie meint alles zu verdrehen, weil sie dann mit der Situation besser zurechtkommt, als zu denken, dass sie ebenfalls an unserer gescheiterten Ehe mit schuld ist, von mir aus. Es ist mir schon klar, dass sie nun mit ihrem Anwalt alles tun wird, um mir die ganze Schuld in die Schuhe zu schieben, vielleicht wird sie mir sogar vorwerfen, fremdgegangen zu sein, aber ich mache mir vorerst keine Sorgen, denn ich weiß, was ich getan habe. Ich war ihr immer treu, was ich von ihr nicht behaupten kann …

Jedenfalls ist sie so verdattert, dass ihr die Kinnlade herunterfällt. Sie hat immer die Kontrolle über alles gehabt, und so auch über unsere Ehe, ich bin ihr nur hinterhergerannt.

Unglaublich, dass es mir jetzt so klar vor Augen geführt wird, alle diese Jahre habe ich nichts bemerkt! Beziehungsweise vielleicht schon hin und wieder, aber es hat mir nichts ausgemacht, ihr die ‚Macht' zu überlassen, sie hat immer für mich mitentschieden ...

Wann habe ich mich denn in dieser Beziehung verloren? Kann ich absolut nicht sagen, es war ein schleichender Prozess, ich habe es nicht mitbekommen. Die Menschen um uns herum haben immer Witze darüber gemacht, dass Elena wohl die Hose zu Hause anhat. Ich habe mir aber nichts daraus gemacht, ich habe es nur für Geschwätz gehalten, denn ich meinte es besser zu wissen ... von wegen! Sie hatten alle recht, nur war ich in meiner Blase. Sie hat ihre Fassung wiedererlangt.

„Ich wusste es! Du wirst dafür büßen, Stefan", speit sie und geht wie eine Furie hoch.

Ich habe genug gehört und gesehen, ich mache mich schnell im kleinen Bad unten fertig und schnelle aus dem Haus. Am Auto angelangt, hebe ich die Augen hoch zum Haus und sehe sie am Fenster, ich will hierher nicht mehr zurück, das ist klar. Ich muss unbedingt eine neue Wohnung finden! Ja, das ist das Erste, was ich heute Morgen in Angriff nehmen werde, und ich weiß schon, wer mir dabei helfen könnte.

Bis dahin werde ich das Angebot von meinem Bruder und Maggy annehmen. Meine Sachen werde ich heute im Laufe des Tages abholen, das Mindeste, den Rest lasse ich dann abholen, wenn ich eine neue Wohnung gefunden habe.

Hoffentlich dreht sie bis dahin nicht durch! Mir läuft es kalt den Rücken herunter, das wäre ihr nämlich zuzutrauen. Ich muss mich also auch darum kümmern. Mann, warum habe ich so spontan entschieden, konnte ich das nicht vorher planen? Dann müsste ich mich nicht so unter Druck setzen!

Blödsinn! Sowas kann man doch nicht planen, es passiert einfach, nur hatte ich nicht mit ihrer heftigen Reaktion gerechnet.

Ich bin jetzt fast bei der Kanzlei angekommen, wir haben heute Nachmittag einen wichtigen Termin, aber ansonsten bin ich im Büro. Am Schreibtisch nehme ich sofort den Hörer und tippe die Nummer von Jeff. Jeff ist ein guter Freund von mir, wir kennen uns schon seit der Uni und er ist Makler.

„Jeff Morani!"

„Hi, Jeff, hier ist Stefan!"

„He, Stefan, altes Haus, na, wie geht es dir?"

„Tja, es könnte besser gehen, deshalb rufe ich dich auch an, Jeff. Ich brauche deine Hilfe … ich brauche eine Wohnung", sage ich ohne Umschweife.

„Ok! Ist euch das Haus zu viel geworden? Wollt ihr euch verkleinern?", lacht er.

„Nein! Du, sie wäre nur für mich."

„Oh! Verstehe, können wir uns treffen, Stefan? Dann kannst du mir sagen, was dir vorschwebt, ja?!", schlägt er vor.

„Ja, klar, wäre auch einfacher … Wie wäre es mit heute Mittag? Also zwölf Uhr bei Pietro?"

Er kennt das Restaurant, da waren wir schon öfter essen, es ist einfach gehalten, schmeckt aber lecker!

„Ja, es passt bei mir auch, dann um zwölf Uhr bei Pietro, bis später, ich muss jetzt los!"

„Alles klar, bis später und danke!"

„Ich habe doch noch nichts gemacht …" Er legt schon auf, bevor ich was erwidern kann.

Der Vormittag verläuft einigermaßen ruhig, um elf Uhr fahre ich nach Hause, um ein paar Wechselsachen mitzunehmen, in der Hoffnung, Elena nicht dort anzutreffen. Ihr Auto steht nicht in der Einfahrt. Puh! Ich atme erleichtert aus, gehe rein und schnelle nach oben ins Schlafzimmer, wo sich der Schrank mit meiner Kleidung befindet, und siehe da … Ein Chaos auf dem Boden, als ob eine Bombe eingeschlagen wäre, alle Sachen zerwühlt und zerknäult, verteilt im ganzen Zimmer, ich stehe da wie angewurzelt! Ich habe es mir doch gedacht, so ein Mist! Und jetzt?! Ich hoffe insgeheim, dass die Sachen zumindest heile sind.

Falsch gedacht! Beim genauen Hinschauen sehe ich, dass sie doch zerschnitten sind. Verdammt! Ich habe keine Zeit mir alles anzuschauen und packe alles, was ich in die Finger bekomme, in eine Reisetasche, laufe dann ins Bad und suche nach meinen

Kosmetiksachen, aber es ist alles weg, abgesehen von Elenas Tuben, Fläschchen und Parfüm ist hier nichts mehr zu finden. In mir kommt Panik hoch und ich renne runter ins Büro, ich bin ganz aus der Puste vor Aufregung. Bleibe kurz vor der geschlossenen Tür stehen, denn ich habe Angst davor, was ich hier vorfinden könnte. Es bringt nichts, ich muss rein und retten, was noch zu retten ist ... Ich öffne die Tür und bleibe auf der Schwelle stehen, ich schaue mir alles genau an. Es ist alles an seinem Platz, der Raum sieht aufgeräumt und sauber aus, wie immer. Ich bin so erleichtert! Sie ist doch nicht durch und durch ausgeflippt und hat doch einen Hauch Verstand behalten ... Ich gehe langsam um den Schreibtisch, wo mein Laptop liegt. Ich merke erst jetzt zu meiner Überraschung, dass es aufgeklappt ist. Das Laptop nutze ich nur für private Zwecke, deshalb nehme ich es nicht mit mir zur Arbeit, es befindet sich darauf nur eine Sache, die für mich von Bedeutung ist. Ein Ordner, der mir über alles wichtig ist. Ich stehe nun direkt vor dem Laptop und siehe da, der Ordner ist ‚Leer!' Ein Post-it klebt auf dem Bildschirm: ‚Arschloch!'. Ich spüre wie mir kalt und warm wird, ich fange an zu zittern.

„Oh mein Gott, Elena, was hast du getan?" Langsam gleite ich zu Boden, meinen Kopf in den Händen. Es ist alles weg. Wie soll ich wieder an alle diese Daten herankommen? Dieser Ordner enthält meine ganzen Recherchen über und Erinnerungen an meine Schwester. Sie ist im Alter von vier Jahren entführt und nie mehr wiedergefunden worden.

Plötzlich prasseln die Erinnerungen an jenen Tag auf mich ein. Ich habe es nie überwunden, ich war damals sieben und Robert neun Jahre alt.

Unsere Eltern mussten für eine kurze Zeit weg, einkaufen, glaube ich, bin mir aber nicht mehr sicher. Egal, jedenfalls hatten sie uns gebeten auf Lara aufzupassen und im Haus zu bleiben. Nur wir waren noch sehr jung und vollen Tatendrang. Lara war am Quengeln, ihr war langweilig, sie wollte nicht mit uns ‚Räuber' spielen. Es war ein schöner Tag, deshalb haben wir irgendwann entschieden, allesamt zum Spielplatz zu gehen, der um die Ecke war, nur kurz, wir würden zurück sein, bevor unsere Eltern wieder nach Hause kommen. Da passierte es, Robert und ich waren damit beschäftigt, die Rutsche unsicher zu machen. Der Spielplatz war voll, wir hatten Lara gesagt, sie sollte so lange im Sandkasten bleiben, als wir aber dorthin zurückkamen, war sie verschwunden! Wir waren erstmal verärgert, dass sie wieder nicht zugehört hatte und wir sie nun suchen mussten. Wir wussten, dass unsere Eltern wahrscheinlich schon zu Hause waren und sich bestimmt Sorgen machten, wo wir sind. Wir haben den Platz komplett abgesucht und immer wieder nach Lara gerufen. Ein paar von den Eltern haben uns bemerkt, sie haben uns dann gefragt wonach wir suchen, und als wir völlig verängstigt und erschöpft sagten, dass unsere kleine Schwester verschwunden sei, fingen sie auch an nach ihr zu suchen. Nach einer Zeit, die sich für mich wie eine Ewigkeit anfühlte, rief die Mutter eines Kindes die Polizei an, sie fragte uns, wo unsere Eltern seien, um die Daten der Polizei zu geben. Wir haben die Situation so gut wir konnten geschildert, dass nicht unsere Eltern uns hier allein gelassen hatten, sondern dass wir selbst entschieden hatten hierher zu kommen, ohne ihnen Bescheid zu geben.

Da kamen sie schon, unsere Eltern! Meinem Vater war sein Ärger richtig anzumerken und meine Mutter sah richtig besorgt aus, wir liefen zu ihr und fingen an zu weinen und uns gleichzeitig zu entschuldigen. Meine Mutter war so erleichtert, uns zu sehen, dass sie gar nicht bemerkt hatte, dass Lara noch fehlte, als mein Vater fragte: „Wo ist Lara?"

Meine Mutter guckte auch erstmal über dem Spielplatz und dann auf uns.

„Jungs? Wo ist Lara?", fragte sie mit ernster Stimme.

Robert war derjenige, der zuerst antwortete.

„Wir wissen es nicht, sie war im Sandkasten und als wir fünf Minuten später nach ihr geschaut haben, war sie nicht mehr da. Wir haben überall geguckt und gesucht, Mama, aber wir können sie nicht finden!", sagte er ängstlich.

Eine Mutter kam dann in Begleitung von der Polizei auf uns zu. In dem Moment sah ich, wie meine Eltern erblassten, mei-

ne Mutter fing an zu zittern. Dieses Bild hat sich bei mir einge-
prägt, Angst lag in ihren Augen, sie stand völlig unter Schock.
Mein Vater beantwortete die Fragen des Polizisten wie ein Roboter, wir wurden auch befragt, nur waren wir zu klein, um die
Schwerkraft des Moments zu verstehen, aber wir wussten beide, Robert und ich, dass es ernst war.

Wir hatten schon Bammel, denn uns war klar, dass wir gleich
von Papa richtig Ärger bekommen würden, sobald Lara wieder
aus ihrem Versteck rauskommen würde.

Sie kam aber nie wieder zurück. Jahrelang haben meine Eltern nach ihr gesucht, zuerst mit Hilfe der Polizei und der Bür-
ger, nachdem es klar wurde, dass sie nicht mehr zu finden sein
wird, haben sie allein weitergemacht. Da sie uns aber schützen
und ein normales Leben ermöglichen wollten, haben sie irgendwann aufgegeben. Zehn Jahre waren inzwischen vergangen.
Wir waren fast erwachsen, unsere Eltern haben uns niemals die
Schuld dafür gegeben, jeder hat für sich den Kummer getragen
und verarbeitet, so gut es ging.

Dass dieser Tag unser aller Leben verändert hat, ist selbstverständlich, wer weiß, was aus uns hätte werden können, wenn
wir an diesem Tag zu Hause auf unsere Eltern gewartet hätten.
Ich weiß heute immer noch nicht, wie Robert damit fertig geworden ist, denn wir haben nie wieder über diesen Tag gesprochen. Er hat jetzt selbst eine Familie, vielleicht hat Maggy ihm
geholfen seine Dämonen zu vertreiben?!

Vielleicht sollte ich irgendwann mit ihm darüber sprechen,
denn ich kann es bis heute immer noch nicht verstehen, wie jemand aus heiterem Himmel, ohne Spuren zu hinterlassen, verschwinden kann. Ich träume immer noch hin und wieder von
ihr. Ich kann es immer noch nicht lassen, die Vergangenheit holt
mich immer wieder ein.

Deshalb habe ich diesen Ordner kreiert, darin stand alles,
was ich über den Fall weiß, was darüber zu finden war, meine
Erinnerung an den Tag und an Lara, in der Hoffnung, sie vielleicht eines Tages wiederzufinden beziehungsweise es ist mir
auch klar, dass es zur Selbsttherapie beitrug.

Es ist vielleicht an der Zeit, die Vergangenheit ruhen zu lassen ... Alle in meiner Familie haben es dem Anschein nach geschafft, also warum nicht ich? Ich will sie nicht vergessen! Das ist es, was mir Angst macht, ich denke, wenn ich sie jetzt aufgebe, dann gerät sie in Vergessenheit, dann ist es, als ob sie niemals existiert hätte. Ihr schönes Gesicht, ihr schmollender Mund, ihre lachenden Augen ... Ich kann sie noch vor mir sehen, ob meine Eltern sie immer noch so lebhaft vor Augen haben, wie ich sie habe? Ich nehme mir vor, mit meinen Eltern und meinem Bruder darüber zu sprechen, vielleicht geht es mir dann besser.

Jedenfalls hat Elena ins Schwarze getroffen, wenn sie mir richtig wehtun wollte, hat sie es nun geschafft. Ich bin wütend auf sie und bin froh, dass sie nicht hier ist. Ich kann sie nicht mal dafür anzeigen, denn niemand wusste davon, nur sie, ich habe es sonst keinem erzählt!

Ich gucke auf meine Uhr, es ist schon elf Uhr fünfundvierzig! In einer Viertelstunde muss ich bei Pietro sein. Ich stehe auf, nehme das Laptop mit, unterm Arm. Packe es ebenfalls in die Reisetasche, schaue mich um, nehme hier und da noch ein paar Sachen mit, laufe noch schnell zum Safe in den Keller ... Den habe ich vor ein paar Jahren einbringen lassen, Elena weiß nichts davon, warum ich sie damals nicht eingeweiht habe, weiß ich bis heute nicht, aber wie ich es nun feststellen kann, war es eine gute Idee. Ich nehme die Wertfonds, die Uhren und das gesparte Geld heraus und laufe schnell aus dem Haus. Steige in den Mercedes und fahre los, da kommt sie um die Ecke und hätte meinen Wagen fast gerammt, wenn ich nicht voll auf die Bremse getreten hätte.

Sie steigt aus, wie eine Furie, sie flucht, was ich hier machen würde. Ich habe aber keine Lust, jetzt mit ihr zu reden, und trete wieder aufs Gas, lasse sie dabei verdutzt und wütend hinter mir stehen.

Das, was du getan hast, Elena, werde ich dir nie verzeihen ...! Zwanzig Minuten später sitze ich mit Jeff beim Italiener Pietro. Ich bin immer noch durch den Wind, es ist definitiv zu viel passiert in den letzten Tagen.

„Sag mal, was ist los bei euch? Warum brauchst du jetzt auf einmal eine neue Wohnung?"

Jeff war nie ein Freund langer Umschweife.

„Hallo erstmal, ich freue mich auch, dich zu sehen!", sage ich spöttisch.

„Ach, komme mir nicht so, ja, erzähl schon ...!"

„Tja, wo soll ich denn anfangen?"

Ich weiß nicht warum, aber ich erzähle ihm alles, was in den letzten zwei Tagen passiert ist.

„Wow, was für eine Geschichte, Mann!" Jeff lebt allein, er will sich nicht binden, er hängt zu sehr an seiner Freiheit, und seine Beziehungen, oder eher gesagt Affären, na ja, dauern alle nicht länger als ein, zwei Monate. „Das tut mir leid für dich, Kumpel, oder vielleicht auch nicht, du weißt, wie ich über die Ehe denke ... Wie fühlst du dich dabei?", fragt er neugierig.

„Erstaunlicherweise gut, muss ich gestehen."

„Und wirst du sie wiedersehen?"

Ich habe in meiner Erzählung kurz Lisy erwähnt.

„Ich weiß es nicht, ich habe versucht, danach mit ihr in Kontakt zu treten, bin aber zu plump gewesen, ich bin aus der Übung, Jeff ...", grinse ich ihn an.

Ich möchte das Thema nicht vertiefen.

„Aber immerhin, du hast es versucht, sie interessiert dich also weiter, ja?", er lässt nicht locker.

„Irgendwie schon, zumindest will ich wissen, was dahintersteckt, sie hat mich so umgehauen, verstehst du? Ich meine, wow, wenn ich über sie nachdenke, wird mir ganz anders, obwohl ich sie gar nicht kenne! Ist das nicht verrückt?", erzähl ich dann doch.

„Das nennt man ‚coup de foudre', mon cher!", er lacht laut über seinen Witz.

„Hör auf damit, Jeff, das ist nicht lustig, ich sitze nun ziemlich tief in der Sch... und brauche schnellstmöglich eine Wohnung, ich kann jedenfalls, nach dem, was heute passiert ist ..." Ich habe ihm von den Klamotten erzählt, die zerschnitten wurden. Vom Ordner natürlich nicht. „...nicht mehr dorthin zurück, außer, um den Rest meiner Sachen abzuholen, wenn es so weit ist."

„Wenn davon noch was übrig bleibt ...“, sagt er sarkastisch.

„Yo!“, erwidere ich nachdenklich.

„Ok, irgendwelche Wünsche, wo du wohnen willst? Wie groß die Wohnung sein darf? Wie viele Zimmer? Mit oder ohne Garten?“, fragt er nun wieder in seiner Makler-Rolle.

„Kaiserswerth fände ich schön, es kann ruhig eine Maisonnettewohnung sein, drei bis vier Zimmer, ruhig gelegen, aber nicht zu ruhig, bin bald wieder Single ...“ Ich grinse dabei kurz. „Gehobene Ausstattung, du kennst meinen Geschmack, Preis sollte unter zweitausend Euro pro Monat bleiben, immerhin muss ich bis zur Scheidung noch für das Haus mit bezahlen. Ich vermute, es wird dann verkauft, denn ich glaube nicht, dass sie es weiter finanzieren kann. Oh Mann, ich habe so viel in dieses Haus investiert ...!“

„Dann nimm dir einen guten Anwalt, es sollte für dich nicht das große Problem sein, einen zu finden. Ich meine, Christian ist nicht ohne, da solltest du auf der Hut sein, er nimmt dir die Sache von damals wahrscheinlich immer noch übel“, sagt er wohl wissend.

Jeff war bei unserer Einweihungsparty vor sieben Jahren dabei, er hatte uns damals schon das Haus vermittelt. Christian war gerade mal neun Monate in der Kanzlei, deshalb hatte ich ihn eingeladen, damit er ein paar Leute kennenlernt, er kam direkt aus dem tiefsten Bayern und kannte hier noch niemanden. Ich wollte einfach freundlich sein. Es war eine große Party, wir waren um die fünfzig Leute, mein Bruder war mit Maggy auch da und Elena hatte eine ganze Menge an Kollegen und Freunden eingeladen.

Jedenfalls ist Christian schon damals allen aufgefallen, er war so imposant, so arrogant vom Erscheinen her. Ich dachte auf der Arbeit, es läge daran, dass er sich einen guten Ruf erarbeiten wollte und sich so mit seiner Art versuchte durchzusetzen. Aber an diesem Abend merkte ich, dass es anscheinend sein normales Verhalten war. Er ist attraktiv, groß, kultiviert, er zieht die Blicke der Frauen auf sich und so ebenfalls die von Elena. Das war das erste Mal, dass ich richtig eifersüchtig wurde, ich hatte aber auch allen Grund dazu! Er hatte meine Frau so dermaßen angebaggert, das war widerlich, und anstatt ihn zurückzuweisen, hat sie es noch zugelassen.

Ich weiß nicht, ob es des Alkohols wegen war, aber es war mir peinlich, ich wollte zwar vor den ganzen Leuten keine Szene machen. Ich habe mich aber aufgeführt wie ein verletzter Hahn. Ich konnte nicht anders, ich wollte auf meine ‚Rechte' pochen.

Nach der Party gab es einen heftigen Streit zwischen mir und Elena, den sie mal wieder gewann. Allerdings habe ich mich ab dem Tag von Christian distanziert und ihm zu verstehen gegeben, dass ich mit ihm keinen Kontakt mehr haben will. Als ich herausfand, dass er eine Affäre mit der Sekretärin eines Partners hatte und wusste, dass diese dessen Lebensgefährtin war, konnte ich nicht anders, als dem Partner heimlich Bescheid zu geben. Es führte dazu, dass Christian und die Sekretärin aus der Kanzlei rausflogen. Ob Christian herausgefunden hat, dass ich es Peter zugesteckt habe, weiß ich bis heute nicht.

„Ja, ich habe schon eine Idee, wer mich dabei vertreten könnte. So, ich muss jetzt leider weg, habe einen wichtigen Termin. Melde dich, wenn du was hast, bis dahin werde ich bei meinem Bruder wohnen", sage ich dann schnell.

„Alles klar, bis dann, Stefan, mach es gut!"

„Du auch!" Ich ging wieder raus in die Kälte, schnell zu meiner nächsten Besprechung ...

Kapitel 7

Lisy

(Ende November 2021)

Der Tag verläuft gut, von den drei Terminen konnten wir zwei Projekte für uns gewinnen. Das eine ist für eine Kanzlei, das war nicht einfach, denn die Konkurrenz war ziemlich gut und das zweite Projekt ist für einen privaten Kindergarten. Ich bin nach wie vor fasziniert von den Möglichkeiten, die mir mein Job eröffnet. Nirgendwo anders könnte ich mich zwischen den verschiedenen Branchen so bewegen. Wir kümmern uns zwar nur um das Interieur, trotzdem müssen wir bestimmtes Know-how über die Aktivitäten der Firmen, die wir beraten, haben.

Es macht diese Arbeit so spannend und umfangreich zugleich. Jedenfalls war es ein erfolgreicher Tag und ich bin sehr zufrieden. Emilie kommt aus dem Schwärmen nicht mehr heraus! Es ist das erste Mal, dass wir für einen Kindergarten arbeiten. Wenn wir es gut anstellen, könnten wir mehr Projekte dieser Art in der Zukunft bekommen, wer weiß ...

Wir sitzen im Auto und rufen uns den Tag in Erinnerung, er war reich an Ereignissen und hat mich von meinem Vorhaben heute Abend etwas abgelenkt. Nur jetzt geht der Tag zu Ende und es ist Zeit nach Hause zu fahren. Ich bringe auf dem Rückweg Emilie noch sicher heim. Morgen ist Freitag, das ist immer unser Bürotag, so haben wir uns das vor Jahren eingerichtet, damit wir den Überblick nicht verlieren und den Papierkram, der nun mal gemacht werden muss, erledigen können. Es kommt schon mal vor, dass wir am Samstag noch Auswärtstermine annehmen, aber dieses Wochenende haben wir frei. Ich freue mich, etwas ausspannen zu können, vielleicht mit den Kindern was unternehmen, Kinoabend oder so ...

Durch Corona können wir halt nicht so viel auswärts machen, obwohl wir alle geimpft sind, passen wir immer noch auf, nicht zu viele Kontakte zu haben. Die Jungs sind sowieso reine Stubentiger! Ich würde mich freuen, wenn sie öfter rausgehen würden!

Ich frage mich übrigens, wie Adrian an seine Freundin gekommen ist. Sie ist reizend, ich mag sie, überhaupt nicht tussilike! Sie ist aber nicht aus seiner Klasse und auch nicht auf seiner Schule ... Er meinte, sie wäre die Freundin eines Freundes, bla, bla, bla ... Sicher habe ich mir gedacht, sowas kann nicht sehr lange halten, aber ich muss sagen, dass ich mich vertan habe, sie sind jetzt seit einem halben Jahr zusammen, wenn man überhaupt von zusammen sprechen kann, in unserer Zeit, wo Abstand und Maske den Alltag beherrschen.

Trotzdem hatte ich das Vergnügen, sie ein paar Mal hier bei uns zu sehen. Der letzte Sommer war fast wie früher, wir konnten wieder rausgehen, Freunde treffen, feiern gehen ... Ich hoffe, dieser Sommer wird auch zumindest genauso, wenn nicht besser, sein.

Ich habe Emilie für heute verabschiedet und fahre nun weiter Richtung nach Hause. Ich lasse mir wieder den gestrigen Abend durch den Kopf gehen, immer und immer wieder. Ich suche immer noch die Schuld bei mir. Habe ich irgendetwas verpasst?

Die Erinnerung an das Telefonat von heute Morgen versetzt mir wieder einen Schlag in die Magengrube, ich kann es nicht fassen.

Ich bin angekommen. Toms Auto steht in der Einfahrt. Er ist also schon zu Hause! Wunderbar! Ich steige aus, mache die Haustür auf und spaziere herein, da kommt mir Tim entgegen:

„Mama! Ich habe eine Eins in Englisch bekommen!"

„Wow, cool, hast du super gemacht! Wo ist dein Vater?", frage ich hinterher.

„Keine Ahnung!" Er hebt dabei die Schulter.

Wie, keine Ahnung, ich hasse diese Antwort, immerzu, wenn ich die Jungs was frage, bekomme ich diese blöde Antwort! Grr!

„Wie? Hast du ihn nicht gesehen, oder was?", frage ich etwas genervt.

„Doch schon, ich glaube, er ist oben ...“

„Ok, danke.“

Ich ziehe meinen Mantel und meine Schuhe aus und versuche meine Nervosität in Schach zu halten.

Ich habe den Eindruck, kurz vor einer Prüfung zu stehen. Mein Herz schlägt schneller, meine Hände schwitzen. Am liebsten würde ich wieder aus dem Haus gehen und aus der ganzen Situation flüchten, denn ich befürchte, es wird kein gutes Ende nehmen. Aber ich stelle mich der Situation und laufe nach oben. Kurz vor unserem Schlafzimmer bleibe ich stehen, er hat mich noch nicht bemerkt. Ich sehe gerade, wie er Sachen in einen Koffer packt ...

Mein Herz fängt an zu rasen. „Wo willst du denn hin?“, kommt aus mir heraus.

Er schreckt zusammen und dreht sich abrupt zu mir um: „Oh, hi!“

„Warum packst du?“, frage ich erneut.

„Ich fahre doch weg! Nach Mallorca, für ein paar Tage ... Lisy? Sag mir nicht, dass du es schon wieder vergessen hast?!“, sagt er etwas barsch.

„Ich weiß nicht, was du meinst!“

„Das habe ich dir doch letzte Woche gesagt, wir haben ein Symposium am Wochenende auf Mallorca und da fliege ich jetzt hin.“ Nun ist er genervt.

„Tut mir leid, kann ich mich nicht erinnern, von wann bis wann genau?“

Ich zermartere mir den Kopf, kann mich aber absolut nicht mehr daran erinnern.

„Das war klar! Mein Flug ist in drei Stunden, ich muss mich also beeilen, ich komme am Sonntagabend wieder zurück“, sagt er forsch.

„Wer fliegt denn noch mit dir hin?“, frage ich interessiert.

„Nur ein paar Kollegen, die du nicht kennst.“

„Ist auch eine Frau dabei?“ Mir ist klar, wie lächerlich meine Frage jetzt klingt.

Er hört plötzlich auf zu packen und dreht sich zu mir um:

„Lisy, was ist dein Problem?"

„Mein Problem ist, dass du mich gestern angelogen hast, als du gesagt hast, du hättest dich mit Eric getroffen. Das stimmt nämlich nicht, ich habe heute Morgen mit Gil gesprochen!", sage ich ihm vorwurfsvoll.

„Willst du mir ernsthaft damit sagen, dass du mir hinterherschnüffelst?!"

Oh! Jetzt ist er nicht mehr so gut gelaunt wie gerade eben.

„Nein, du warst gestern so komisch und wolltest nicht mit mir sprechen und deshalb habe ich mit Gil telefoniert ...", versuche ich mich zu rechtfertigen.

„Du bist ein Kontrollfreak, Lisy! Ach, ich habe keine Zeit für sowas, lass mich jetzt packen, sonst komme ich noch zu spät zum Flughafen!"

„Ich hätte aber gern eine Antwort.", sage ich kleinlaut.

„Mach mich jetzt nicht wütend, frag doch, wen du willst, was ich gestern gemacht habe, du scheinst allen mehr zu glauben als mir!", schreit er fast.

„Hä?"

„Geh mir jetzt aus dem Weg ...!" Er schubst mich fast von der Seite, um an den Schrank ranzukommen.

Mir bleibt nichts anderes übrig, als das zu tun, aus dem Zimmer zu gehen. Ich will jetzt nicht die Kontrolle verlieren und herumschreien. Die Kinder sind im Haus ... Nur habe ich immer noch keine Antwort auf meine Fragen, er hat sie gekonnt ignoriert. Macht er das extra? Will er mich bestrafen? Aber wofür?

So gern würde ich das alles mit ihm in Ruhe klären! Nur er ist jetzt so wütend, ich möchte ihn nicht noch mehr reizen. Ich bin völlig durcheinander, fühle mich hilflos. Wir haben noch nie so heftig gestritten. Ich gebe zu, es war nicht die feinste Art, ihn so zu hintergehen, aber was sollte ich denn tun, wenn er nicht mit mir spricht? Ich kann doch nicht ewig darauf warten, bis ,Mister' die Zeit und die Lust dazu hat.

Ich höre, wie er im Zimmer tobt, dann ins Bad läuft, hin und her, um dann runterzukommen.

Er guckt mich nicht mal an, zieht seinen Mantel über, seine Schuhe an, nimmt seinen Schlüssel und geht zur Tür! Das wird er doch nicht wagen ...?!

Er ruft nach oben und verabschiedet sich von den Jungs, erst dann schaut er mich an.

„Bis Sonntag, Lisy, hoffentlich bist du bis dahin wieder normal!" Er verlässt das Haus ohne ein weiteres Wort.

Ich bin am Boden zerstört, zum zweiten Mal in so kurzer Zeit lässt er mich stehen. Ich fühle mich so elend. Mir kommen die Tränen und ich kann sie nicht mehr aufhalten, ich sitze in der offenen Küche, mein Blick immer noch an der Haustür geheftet, und weine mir die Seele aus dem Leib. Ich weiß nicht, warum ich so heftig darauf reagiere, ich kann zwar emotional werden, aber so? Was ist mit mir los?

Ich habe Angst! Das ist los, ich spüre, dass irgendetwas nicht stimmt, was Tieferes, das ich momentan nicht greifen kann, und es macht mich fertig. Ich höre jemanden die Treppe runterkommen, schnell versuche ich, meine Tränen weg zu wischen und drehe mich zur Küchentheke hin, hole mir eine Tasse aus dem Schrank und tue, als ob ich mir einen Tee kochen würde.

„He! Mama! Alles klar?"

Es ist Adrian, er war immer der Einfühlsamere von beiden und obwohl ich das für ein Talent halte, könnte ich es heute verfluchen.

„Alles klar bei mir, und bei dir?"

Ich drehe mich immer noch nicht um, ich kann ihm nicht so gegenübertreten, ich sehe mit Sicherheit verweint aus, das muss er nicht sehen.

„Auch ...! Warum habt ihr euch gezofft, du und Papa?", fragt er.

„Nichts Wichtiges, Schatz, du musst dir darüber keine Sorgen machen. So ist es nun mal in einer Beziehung, es läuft nicht immer rund. Das wirst du noch erleben, wenn es bei dir so weit ist."

„Haha ...! Es klang nur ziemlich heftig, und alles andere als harmlos, deshalb ..."

„Es tut mir leid, dass du dir Sorgen gemacht hast. Du weißt, wie deine Mutter ist, sie kann manchmal halt den Mund nicht halten. Und jetzt, lass mich hier weitermachen ...!"

„He, ich wollte fragen, ob ich am Wochenende bei Steffi übernachten darf?!"

Er wird rot dabei! Ja, ich habe mich jetzt umgedreht, denn die Frage erstaunt mich schon etwas. Obwohl ich wusste, dass es irgendwann kommt, finde ich es noch etwas zu früh!

„Was sagen ihre Eltern dazu?"

„Sie sind am Wochenende nicht da, sie ist allein mit ihrer Schwester zu Hause. Sie sind aber einverstanden, sie hat sie gefragt", sagt er noch schnell.

Die Schwester ist achtzehn oder neunzehn, wenn ich mich richtig erinnere.

„Oh, freie Bude, was? Das gefällt mir nicht ganz. Nicht, dass ich dir nicht vertraue, aber ihr seid dann allein!", sage ich skeptisch.

„Bitte, Mama, sie wohnt nicht weit weg, wenn was ist, kann ich schnell zurückkommen und ich rufe dich jeden Tag einmal an, versprochen." Er schaut mich dabei flehend an.

„Ist die Schwester auch geimpft? Seid ihr nur unter euch, ja? Keine Partys! Und wenn ihr euch vorher noch testet, dann bin ich einverstanden. Das sind meine Bedingungen!"

„Ist kein Problem, und nein, keine Partys, perfekt, Mama, danke, du bist die Beste!"

Sein Gesicht erhellt sich und seine Augen bekommen diese Ausstrahlung. Oje! Ich werde wieder sentimental! Mein Sohn ist schon so schnell groß geworden.

„Ach, Adrian, benutzt bitte Kondome!", necke ich ihn.

„Mama!", sagt er empört.

„Ja, nun, ich möchte noch nicht Oma werden!"

„Jaja, ist gut, Mama ..."

Da flitzt er wieder nach oben, um die Nachricht schnell zu verkünden. Ich bin froh, dass er in dem Eifer nicht bemerkt hat, dass meine Augen gerötet waren.

Tja, was werde ich denn am Wochenende unternehmen? Ich überlege gerade, Tim vorzuschlagen morgen einen Kinoabend zu machen, als dieser herunterkommt.

„Mama?!"

„Ja? Was ist?"

„Ich habe gerade gehört, Adrian ist das ganze Wochenende weg!"

„Ja, und? Wir können, wir zwei, dann morgen Abend einen Film anschauen?!"

„Hm! Nö! Mama, wir haben null den gleichen Geschmack. Zudem wollte ich doch zu Jonathan, erinnerst du dich? Wir wollten einen Spieleabend machen!", erinnert er mich.

Stimmt, da war was, mein Gedächtnis macht Probleme in letzter Zeit!

„Wollt ihr mich alle allein lassen, oder was? Im Ernst? Hast du schon mit den Eltern gesprochen? Sind sie einverstanden?"

„Noch nicht, aber wenn du nichts dagegen hast, würde ich das jetzt klar machen ..."

„Wenn sie einverstanden sind, habe ich auch nichts dagegen. Ich hatte doch sowieso schon zugestimmt, nicht?"

„Richtig! Ich wollte nur auf Nummer sicher gehen ... Danke, Mama."

Er flitzt dann auch nach oben und lässt mich allein.

Nun habe ich ein freies Wochenende! Vielleicht kann ich ein paar Sachen erledigen, die ich in letzter Zeit vernachlässigt habe.

Jetzt ist aber erstmal Zeit zu kochen!

***

Eine Stunde später bin ich mit der Zubereitung des Abendessens fertig und rufe die Jungs zum Essen herunter. Sie decken den Tisch und ich bringe das Essen. Am Tisch finden immer rege Diskussionen zwischen den zweien statt, sie sind selten einer Meinung und ich muss ständig die Mediatorin spielen. Nach dem Essen räumen wir den Tisch ab. Das Geschirr landet in der Spülmaschine, immer wieder sage ich mir, dass es die beste Erfindung überhaupt ist.

Die Kinder wollen gerade wieder hochgehen, als das Telefon von Tim klingelt.

„Das ist Jonathan, Mama, darf ich rangehen?"

„Ist in Ordnung."

Ich mag es normalerweise nicht, wenn die Kinder sich am Tisch mit dem Handy beschäftigen. Es ist unsere Familienzeit. Diese Regel wird immer respektiert. Wir sind jetzt fertig, daher ...

„Hi, was gibt's? Was, echt? Oh cool, warte, ich muss mal fragen, meine Mutter steht gerade hier ... Mama?"

„Ja?"

Ich bin mal gespannt, was jetzt noch kommt.

„Darf ich morgen nach der Schule direkt zu Jonathan gehen? Seine Eltern haben mich für das ganze Wochenende eingeladen, sie wollten in die Berge, weil es jetzt geschneit hat, und fragen, ob ich mitkommen möchte? Bitte, Mama!", fleht er mich an.

Das ist aber mehr als eine Übernachtung!

„Tim, kann ich dir jetzt nicht sagen, ich möchte erstmal mit Jonathans Eltern sprechen ..."

„He Jona! Sind deine Eltern da, meine Mutter möchte mit ihnen sprechen!"

Er gibt mir dann das Handy. Laura, die Mutter von Jonathan, ist dran. Nachdem wir alles geklärt haben, gebe ich das Telefon an Tim zurück und sage ihm, es ginge in Ordnung. Er kann sich nicht mehr halten vor Aufregung und springt hin und her vor Freude.

„Ja, ja, ja! Juhu! Ich muss ihn fragen, was ich alles brauche!" Weg ist er ...

Ich kann mir ein Lachen nicht verkneifen. Ist das schön, wenn er sich so freut.

* * *

Der Abend verläuft ab da etwas chaotisch zwischen Packen und Waschen, alle sind aufgeregt und freuen sich auf das kommende Wochenende, alle außer mir! Aber ich lasse es mir nicht anmerken, ich will ihnen nicht die Stimmung verderben.

Nachdem wir alles vorbereitet haben und die Jungen sich in ihr Zimmer verkrochen haben, gehe ich wieder runter ins Wohnzimmer und mache es mir mit einer Tasse Tee auf dem Sofa gemütlich. Ich zappe durch die Sender, ohne wirklich darauf zu achten, denn ich bin gerade ganz weit weg … Es ist in den letzten Tagen so viel passiert!

Ich muss es verarbeiten, mein Streit mit Tom steckt mir immer noch in den Knochen, nur kann ich jetzt mit etwas Abstand rationaler denken.

Ich versuche mich in seine Situation zu versetzen, um seine Reaktion nachzuvollziehen. Ich kann sie aber, egal wie ich sie herumdrehe, nicht verstehen.

Es kommt mir immer mehr der Gedanke, dass irgendetwas im Busch ist. Ich brauche einen Plan, wie ich die Sache nach seiner Rückkehr angehen soll. Ich will einfach Gewissheit und dafür muss ich wohl oder übel mit ihm sprechen. Da ich mich sowieso nicht auf das Fernsehgucken konzentrieren kann, schalte ich ihn nach kurzer Zeit wieder aus und begebe mich nach oben. Ich mache mich schnell im Bad fertig und gehe ins Schlafzimmer. Bei den Jungs in den Zimmern ist es jetzt ruhig, ich gehe davon aus, dass sie schon schlafen. Das große Bett steht da, leer, etwas verknäult, weil Tom seine Sachen daraufgelegt und gefaltet hatte. Ich vermisse ihn, seine Nähe, seine starken Arme. Ich vermisse ihn gerade so sehr, dass es wehtut. Ich habe einen Kloß im Hals, mir kommen wieder die Tränen. Er ist jetzt bestimmt schon gelandet, wenn ich richtig verstanden habe, ist er so gegen neunzehn Uhr abgeflogen und müsste somit vor einer Stunde auf Mallorca gelandet sein. Es ist jetzt dreiundzwanzig Uhr. Er hat sich immer noch nicht bei mir gemeldet, ich schaue auf mein Handy, ob ich seine Nachricht verpasst habe, nichts.

Ich rufe den Chat auf: ‚Hi, ich hoffe, du bist gut angekommen. Ich wünsche dir eine gute Nacht', ein Smiley mit Kussmund dahinter, senden! Ich warte kurz, schaue mir die Häkchen an der Seite an, ob sie blau werden, was bedeuten würde, dass er meine Nachricht gelesen hat, aber nichts passiert …

Ich lege mich ins Bett, nehme mein Buch und versuche etwas zu lesen, nur kommt es nicht an. Ich sehe die Wörter, aber sie bleiben bei mir nicht hängen und nach zwei Seiten weiß ich überhaupt nicht, worum es geht, also lege ich das Buch wieder zur Seite und nehme das Telefon wieder in die Hand. Die Häkchen sind blau und ich sehe, dass er gerade schreibt, mein Herz macht einen Sprung, meine Hände werden feucht. Gott, ist das verrückt, sich so zu fühlen.

Die Antwort kommt prompt: ‚Hi, ich bin gut angekommen, danke. Wir haben gerade im Hotel eingecheckt. Ich wünsche dir auch eine gute Nacht, bis Sonntag, Lisy. Kuss'

Er hat mir ein Küsschen mitgeschickt. Ich bin so erleichtert! Er ist nicht mehr böse auf mich. Vielleicht habe ich nur Geister gesehen und es ist alles in Ordnung zwischen uns. Ich weiß, dass ich mich gerade selbst anlüge, aber es ist mir egal. Ich will jetzt an das Gute denken.

Jedenfalls haben sie sich alle entschieden was zu unternehmen, ich werde am Wochenende allein sein und habe keinen Schimmer, was ich machen soll.

***

Der Freitag läuft ziemlich unspektakulär, im Büro erledige ich, wie jeden Freitag, den Papierkram. Danach wollen wir, Emilie und ich, mit dem Kindergartenprojekt anfangen. Da ist eine Menge zu tun und die Zeit verlief wie im Flug. Tom hat am Nachmittag geschrieben, dass er ständig von einem Seminar zum anderen laufe und sich jetzt erst eine Pause gönne … Auch, wenn ich es nicht ganz glauben kann, versuche ich die schwarzen Gedanken beiseite zu schieben und antworte ihm freundlich, als ob nie etwas vorgefallen wäre.

Ich habe es aber nicht für nötig gehalten, ihm zu schreiben, dass ich am Wochenende allein bin. Ich muss zugeben, dass ich auf ihn etwas neidisch bin, denn ich weiß, dass er sich trotz Seminaren dort gut amüsiert. Ich hoffe nur, nicht zu gut!

Mir gefällt der Gedanke nicht allein im großen Haus zu sitzen. Ich würde die Zeit nur mit Grübeln verbringen. So entscheide ichspontan, dass ich mich am Wochenende auch amüsieren sollte. Ich möchte den Kopf freibekommen und etwas Spaß haben. Die Frage bleibt nur, wie und mit wem?! Ich habe eine gute Freundin, die in Düsseldorf wohnt und die ich seit gefühlt einer

Ewigkeit nicht mehr gesehen habe. Kurz entschlossen rufe ich sie auf dem Rückweg nach Hause an.

Sie geht sofort dran: „Schmidt!"

„Hi, Klara! Ich bin es, wie geht es dir?"

„Hi, Sweety! Schon lange nichts mehr von dir gehört ...! Mir geht es gut so weit, und bei dir?"

Nachdem wir ein paar Höflichkeitsfloskeln ausgetauscht haben, nenne ich den Grund meines Anrufes:

„Du, stell dir mal vor, ich bin am Wochenende ganz allein, Tom ist auf Mallorca und die Jungs sind über das Wochenende bei Freunden, deshalb dachte ich, wir könnten vielleicht morgen ausgehen, wir zwei. Ich weiß, Corona und so, schwierig, aber so weit ich gehört habe, dürften die Bars aufhaben und wir brauchen dann nur einen Test zu machen ... Was meinst du?", frage ich sie hoffnungsvoll.

„Das hört sich gut an, ich habe am Wochenende auch nichts weiter vor. Lass uns das machen! Komm am besten hierhin, wir können dann in die Stadt fahren. Sagen wir mal, so gegen fünfzehn Uhr? So können wir den Nachmittag zusammen verbringen und uns für den Abend vorbereiten, wie früher!" Ihr Lachen ertönt am anderen Ende der Leitung, wie Kristalle, die einander klirren.

Ach, das ist so schön, sie zu hören. Ich kenne sie seit der Grundschule, wir haben uns immer wieder aus den Augen verloren und wiedergefunden. Sie war quasi überall auf der Welt unterwegs, hat sich aber vor fünf Jahren hier niedergelassen, zurück zu ihren Wurzeln. Wir haben uns immer gut verstanden. Physisch ist sie mein absolutes Gegenteil, groß, blond, blaue Augen. Sie hatte damals viele Verehrer und das hat sich bis heute nicht verändert. Sie ist nicht verheiratet, hat immer wieder eine neue Flamme. Sie lebt einfach das Leben so wie es kommt, und sie versprüht so eine positive Energie, das ist ansteckend.

Sofort hebt sich meine Laune. Ich kann mich nur loben dafür, sie angerufen zu haben. Mein Wochenende ist gerettet, dank Klara!

„Es passt mir perfekt, Klara, so machen wir das, ich nehme am besten ein Taxi zu dir, das ist einfacher ..."

„Du kannst dein Auto nehmen, es sind genug Parkplätze hier, du kannst auch ruhig bei mir übernachten. Wir können uns das Taxi teilen, wenn wir in der Stadt unterwegs sind", schlägt sie vor.

Ein Problem weniger, es ist immer so einfach mit ihr.

„Perfekt, du hast die Lösung für alles! Dann bis morgen, ich freue mich!"

„Ich mich auch, bis morgen! Ich habe schon eine Idee, wo wir hinfahren, das wird genial!"

Das glaube ich auch. Sie kennt die Nachtszene wie ihre Westentasche, sie ist ständig unterwegs, nicht nur durch ihren Beruf, sondern auch so. Sie ist freie Journalistin und schreibt über alles, was gerade Hype ist! Ich bin nun zu Hause und es fühlt sich schon komisch an, diese Stille.

Das Haus fühlt sich so leer an ohne die Kinder. Ich habe keine Lust zu kochen, also bestelle ich mir eine Pizza bei der Pizzeria um die Ecke und gehe Richtung Schlafzimmer. Ich ziehe mir was Gemütliches an, meine Augen bleiben dann auf das Bild auf dem Nachttisch geheftet, darauf sind wir, Tom und ich. Das Bild ist in unseren Flitterwochen entstanden.

Wir sehen so glücklich aus, ich gehe hin, um mir das Bild noch näher anzuschauen, merke dabei einen Zettel auf dem Boden, er liegt neben dem Bett. Ich hebe ihn auf, darauf steht ‚Gina', darunter eine Handynummer. Wer ist Gina? Ich kann die Schrift nicht erkennen, es ist weder meine noch Toms Handschrift. Es ist eine weibliche Handschrift, schön geschwungen, die Nummer wurde zweimal unterstrichen … Mir kommt gerade die Galle hoch und ich habe direkt Kopfkino.

Mist! Jetzt bin ich wieder mies drauf, am liebsten würde ich Tom sofort anrufen und ihn zur Rede stellen. Wer ist diese Frau? Ich möchte es nicht am Telefon besprechen, deshalb verwerfe ich die Idee mit dem Anruf, zudem will ich seine Reaktion sehen, wenn ich ihn danach frage. Ich lege also den Zettel in meine Nachttischschublade und gehe aus dem Zimmer.

Vielleicht könnte ich sie anrufen?! Dann wüsste ich, wie sie mit Nachnamen heißt … Mir gehen tausend Gedanken durch den Kopf und da klingelt es an der Tür. Es ist der Pizzalieferant.

Ich gehe zurück zum Wohnzimmer mit der Pizzaschachtel in der Hand, ich habe keinen Hunger mehr! Ich will sie aber nicht wegschmeißen, lege sie also vor mich hin, mache den Fernseher an und sage mir, dass ein Glas Wein dazu genau das Richtige wäre. Hole also eine gute Flasche Rotwein, ein Glas und mache es mir gemütlich auf dem Sofa: „Prost, Tom!" Ich hebe dabei das Glas hoch … „Was auch immer du gerade tust!" Und kippe es herunter.

Kapitel 8

Stefan

(Ende November 2021)

Der gestrige Termin ist richtig gut für uns gelaufen, so wie es aussieht, müssen wir nicht vor Gericht ziehen. Danach hatte ich mit meinem Bruder telefoniert und ihn schon über mein Vorhaben bei ihnen einzuziehen, nur vorübergehend, informiert. Als ich ihm am Abend erklärt habe, was alles geschehen ist, konnte er mir nicht glauben, Maggy war fassungslos und traurig, dass es so abläuft. Obwohl, sagte sie, man konnte Elena nicht verdenken, dass sie sauer ist. Nur sie hatte immer einen Drang alles zu dramatisieren.

So hatte ich das bis jetzt noch nie gesehen, aber im Nachhinein muss ich zugeben, dass sie recht hat. Jedes Problem wurde erstmal hoch gepuscht, sie ist eine sehr emotionale Person.

Am Wochenende habe ich mir vorgenommen, mit Robert und Ben zu einem Eishockey-Spiel zu gehen. Die Mannschaft unserer Stadt Meerbusch spielt am Sonntag und das wollen wir nicht verpassen. Ben ist ein Fan von ihnen, er spielt selbst in der Schulmannschaft mit und ich muss sagen, er macht sich gut.

Ich habe Elena seit Donnerstag nicht mehr gesprochen und auch nicht mehr gesehen. Ich hoffe, sie kommt irgendwann zur Vernunft, damit wir über alles vernünftig sprechen können, aber ich habe wenig Hoffnung.

Jedenfalls habe ich jetzt Wochenende! Ich wollte noch ein paar Sachen besorgen, wie zum Beispiel Rasierer, Zahnbürste und was man alles so braucht, und halte deshalb beim Drogeriemarkt an. Daneben ist auch ein Supermarkt und so entscheide ich kurzerhand für das Abendessen einzukaufen. Ich kann leider nicht kochen, aber Spaghetti Bolognese kann ja wohl jeder, oder?

Also auf zur Fleischtheke. Spaghetti und alles, was dazuge-hört, packe ich auf dem Weg dahin ebenfalls ein. An der Kas-se steht eine ältere Frau vor mir, sie hat Mühe, ihre Sachen auf das Band zu legen, und so fällt ihr etwas runter, was ich schnell für sie aufhebe. Sie lächelt mich an, zumindest glaube ich das, denn ich sehe nur ihre Augen, der Rest ihres Gesichtes wird von der Maske verdeckt.

Verrückte Zeit, oder? Vor zwei Jahren hätten wir nie im Le-ben gedacht, dass wir uns nicht mehr die Hand geben dürfen, nie aus dem Haus gehen, ohne eine Maske zur Hand zu haben, und immer den Nachweis haben müssen, ob wir geimpft, gene-sen oder getestet sind! Das wäre sogar ein Unding gewesen, was geht das andere an, ob ich geimpft bin oder nicht?! Aber heu-te ist das zur Selbstverständlichkeit geworden … Es führt mir auch wieder vor Augen, wie kurzlebig alles ist. Alles vergeht ir-gendwann, nichts bleibt für immer gleich, und so auch meine Ehe … Da denke ich wieder an Lisy.

Ich mag ihren Namen, er passt zu ihr. Mittlerweile weiß ich, wo sie wohnt, ich habe ein paar Recherchen gemacht. Ich konn-te es mal wieder nicht lassen, gestern Abend lag ich lange wach und da habe ich mich über sie schlau gemacht. Ich möchte sie kennenlernen, sie sehen, sie riechen und ich weiß schon, wie ich es anstellen werde. Sie geht mir nicht aus dem Kopf, ob es ihr genauso geht wie mir?

Ich wollte morgen kurz bei ihr vorbeifahren, nur so, aus Neu-gier. Ich weiß, dass sie verheiratet ist und ich wahrscheinlich kei-ne Chance bei ihr habe, aber ich kann mich von dem Gedanken, sie wieder zu sehen, nicht abbringen. Ich bin kein Stalker oder so, rede ich mir ein, ich will sie nur besser kennenlernen, alles über sie wissen, weil sie mich einfach fasziniert. Ist das falsch?

Aber warum bis morgen warten? Ich könnte doch jetzt kurz bei ihr vorbeifahren, es liegt auf dem Heimweg, wäre also nicht mal ein Umweg! Ich zücke meine Kreditkarte, um zu bezahlen, und eile im Laufschritt aus dem Laden. Es kribbelt in meinem Bauch vor Aufregung, meine Hand zittert leicht, als ich den Schlüssel ins Zündschloss stecke. *Stefan, du bist einfach nur ver-*

rückt, sage ich mir und versuche mich zu beruhigen, indem ich die ganze Situation zu verharmlosen versuche.

Sie wohnt also in Neuss, eine Stadt direkt am Rhein, ich würde normalerweise die Autobahn nehmen, um nach Hause beziehungsweise zu Robert zu fahren, aber entscheide mich, die Strecke über Land zu nehmen. Sie lebt im Norden der Stadt, das Viertel ist gepflegt, es sind schöne Häuser dort, mehr siebziger, achtziger Jahre, also nicht so modern wie bei uns, aber schön mit Verklinkerungen in verschiedenen Farben. Da steht ihr Haus, am Ende einer Straße, der Vorgarten ist freundlich beleuchtet, mit einem kleinen weißen Zaun umgeben. Es strömt eine Eleganz zwischen Moderne und Klassik aus, sie hat modische Lampen an den Fenstern postiert, sie geben ein warmes Licht ab, es sieht gemütlich aus. Man fühlt sich sofort wohl, ein Willkommensschild steckt im Beet am Eingang. Obwohl wir Ende November haben, hat sie noch Blumen in den Kästen, die Beete sind mit Gräsern aller Art bepflanzt, sieht aber nicht überladen aus, sondern stimmig und harmonisch.

Ich parke an der Straßenseite gegenüber, ihr Auto steht in der Einfahrt. Sie hat keine Gardinen an den Fenstern, so kann ich hinein spähen. Dort sehe ich sie! Auf der linken Seite hat das Haus ein bodenlanges Fenster, alle Fenster haben Sprossen, Landhausstil nennt man das, glaube ich. Sie steht genau davor und schaut in die Ferne, ich würde so gern wissen, was sie sieht, an was sie gerade denkt. Ich habe mich so hingestellt, dass das Auto zwischen zwei Straßenlaternen steht, um nicht gesehen zu werden, so kann ich sie ungeniert beobachten und das koste ich gerade voll und ganz aus. Sie ist nicht so nah, dass ich ihr schönes Gesicht gut sehen kann, trotzdem kann ich erkennen, dass sie irgendetwas bedrückt. Sie bleibt länger da stehen, völlig still, wahrscheinlich in Gedanken versunken. Plötzlich dreht sie den Kopf in meine Richtung und schaut mich direkt an! Oh Gott! Shit, hat sie mich gesehen? Ach, du Vollidiot, kann sie doch nicht, du bist im Dunkeln, sie kann nichts erkennen … Oder vielleicht doch? Was mache ich denn da überhaupt, bin ich jetzt zum Stalker geworden, oder was? Ich schaue nochmal in ihre Richtung, aber sie ist jetzt verschwunden.

Siehst du? Du brauchst jetzt nicht auszuflippen, sie hat dich nicht gesehen ... Die Haustür geht gerade auf und sie kommt heraus! Oha, was soll ich machen?

Ich mache mich ganz klein auf dem Sitz, in der Hoffnung, dass sie mich nicht bemerkt. Ich habe mich so weit nach hinten gelehnt, dass ich selbst fast nichts mehr sehen kann ... Sie hat aber eine Tüte in der Hand und verschwindet rechts um die Ecke. Puh! Habe ich aber Glück gehabt, offensichtlich will sie nur den Müll entsorgen, also noch stillhalten ... Da kommt sie wieder ins Licht, sie trägt eine Relaxhose und ein Sweatshirt, ich hätte sie so fast nicht erkannt.

Vorhin am Fenster konnte ich nur ihr Gesicht erkennen, der Rest wurde von den Gräsern versteckt. Sie sieht so jung aus, so klein und zierlich. Sofort kommt mein Beschützerinstinkt zum Vorschein. Ich würde sie am liebsten in den Arm nehmen, den Duft ihrer Haare einatmen, ihren schönen Mund liebkosen. Sie dreht sich kurz zu mir um und geht wieder ins Haus.

Wow! Meine Hände sind so feucht, ich hatte nicht bemerkt, wie nervös ich war. Sie scheint allein zu sein, wo ist denn ihr Mann? Am liebsten würde ich ihr jetzt eine Nachricht schicken oder noch besser an ihre Tür klopfen, aber ich traue mich nicht und so fahre ich wieder Richtung Meerbusch, es ist schon neunzehn Uhr! Ich wollte doch heute kochen, ich gebe Gas, zwanzig Minuten später bin ich bei meinem Bruder angekommen.

Sobald ich die Tür aufmache, kommt mir ein leckerer Duft entgegen! Es riecht himmlisch! Mein Bruder hat mir gestern direkt einen Hausschlüssel gegeben, deshalb komme ich einfach herein.

„Hi, Bruderherz!"

„Hi, Robert!", ich zeige ihm die Supermarkttüte. „Ich wollte eigentlich heute Abend kochen, aber ich bin anscheinend zu spät ... Hm! Es riecht verführerisch! Was ist das?"

Maggy hat mich von der Küche gehört und sagt lachend. „Es ist ein ‚Coq au Vin' mit Ofen-Kartoffeln!" „Du willst kochen?", mein Bruder macht dabei eine Grimasse, die Bände spricht. „Lass es lieber. Zeig mal, was wolltest du denn Schönes kochen?" Er nimmt mir die Tüte aus der Hand, schaut rein. „Maggy, unser lieber Stefan wollte heute Abend Spaghetti kochen! Kannst du dir das vorstellen?", ruft er seiner Frau zu.

Maggy kommt um die Ecke: „Das ist aber lieb, dass du uns was kredenzen wolltest, wir können sie vielleicht ..." Da sieht sie, wie Robert Zeichen macht, was so gut wie ‚Auf gar keinen Fall!' bedeuten soll. „... morgen zusammen zubereiten, was meinst du?", sagt sie schließlich und lächelt Robert verschmitzt an.

„Tolle Idee, dann kann ja nichts schieflaufen, richtig, Bruder?" Ich drehe mich zu Robert und grinse ihn an.

„Jaja, genau. Kommt jetzt, ich habe Hunger!"

Ich laufe erstmal Richtung Gästezimmer, wo ich mich momentan einquartiert habe, ziehe mir was Bequemes an und gehe zu Tisch, an dem alle schon sitzen.

Nach dem Abendessen, das mal wieder hervorragend geschmeckt hat, *ich muss echt aufpassen, wenn ich hier zu lange bleibe, komme ich als Michelin-Menschen wieder heraus*, frage ich meinen Bruder: „Hast du was von Mama und Papa gehört?"

„Schön, dass du fragst! Das habe ich in der Tat, sie haben vor ein paar Tagen angerufen und wollten wissen, ob wir an Weihnachten vorbeikommen!" Daraufhin stehen die Kinder auf und gehen wieder hoch in ihr Zimmer. „Und du?"

„Ich habe nichts gehört, du weißt ja, unser Verhältnis ist nicht mehr so, wie es mal war", sage ich etwas bedrückt.

„Ja, es war aber wegen Elena! Sie war immer so unfreundlich, deswegen wollten sie halt kein Ärger machen und haben euch in Ruhe gelassen, aber jetzt ..."

„Ja, ich weiß, ich sollte mich bei ihnen melden, aber ich möchte sie nicht beunruhigen."

Robert lacht.

„Beunruhigen? Ich glaube eher, dass sie erleichtert wären und sich für dich freuen würden, dass du endlich zur Vernunft gekommen bist ..."

„Ja, ist schon gut! Du ...?!" Ich werde unruhig und rutsche hin und her auf meinem Stuhl.

Maggy ist wieder in die Küche gegangen, um alles aufzuräumen. Ich sollte eigentlich helfen, möchte aber vorher diese Sache loswerden, die ich schon den ganzen Tag mit mir rumschleppe.

„Hmm?"

Ich räuspere mich und nehme tief Luft. „Machst du dir heute immer noch hin und wieder Gedanken über das, was damals passiert ist?"

Jetzt ist es raus, aber ihren Namen konnte ich nicht aussprechen. Er weiß trotzdem sofort, was ich meine.

„Sicher mache ich mir darüber Gedanken, aber es ist Vergangenheit, Stefan. Ich habe damit abgeschlossen, für mich ist sie verstorben. Ich habe am Anfang, und Jahre später noch, mir ständig Vorwürfe gemacht, nur bringt es nichts … Es bringt sie nicht zurück und ich wollte irgendwann auch mein Leben anfangen. Kannst du das verstehen? Ich dachte, wir hätten alle damit abgeschlossen, da wir nie darüber gesprochen haben. Es ist schon lange ein Tabuthema geworden. Aber anscheinend knabberst du immer noch daran …?!"

„Ja, ich kann nicht damit abschließen! Ich träume immer noch von ihr, weißt du? Ich weiß nicht warum, aber ich kann nicht so tun, als ob sie tot wäre. Was ist, wenn sie noch lebt und sie eine schreckliche Kindheit gehabt hat? Ich mache mir immer noch Vorwürfe, dass wir vielleicht mehr hätten tun können, um sie zu finden."

„Wir haben alles getan, um sie zu finden, und das jahrelang! Sie wäre heute siebenundvierzig! Meinst du nicht, dass, wenn sie heute noch leben würde, sie schon längst nach uns gesucht hätte? Vielleicht lebt sie tatsächlich noch, obwohl ich nicht daran glaube, und hat ein schönes Leben. Man kann hier so viel spekulieren und das ist das, was mich fertiggemacht hat, deshalb habe ich mich entschieden, sie als *tot* zu betrachten, denn diese Ungewissheit war für mich schlimmer. Du solltest auch den Fall ad acta legen", sagt er.

„Du nennst es einen Fall? Es handelt sich aber um unsere Schwester!", erwidere ich aufgebracht.

„Stefan, ich will mich nicht mit dir darüber streiten. Ich habe für mich entschieden, ich habe eine Familie, um die ich mich kümmern muss und will. Ich möchte mich nicht mit den Geistern der Vergangenheit herumschlagen …"

„Und wie ist es mit unseren Eltern? Sehen sie das genauso?", frage ich etwas zu forsch.

„Ich weiß es nicht, wie gesagt, wir sprechen nie darüber aber irgendwie haben sie es geschafft, zurück ins Leben zu finden, oder?", sagt er ruhig.

„Ich würde das auch gern, einfach alles vergessen, aber es wäre, als ob sie niemals existiert hätte!"

„Ich habe sie nie vergessen, sie ist immer bei mir, aber mittlerweile als eine schöne Erinnerung, ich mache mir keine Vorwürfe mehr, ich erlebe nicht mehr den einen Tag wieder und wieder, um herauszufinden, ob ich doch was gesehen, aber vielleicht vergessen habe. Wusstest du, dass ich damals, mit zwanzig, bei einem Hypnotiseur gewesen bin? Ich wollte es einfach wissen, sicher sein, dass ich nichts vergessen habe, nichts verpasst habe, was den Ermittlungen hätte helfen können. Aber da war nichts … Danach habe ich eine Therapie angefangen und du weißt ja, mit zweiundzwanzig habe ich Maggy kennengelernt, sie hat mir viel geholfen, mit ihr habe ich es geschafft", vertraut er mir an.

„Ich beneide dich, um deine Liebe und um alles hier!" Ich mache eine umfassende Handbewegung. „Ich bin sehr froh, dich als Bruder zu haben, dass du es geschafft hast und so … Ich wünschte, ich könnte es von mir auch behaupten. Ich bin einfach müde, Robert. Vielleicht hast du recht, vielleicht sollte ich auch eine Therapie anfangen."

Mein Bruder sieht mich traurig an.

„Ich danke dir für deine Offenheit, Stefan, es ist eine Ewigkeit her, dass wir so miteinander gesprochen haben. Ich bin für dich da und werde es immer sein. Ich möchte dich unterstützen und dir helfen, wo auch immer du mich brauchst, du kannst auf mich zählen, Bruder, verstanden?"

***

Das hatte gut getan, mit meinem Bruder zu sprechen. Zurück in meinem Zimmer bin ich immer noch etwas aufgewühlt und nachdenklich.

Ich stehe am Fenster und schaue gerade, wie der Schnee herunterfällt. Wir haben Ende November und der Schnee ist schon da. Es ist jedes Jahr anders ... Ob er diesmal etwas länger liegen bleibt? Auf jeden Fall gut, dass es jetzt Wochenende ist, da muss ich nicht herumfahren.

Was Lisy wohl jetzt macht?

Kapitel 9

Lisy

(Ende November 2021)

Ich bin so aufgebracht, ich kann nicht aufhören, mir irgendwelche Szenarien auszudenken. Um mich zu beruhigen, laufe ich durch das Haus und bleibe vor dem Fenster stehen. Ich bin völlig in Gedanken versunken. Mein Blick ist in die Dunkelheit gerichtet, ich nehme den Lärm der Straße kaum wahr. Ich weiß nicht, wie lange ich da stehen bleibe und in die Nacht hinausschaue. Dann fällt mir auf, dass ich kaum gegessen habe, der Geruch der Pizza liegt noch in der Luft, ich sehe mir die Schachtel, noch mit einer halben Pizza belegt, an und entscheide, sie wegzuschmeißen.

Ich habe keinen Appetit und die Pizza kalt zu essen finde ich eklig. Ich nehme also die Schachtel mit, sowie die Mülltüte aus der Küche, und laufe nach draußen. Wir haben unsere Mülltonnen an der Seite stehen und so muss ich einmal um die Ecke gehen, da merke ich das Auto.

Ein schöner Wagen, silber, Mercedes Coupé, ich habe es hier noch nie gesehen. Bestimmt ein Besucher eines Nachbarn.

Plötzlich merke ich eine Bewegung im Auto, weshalb ich noch genauer hinschaue. Ich muss geträumt haben, es ist völlig dunkel im Inneren, es parkt genau zwischen den Straßenlampen, so, dass ich im Wagen nichts erkennen kann. Mein Gehirn spielt verrückt, ich sehe schon Geister ... Ich schmeiße den Müll in die Tonne und laufe zurück zum Haus.

Ich kann es mir aber nicht verkneifen, noch einmal hinzusehen, nichts hat sich geändert ... Ich gehe hinein. Trotzdem habe ich ein ungutes Gefühl, deshalb verriegele ich direkt hinter mir die Tür. Der Abend ist noch jung, die Kinder haben sich auch schon bei mir gemeldet, dass sie alle gut angekommen sind und sich auf das Wochenende riesig freuen.

Ich muss irgendwie nur diesen Abend durchstehen, morgen Nachmittag bin ich bei Klara und werde garantiert auf andere Gedanken kommen. Ich freue mich, sie wieder zu sehen. Da läuft gerade ein Film im Fernseher, ,Der Verehrer‘, er hat schon angefangen. Ich bleibe daran hängen, als ich die Szene sehe, wo er sie anruft, und versucht sie zu einem Dinner zu überreden. Er ist so charmant und scheint so verständnisvoll zu sein, die Frau ist völlig hin und weg, und obwohl sie anscheinend verheiratet ist, hört man sie ja sagen … In dem Moment bin ich wieder bei Stefan. Wie seltsam das Leben sein kann, ich kann noch nachfühlen wie mir zumute war, als ich ihn gesehen habe. Schon allein die Gedanken an ihn machen mich kribbelig. Fühlt sich Anziehungskraft genauso an oder ist es mehr? Ich habe noch sein Parfum in der Nase, ich sehe seine schönen weichen Augen. Mein Leben ist ein reines Chaos, ich streite mich nur noch mit Tom und anstatt an ihn zu denken, habe ich schon fremde Männer im Kopf. Was stimmt mit mir nicht? Ich sehne mich so sehr nach Zärtlichkeit, nach Liebe und danach, begehrt zu werden. Wie lang ist das her, dass mich Tom so angeschaut hat? Ich weiß, nach so langer Zeit kann man nicht erwarten, dass es wie am ersten Tag bei frisch Verliebten läuft, aber er hat mir schon ewig keine Komplimente mehr gemacht.

Ich fühle mich im Moment so allein gelassen, ich habe den Eindruck, meinen Seelenverwandten verloren zu haben. Ich denke an das letzte Telefonat, das ich mit Stefan geführt habe, es war so seltsam und trotzdem hat es sich gut angefühlt, er hat eine schöne Stimme und ich würde ihn so gern nochmal hören. Ist er wirklich an mir interessiert, oder ist er nur ein Don Juan und versucht sein Glück bei jeder Frau?

Das würde bei mir passen! Wer sollte sich für mich interessieren, ich bin doch eine gewöhnliche Frau, klein, schlank zwar, aber es liegt überwiegend an den guten Genen. Ich treibe Sport, aber es ist ziemlich unregelmäßig und meine Ernährung lässt zu wünschen übrig. Er sagte trotzdem, ich wäre schön, das hat mir sehr geschmeichelt, und gerade das brauche ich im Moment. Ich merke erst jetzt, dass ich das Handy in der Hand habe und schon seine Nummer gewählt habe. Mist! Was soll ich ihm sagen?!

Er nimmt beim zweiten Klingeln ab.

„Lisy? Was für eine schöne Überraschung! Ich habe gerade an dich gedacht", sagt er.

Ja, klar, sagt mein skeptisches Ich und ich verdrehe dabei die Augen.

Ich bin aber schon wie elektrisiert:

„Hallo, Stefan, ich hoffe, ich störe nicht!"

„Niemals! Wie geht es dir, Lisy?"

Wie er meinen Namen sagt …

„Na ja, ich wollte mich nur entschuldigen, dafür, dass ich das Telefonat letztes Mal so abrupt beendet habe. Mein Mann kam nach Hause und …" Was wollte ich denn sagen?

„Es ist kein Problem, ich freue mich sehr, dass du dich jetzt bei mir gemeldet hast. Ich wohne momentan bei meinem Bruder, vorübergehend, bis ich eine neue Wohnung gefunden habe", sagt er mir offen.

„Oh, du bist schon aus deinem Haus ausgezogen?", frage ich etwas geschockt.

„Ja, es mag etwas voreilig aussehen, meine Entscheidung steht aber fest und je schneller man sich an die neue Situation gewöhnt, desto besser. Was ist mit dir? Bist du zu Hause?"

„Hm, ja bin ich. Die Kinder sind bei Freunden übers Wochenende und Tom ist auf Mallorca."

„Auf Mallorca? Warum bist du nicht mit?", fragt er offensichtlich interessiert.

„Er arbeitet dort beziehungsweise sie haben da Seminare, es findet einmal im Jahr statt."

Ich gucke aus dem Fenster, es schneit …

„Dann bist du am Wochenende allein?"

Die Art, wie er das fragt, lässt mich erzittern vor Nervosität, Schmetterlinge spielen gerade in meinem Magen verrückt. Oh my God!

„Ja, das ist richtig, wobei ich morgen Nachmittag zu einer Freundin fahre und dort übernachten werde, wir haben uns schon ewig nicht gesehen. Ich freue mich darauf."

Wie einfach ich mit ihm über alles sprechen kann, als ob wir uns jahrelang kennen würden.

„Oh, schön! Etwas Freiheit genießen, ja? Mit Kindern und so hast du bestimmt nicht viel Zeit für dich."

Er ist so verständnisvoll!

„Geht ihr auch aus oder bleibt ihr nur zu Hause?", fragt er noch.

„Wir wollen ausgehen, etwas Spaß haben. Es ist richtig, viele Gelegenheiten dazu hatte ich in letzter Zeit nicht. Ich weiß zwar noch nicht, wo wir hingehen werden, denn meine Freundin macht ein Geheimnis daraus, aber es wird bestimmt lustig. Und was machst du?" Ich versuche weiter, neutral zu bleiben.

„Mein Neffe wollte morgen Nachmittag zu einem Hockeyspiel gehen, mein Bruder und ich begleiten ihn, ein Männernachmittag quasi. Ansonsten habe ich nichts vor, mir geht es auch nicht besonders, muss ich ehrlich sagen, ich überlege schon, was ich noch machen könnte, um auf andere Gedanken zu kommen. Ich komme irgendwie nicht zur Ruhe."

Ich kann das gerade so gut verstehen, ich fühle mit ihm, deshalb, ohne zu überlegen frage ich ihn: „Wollen wir heute Abend was zusammen trinken gehen?"

Es ist schlagartig ruhig auf der anderen Seite, sofort bedauere ich gefragt zu haben, was denke ich mir dabei? Wie komme ich dazu ihn sowas zu fragen?

Ich bin so über meinen Vorschlag erstaunt. „Sorry, ich wollte nicht … Ich meine, es war keine so gute Idee von mir", sage ich unsicher.

„Doch! Ja, ich will, und ob, es ist eine tolle Idee und ich bin so froh, dass du fragst. Es tut mir leid, ich habe es nicht erwartet, das ist alles. Was schwebt dir vor, kennst du eine Bar in der Nähe, beziehungsweise in der Nähe von Meerbusch, denn ich weiß nicht, wo du wohnst."

„Ach, ich wohne in Neuss. Ich weiß nicht, es schneit ziemlich stark, wollen wir uns in der Mitte treffen? In Kaarst gibt es ein nettes Restaurant … Sie haben auch eine Cocktail-Bar …"

Ich erkläre ihm noch, wie es heißt und wo es sich befindet. Wir verabreden uns für einundzwanzig Uhr und legen auf. Ich habe noch eine Stunde Zeit, das heißt, ich muss mich innerhalb einer halben Stunde stylen und schminken. Oh mein Gott, was habe ich mir dabei gedacht. Mir ist mulmig, Zweifel kommen auf. Ich kann jetzt aber nicht mehr absagen, wie sieht das denn aus. Er wird mich für verrückt halten … Es geht auch nur darum, etwas zusammen zu trinken, sich zu unterhalten, wie zwei Freunde es tun würden. Mehr ist nicht dabei, wir fühlen uns beide mies, obwohl er nicht weiß, dass ich mich so fühle, ich habe natürlich nichts von meinem Streit mit Tom erzählt.

Also laufe ich schnell nach oben und wusele im Schrank herum, hole ein dunkelblaues Kleid heraus, das ich schon ewig nicht mehr getragen habe. Probiere es an und schaue mich im Spiegel an der Schlafzimmertür an. Es schmeichelt meinem Körper, da es eng anliegend ist, es ist aus Jersey und somit warm genug, es ist nicht zu kurz, eigentlich genau richtig, um einen Mann anzumachen … Da ich aber nicht dieses Bild von mir abgeben möchte, ziehe ich es aus und streife stattdessen eine Bluejeans und eine schöne weiße Bluse über. Ich entscheide mich dafür, meine Haare offen zu halten, die wellig über meinen Rücken fallen, und fange an mich zu schminken.

Es soll frisch und natürlich aussehen und nicht nuttig … Deshalb bin ich sparsam mit Kajal und Lippenstift. Ich schaue mein Spiegelbild an, ich bin zufrieden. Ich bin so nervös, meine Hände zittern etwas. Ich schaue auf die Uhr, Zeit zu fahren.

Es schneit nur noch leicht, die Straßen sind noch einigermaßen frei. Es sollte also kein Problem geben. Ich nehme meinen Mantel von der Garderobe, ziehe meine Stiefeletten an und nehme meine Tasche. Beim Vorbeilaufen schaue ich mich noch kurz im großen Spiegel im Flur an und gehe schon durch die Tür.

Kapitel 10

Stefan

(Ende November 2021)

Ich glaube es nicht, sie hat mich angerufen und ich darf sie jetzt auch treffen! Ich bin so glücklich, ich fühle mich gerade wie ein Schuljunge vor dem schönsten Mädchen der Schule! Ok, einmal sammeln. Ich brauche eine halbe Stunde bis dahin, also habe ich jetzt noch ungefähr genauso viel Zeit, um mich vorzubereiten. Ich laufe hektisch hin und her, sammle meine Sachen, laufe ins Bad, nehme schnell eine Dusche und mache mich fertig. Maggy und Robert sind im Wohnzimmer und schauen fern. Ich komme kurz zu ihnen, um Bescheid zu geben, dass ich rausgehe.

„Alles klar, aber du musst dich nicht bei uns abmelden, du kannst ein- und ausgehen, wie und wann du willst, Stefan …"

„Ja, schon klar, möchte aber nicht, dass ihr euch Sorgen macht. Also, bis später."

„Bis später und viel Spaß!", sagt mein Bruder noch vielsagend. Maggy gibt ihm mit dem Ellenbogen einen Schubs in die Seite.

***

Ich bin schon da. Zu früh eigentlich, aber ich bin so nervös, daher ist es besser so, denn so kann ich versuchen, mich in der verbleibenden Zeit bei einem Glas Wein zu beruhigen. Das Restaurant sieht von außen sehr ansprechend aus, moderner Charme. Ich habe im Parkhaus um die Ecke geparkt und stehe nun am Eingang des Restaurants. Mein Impfausweis wird noch kontrolliert. Ich hätte vielleicht noch warten sollen, nachdem ich mich erkundigt hatte und mir der Kellner sagte, dass Lisy noch nicht da ist … Ich werde jetzt zu einem hinteren Tisch geführt. Es ist eine ruhige Ecke, ein Tisch für zwei Personen, ich setze mich hin und bin froh, die Eingangstür noch sehen zu können, so kann ich ihr zuwinken, sobald sie reinkommt. Das Innere des Restaurants ist sehr chic! Ich kann von meinem Platz aus auch die Cocktail-Bar sehen, es sind gefühlt Hunderte von Flaschen, die hinter dem Barkeeper stehen. Sie glänzen alle schön in dem künstlichen Licht, aufgereiht und sortiert. Die Musik ist sehr angenehm, nicht zu laut, aber auch nicht zu leise. Keine Lieder, sondern nur Loungemusik, die mich sofort entspannt. Die Cocktailkarte liegt auf dem Tisch neben der verzinkten Tischlampe, die ein angenehmes Licht ausstrahlt.

Ich schaue mich normalerweise nie so genau um, aber hier ist es so harmonisch und aufeinander abgestimmt, dass es mein Interesse sofort weckt. Die Wände haben eine schöne schokobraune Farbe, man fühlt sich sofort heimisch ... Die Cocktailkarte in der Hand, versuche ich mich darauf zu konzentrieren, aber ohne Erfolg, ich schaue nochmal nach der Zeit, es ist nun kurz nach einundzwanzig Uhr. Hat sie es sich vielleicht anders überlegt? Ich werfe einen Blick auf mein Handy, aber es sind keine Nachrichten von Lisy zu sehen. Ist ihr vielleicht auf dem Weg was passiert? Und mir wird plötzlich schlecht, schon allein bei dem Gedanken. *Reiß dich doch zusammen, sie hat nur ein paar Minuten Verspätung, Stefan.*

Da kommt sie rein! Sie zeigt ihr Handy dem vor ihr stehenden Kellner. Sie sieht so gut aus, in ihrem Dreiviertel-Mantel, sie hat ihre Haare offen, sie liegen ihr in Wellen über den Schultern. Ich merke, wie sie sich in dem Raum umschaut und bevor ich ihr winken kann, haben sich unsere Augen gefunden. Bam! Anders kann ich es nicht ausdrücken, das ist genau das, was ich in diesem Moment spüre.

Ich begehre sie und das schon vom ersten Treffen an. Mein Magen zieht sich zusammen und meine Hände fangen an zu schwitzen. Sie kommt langsam auf mich zu. Sie kommt mir vor wie eine scheue Wildkatze, hält meinem Blick aber stand. Schnell reibe ich meine Hände an meiner Hose trocken und stehe auf, um sie zu begrüßen. Sie steht mir nun gegenüber, ein Lächeln auf den Lippen.

Oh mein Gott! Diese Lippen, am liebsten würde ich sie jetzt zu mir ziehen und diese verführerischen Lippen liebkosen. Aber ich muss mich zusammenreißen. Verdammt! Was ist mit mir los? Ich habe mich normalerweise immer gut im Griff! Nur bisher gab es auch keinen Grund mich so auszuführen, ich habe, glaube ich, noch nie so gefühlt. Es überkommt mich einfach. Ich räuspere mich ...

„Hallo, Stefan!", kommt sie mir zuvor, mit ihrer süßen Stimme.

Es geht mir bis ins Mark, ich kann meine Augen nicht von ihr abwenden. Sie guckt mich etwas irritiert an.

„Entschuldige bitte, ich bin gerade ... Wow! Hallo, Lisy."

Ich helfe ihr aus dem Mantel, hmm, sie riecht so gut. Ich streife sie mit meinen Fingern an den Schultern und merke zu meiner eigenen Genugtuung, wie sie kurz erschaudert. Ich bitte sie, sich zu setzen.

Sie guckt mich überrascht und etwas verlegen an, eine gesunde Röte auf den Wangen, erwidere aber nichts dazu, stattdessen.

„Tut mir leid für die Verspätung, aber das Wetter war doch heftiger als ich zuerst angenommen hatte. Hast du gut hierher gefunden? Wartest du schon lange?"

„Ich habe gut hierhin gefunden und nein, ich bin nur kurz vor dir hier gewesen ... Ja, der erste Schnee dieses Jahr! Vielleicht bekommen wir ein weißes Weihnachten ...!"

Das Thema ist ungefährlich.

„Oh, das glaube ich nicht, aber wer weiß? Was machst du denn über die Feiertage?", fragt sie.

So fängt es an, als ob wir seit langem Freunde sind. Es ist so einfach mit ihr zu plaudern. Wir haben beide unsere Cocktails bestellt, dabei bemerkt, dass wir den gleichen Geschmack haben. Ich muss mich echt darauf konzentrieren sie nicht anzustarren, es kommt mir immer noch surreal vor, dass sie mir hier gegenübersitzt. Ich bin so fasziniert von ihr, sie sieht etwas müde aus, aber es macht sie nur noch attraktiver und menschlicher in meinen Augen. Sie erzählt von ihren Kindern. Ich könnte ihr die ganze Nacht zuhören ... Es hört sich vielleicht klischeehaft an, nur ist es die Wahrheit. Ich bin von ihr begeistert, sie hat so eine Leichtigkeit, sie ist so lebhaft. Man kann ihr nur gespannt zuhören.

„Meine Güte, ich habe so viel über mich erzählt, ich lasse dich gar nicht zu Worte kommen, es tut mir leid. Ich bin normalerweise nicht so eine …"

„Mach dir keinen Kopf", unterbreche ich sie. „Es ist wunderbar. Ich höre dir sehr gern zu!", ermutige ich sie weiter.

Sie stützt ihr Kopf gerade mit ihrer linken Hand und die rechte liegt flach auf dem Tisch, meiner gegenüber, unsere Finger berühren sich fast. Ich kann die Elektrizität spüren, die zwischen uns fließt. Ich hebe die Augen und treffe ihren Blick, eine Sekunde lang glaube ich, etwas darin zu erkennen, sowas wie Sehnsucht, Verlangen, sie hat wunderschöne braune Augen und ein bisschen Gold darin, lange Wimpern, die, wenn sie ihre Augen schließt, sich an ihr Gesicht anschmiegen. Ich drehe wohl völlig durch! Jetzt interpretiere ich meine eigenen Vorstellungen in ihren Blick. *Du bist nur peinlich, Stefan.* Ich bin nun etwas verlegen und sie merkt es sofort … Sie ist sehr feinfühlig!

„Alles klar, Stefan?"

Ich versuche mich wieder zu sammeln, drehe den Kopf zur Seite, um ihrem Blick zu entkommen, räuspere mich.

„Es könnte mir nicht besser gehen!", sage ich und schmunzle sie an. „Du bist eine wunderbare Gesellschaft!"

Sie zuckt leicht zusammen.

„Oh, danke, das freut mich!" Sie lächelt mich etwas verlegen an.

„Ich habe zu danken! Ich hätte es mir niemals erträumen lassen, mit dir was trinken zu gehen, nach meiner Offenbarung …"

Sie räuspert sich, schaut weg.

„Nun ja, es war von mir auch eine spontane Entscheidung", sagt sie scheu.

„Die beste, wenn ich das sagen darf …"

Sie wackelt auf ihrem Stuhl hin und her.

„Mache ich dich nervös, Lisy?" Ich ziehe dabei meine Hand zurück, um den Bann zu brechen, und versuche wieder locker zu sein.

„Was? Oh, nein, nein … Alles gut, ich bin es nur nicht gewohnt, so viele Komplimente zu bekommen", sie kichert etwas.

Wie süß! Darum geht es also.

„Na ja, ich hätte noch eine ganze Menge für dich parat ...“, sage ich übermütig.

„Lassen wir das lieber, ja?“, unterbricht sie mich, ihre Wangen fangen Feuer.

„Schade, aber wenn es das ist, was du willst, gern.“

Sie wechselt das Thema, es scheint ihr wirklich unangenehm zu sein. Das tut mir leid, nur ein bisschen, ich wollte sie nicht verschrecken, nur etwas aus der Reserve locken.

„Erzähl mir mal etwas von dir, Stefan? Von deiner Familie und so. Du hast einen Bruder, hast du gesagt?“ Wieder ein neutrales Thema, ein Punkt für dich, Lisy.

„Ja, das ist richtig, er heißt Robert, ist zwei Jahre älter als ich. Ich lebe momentan bei ihm und seiner Familie, bis ich was Eigenes gefunden habe ...“

Das Gespräch geht eine Zeit lang so weiter. Wie sie mich anschaut, beim Zuhören, so aufmerksam, so interessiert. Das hatte ich seit einer Ewigkeit nicht mehr gehabt, ich merke, wie gut es mir tut, mich mit jemandem auszutauschen, der keine verdrehte Meinung hat. Mich zu öffnen und ja, auch anzuvertrauen. Es ist so leicht mit Lisy, das hätte ich nicht gedacht.

„Wollen wir uns noch was bestellen?“, frage ich dann.

„Ja, gern!“

Ich mache schon eine Handbewegung in die Richtung des Kellners.

„Was möchtest du denn trinken, das Gleiche?“, frage ich sie.

„Ja, ich bleibe bei dem gleichen Getränk, bloß keine Mischung!“. Sie lacht wieder.

„Sie wünschen?“ Der Kellner ist gerade bei uns angekommen.

„Bitte bringen Sie uns nochmal das Gleiche und noch so eine kleine Schüssel Nüsse.“

„Gern!“

„Danke!“ Er geht wieder zur Bar, um unsere Bestellung abzugeben.

„Es ist wirklich nett hier, ich kannte es noch gar nicht ...“, sage ich.

„Ja, das finde ich auch, sehr gemütlich. Man fühlt sich sofort wohl ..."

„Genau, das ist das richtige Wort, man fühlt sich wohl. Es liegt aber nicht nur an dem Restaurant ...", sage ich.

Sie guckt mich wieder etwas verlegen an.

„Stefan, ich ..."

„Nein, bitte sag nichts!", unterbreche ich sie.

Wie einer Eingebung folgend nehme ich ihre Hand in meine, sie fühlt sich so gut an und ich merke, wie es mich elektrisiert, mein Magen zieht sich wieder zusammen und mein Mund wird trocken. Ich kann sehen, wie sie ein kleiner Schauer durchläuft, sie zieht ihre Hand aber nicht zurück.

„Lass mich bitte für einen Moment daran glauben. Ich will nur den Moment genießen, auch, wenn ich weiß, dass es kein Morgen gibt. Wir wollen es beide, Lis ..., ich sehe es dir an, du bist wie ein offenes Buch für mich!" Ich streichle nun ihre Hand.

Sie schaut mich gebannt an, mit ihren wunderschönen Rehaugen, dieser Ausdruck von Leidenschaft und Sehnsucht ist wieder da, ich hatte mich also nicht geirrt. Dieser perfekte Mund ... Mit meiner anderen Hand gehe ich zu ihrem Gesicht und fahre mit dem Daumen über ihre Lippen ... Da kommt der Kellner mit unseren Gläsern. Verdammt!

Sie zieht ihre Hand abrupt zurück, sieht irgendwie verloren aus, wie ein verscheuchtes Tier.

„Entschuldige, ich müsste kurz für kleine Mädchen!" Sie steht abrupt auf.

Ich schaue ihr hinterher, wie sie sich durch den Raum zwischen den Tischen ihren Weg zur Toilette bahnt.

Kapitel 11

Lisy

(Ende November 2021)

Oh Gott! Was passiert hier? Schnell versuche ich zur Toilette zu gelangen, dort angekommen, gehe ich in die nächste freie Kabine und schließe die Tür hinter mir ab. An die Tür gelehnt, lege ich den Kopf in die Händen. Ich muss mich beruhigen. Ich bin völlig durcheinander, mein Herz klopft wie verrückt, meine Hände sind feucht. Ich bin so aufgeregt wie ein Teenager beim ersten Kuss. Ich komme damit nicht klar, er zieht mich so magisch an, ich kann mich seiner Anziehungskraft nicht entziehen.

Das ist unglaublich und dabei fühle ich mich so lebendig wie nie zuvor. Er hat mich verhext, anders kann ich mir das nicht erklären. Meine Gedanken kreisen nur um eins … Sex! Am liebsten würde ich ihm den Pulli vom Körper reißen! Oh Mann! Er sieht so gut aus und riecht so verführerisch und sagt solche Sachen zu mir!

Er ist so aufmerksam, so süß und gleichzeitig so männlich. Ich muss mehrmals kräftig Luft ein und ausstoßen, ruhig, Lisy, ruhig!

Ich versuche, mir den Abend einmal kurz ins Gedächtnis zu rufen. Es war bisher ein tolles Treffen, wir haben uns auf Anhieb gut verstanden. Gute Gesprächsthemen gehabt, er kann so witzig sein, so charmant und so … sexy! *Oh, Lisy, du drehst bald durch …* Ich habe versucht, mich die ganze Zeit zusammenzureißen, es ist mir auch eigentlich ganz gut gelungen, finde ich, warum musste er mich dann berühren, ich spüre immer noch seine Finger auf meinen Lippen und fahre mit meiner Zunge darüber, hmm, es hat sich wunderbar angefühlt.

Ist das schon fremdgehen? Solche Gefühle zu haben, ist das der Anfang? Auf einmal kriege ich Panik, Angst, dass ich ihn nicht zurücksweisen könnte. Würde ich das wollen, überhaupt? Das ist eben die Frage … Was mache ich denn hier? Ich hätte mich niemals mit ihm treffen dürfen. Wenn Emilie da wäre, würde sie mich wachrütteln und mir die Meinung sagen.

Wenn ich an Tom denke … Es war nicht einfach in letzter Zeit mit ihm. Ich habe den Eindruck, ich bin für ihn unsichtbar geworden und die letzten Streite, die wir hatten, zeigen mir, dass er mich auch nicht mehr versteht. Er versucht es auch nicht mal. Er macht sich wahrscheinlich nicht so viele Gedanken wie ich, wenn er mit seiner Gina zusammen ist! Ich merke wieder, wie Wut sich in mir ausbreitet. Er kann mich mal! Er hat sich heute Abend auch nicht mehr gemeldet. Ich bin jetzt sauer auf ihn, auf mich.

Ich sollte den Abend mit Stefan genießen, klar, er hat mir gezeigt, dass er nicht abgeneigt wäre, mehr als eine Freundschaft mit mir anzufangen, aber ich muss ja nicht mitmachen. Ich habe doch nichts getan?!

Na ja, das stimmt nicht ganz, denn ich habe zugelassen, dass er meine Hand hält und mich berührt. Ach, ich war einfach nur überrascht über seine Dreistigkeit, das passiert mir nicht ein zweites Mal! Nach diesen Gedanken ist mir klar, dass es nun an der Zeit ist, nach Hause zu fahren. Ich schaue auf die Uhr, zweiundzwanzig Uhr vierzig. Ich werde vorgeben, mich unwohl zu fühlen, dann kann ich aus dieser gefährlichen Situation rauskommen. Ja, so mache ich das.

Langsam gehe ich aus der Kabine. Schaue mich noch im Spiegel über dem Waschbecken an, meine Wangen sind nicht mehr so gerötet, wie vorhin und mein Inneres fühlt sich wieder stabil an. Ich wasche mir noch die Hände und gehe heraus.

Als ich um die Ecke komme, sehe ich ihn, er schaut gerade auf sein Handy, scheint irgendetwas darauf zu lesen. Er sieht so gut aus, hat diese Nonchalance, seine vollen Haare etwas nach hinten gekämmt, obwohl eine Strähne ihm ständig an die Stirn fällt, die ich ihm zu gern aus dem Gesicht streichen würde. Seine Ausstrahlung fasziniert mich, ich bin verzaubert! Mir wird wieder heiß und kribbelig.

Wer kann da bitte widerstehen? *Lisy!* Ermahne ich mich, *denke an dein Vorhaben!*

Unsere Gläser stehen auf dem Tisch, voll. Mist! Stimmt, wir hatten neu bestellt. Langsam gehe ich durch den Raum und da hebt er den Kopf hoch, seine Augen heften sich direkt an meine. Ich kann nicht sagen, was ich in dem Moment empfinde, ich weiß nur, dass ich jetzt noch nicht gehen will, wie ein Seil zwischen uns, er zieht mich langsam zu sich und braucht mich dafür nicht mal zu berühren. Ich bin noch nie einem Menschen so verfallen wie jetzt, ungelogen!

In diesem Moment weiß ich, dass wir niemals nur eine Freundschaft haben könnten. Mit hoher Wahrscheinlichkeit steht mir die schwierigste Entscheidung meines Lebens bevor. Für den Moment aber schiebe ich alles beiseite, ich möchte einfach genießen, weshalb setze ich mich wieder, der Gedanke, wegzulaufen, ist ganz schnell wieder verschwunden.

„Hi!", sage ich.

„Hi! Alles o. k. bei dir? Ich habe mich wie ein Idiot aufgeführt, es tut mir leid. Du musst denken, ich bin der absolute Macho und dass ich dich nur anmachen will … Nur, es ist nicht so, ich bin nicht so. Es ist der Wahnsinn, ich weiß nicht, was mit mir los ist. Entschuldige meinen Blödsinn, ja? Kein Wunder, dass du vor mir flüchten möchtest." Er lacht.

„Ich muss zugeben, dass ich tatsächlich darüber nachgedacht habe …", sage ich zu seiner Überraschung. „Aber wie du siehst, bin ich immer noch da, also …Stefan, ich habe den Abend wirklich sehr genossen. Nur du kennst meine familiäre Situation, ich will sie nicht aufs Spiel setzen. Ich fühle mich sehr geehrt von deinem Interesse an meiner Person, aber … Sollte ich dich in dieser Richtung ermutigt haben, tut es mir leid. Auch wenn es sich gut anfühlt, begehrt zu werden, es ist nicht der richtige Zeitpunkt und wird es auch nie werden. Ich bin glücklich verheiratet", sage ich ernst.

Meine Entscheidung ist gefallen. Ich habe nicht mal darüber nachgedacht, es ist einfach aus mir herausgebrodelt. Jetzt bin ich etwas erleichtert. Die Fronten sind geklärt. Entweder akzeptiert er das oder er geht.

„Ich verstehe …"

Ach ja, tut er das. Gibt er denn so schnell auf?

„Du darfst mir dennoch nicht böse sein, dass ich zumindest mein Glück versucht habe", gibt er zu.

Was soll das denn bedeuten? Er hat sein Glück versucht! Hätte ich ja gesagt, würden wir wahrscheinlich jetzt im Bett landen und was dann? Würde er mich wie eine heiße Kartoffel fallen lassen, oder was? Ach! Jetzt habe ich meinen Spaß gehabt. Tschüss!

„Lis?!", holt er mich aus meinem Gedankengang zurück. „Lis, worüber denkst du nach? Du siehst verärgert aus, habe ich was Falsches gesagt?", fragt er besorgt.

Ich schaue ihn böse an.

„Weißt du was, ich glaube es ist besser, wenn wir uns nicht mehr sehen …", sage ich wütend.

Er guckt mich verdutzt an.

„Moment! Lisy warte …"

Ich stehe schon auf.

„Ich habe mich falsch ausgedrückt, das ist es. Lisy, bitte, lass mich das richtigstellen, gehe nicht so!"

Er schaut so schuldbewusst drein, dass ich nicht anders kann, als mich wieder hinzusetzen und sage: „Ich hoffe, du hast eine gute Erklärung parat! Weißt du, wie es sich gerade angefühlt hat, wie Vieh auf dem Markt!"

Er ist dermaßen überrascht, dass ihm die Kinnlade runterfällt.

„Wie bitte, wie …was …?"

„Du hast dein Glück versucht, verloren, also ab zum nächsten Angebot!?" *Lisy, hörst du dich überhaupt sprechen, warum bist du so empört. Du solltest schließlich froh sein, dann ist er genau wie alle anderen Männer auch und du kannst beruhigt das Thema abhaken.* „Weißt du was, ich brauche eigentlich keine Erklärung."

Ich stehe auf und gehe.

Kapitel 12

Stefan

(Ende November 2021)

Wow! Was war das denn eben? Ich bin so geschockt, ich konnte darauf nichts mehr erwidern. Sie ist wie eine Furie rausgerannt. Ich weiß gerade nicht, was ich denken soll, nur, dass ich das nicht so stehen lassen kann.

Schnell bezahle ich unsere Getränke, ziehe meinen Mantel an und laufe nach draußen, in der Hoffnung, sie noch einholen zu können. Ich schaue mich um, kann sie aber nirgends sehen. Ich versuche, mir das Gespräch in Erinnerung zu rufen, ich habe aber immer noch keinen Schimmer, was ich falsch gesagt habe.

Sie hat so überreagiert! Ich laufe die Straße entlang Richtung Parkhaus, hole den Parkschein aus meiner Tasche heraus und sehe sie vor dem Automaten stehen. Gott sei Dank! Ich sehe, wie sie in ihrem Portemonnaie sucht und gräbt, dann schaut sie sich um und ihr Blick bleibt an mir haften. Sie schaut mich düster an, gleichzeitig blickt sie verzweifelt drein.

„Lisy, es tut mir wirklich leid, ich hatte absolut keine Hintergedanken bei meinen Worten. Sowas wie mit dir ist mir noch nie, nie passiert. Ich bin sehr angetan von dir", sage ich vorsichtig.

Ich komme ihr etwas näher.

„Es war nicht meine Absicht, dich zu verletzen und du bist niemals eine von vielen anderen Frauen. Du bist die eine!"

Ich stehe jetzt vor ihr, ich bin ihr so nah, ich kann ihr Parfüm riechen. Würde ich meine Hand heben, könnte ich ihr Gesicht streicheln. Ich lasse es aber sein. Ich will sie nicht nochmal verschrecken.

„Bitte glaube es mir ..."

„Ich glaube es dir ..." Sie räuspert sich und geht ein Stück von mir weg. „Ich habe überreagiert ... Das tut mir leid, du bringst mich durcheinander, Stefan … Ich weiß nicht, was ich denken und machen soll."

Ich gehe wieder auf sie zu, sie macht aber eine Handbewegung, dass ich nicht näherkommen soll.

„Bitte bleib da, wenn du mir zu nah kommst, dann … dann …"

Sie hatte den Kopf die ganze Zeit unten gehalten, hebt ihn aber jetzt hoch und da sehe ich in ihren wunderschönen Augen eine Mischung aus Angst, Verzweiflung und Sehnsucht.

Ich bleibe stehen.

„Was dann, Lis … sag es mir?"

„Es ist nicht richtig. Warum muss denn alles so kompliziert sein?"

„Liebe, Verlangen, Sehnsucht ist nicht kompliziert, Lis. Wir Menschen machen es kompliziert, weil wir in einer Welt voller Regeln und Anstand leben."

„Das hast du schön gesagt, es mag auch so sein, nur kann ich das nicht."

Sie dreht sich wieder zum Automaten. „Und ich habe nicht genug Kleingeld! Mann!"

Ich zucke kurz zusammen.

„Wie bitte?"

„Für den Automaten, ich habe nicht genug Kleingeld, könntest du mir bitte aushelfen?" Sie schaut mich so süß und verlegen an.

„Nur unter einer Bedingung", sage ich.

Sie seufzt hörbar.

„Die wäre?", fragt sie dann.

„Ich will das Geld zurück."

Sie starrt mich jetzt verblüfft an.

„Es sind doch nur zwei Euro, Stefan, die wirst du dir als Anwalt doch leisten können, oder nicht?" Jetzt wird sie pampig. Faszinierend!

„Du hast mich wieder falsch verstanden, Lis, das Geld ist mir egal, ich will dich wiedersehen!"

„Das halte ich für keine gute Idee."

„Dann tut es mir leid." Ich drehe mich um, laufe ein Stück weg, als ob ich gehen würde.

„Was wird das, Stefan? Sind wir im Kindergarten, oder was?", fragt sie frech.

„Wenn du meinst, dann ja ...", werfe ich über meine Schulter. Ich kann mir ein Lächeln nicht verkneifen.

„Warte!", ruft sie.

Ich halte an.

„Warum tust du das? Warum machst du es mir so schwer?" Ihre Stimme zittert, ich drehe mich zu ihr um.

„Du hast recht, ich bin ein Blödmann, ich habe kein Recht dazu, dich zu quälen. Es ist nur so, der Gedanke dich nie mehr wiedersehen zu dürfen, ist unerträglich und ..."

„Ist in Ordnung", sagt sie schnell.

„Bitte?"

„Ist in Ordnung, ich akzeptiere deine Bedingung. Ich muss jetzt aber los."

Ich schaue sie skeptisch an, das war jetzt zu einfach ...

„Was ist?", sagt sie ungeduldig.

„Schon gut!" Ich hole das Geld heraus und gebe es ihr.

Als sie die Münze aus meiner Hand nimmt, berührt sie mit ihren Fingern deren Innenfläche, ich spüre sofort ein Kribbeln in der Magengrube. Sie selbst nimmt ihre Hand schnell weg.

„Ist das nicht komisch, dass wir beide aufeinander so reagieren? Es kann doch kein Zufall sein!", sage ich konfus.

„Ich weiß gar nicht, was du meinst!", lügt sie mir ins Gesicht. Sie wird dabei rot, ich muss schmunzeln: „Lis, du kannst so schlecht lügen ..."

Sie wendet sich von mir ab und schmeißt die Münzen in den Schlitz des Automaten. Dreht sich dann wieder zu mir hin:

„Kann sein, es ändert aber nichts an der Situation, in der ich mich befinde. Es war ein schöner Abend, Stefan, danke dafür, bis dann."

Sie läuft schon in Richtung ihres Autos, ich brauche aber nur drei Schritte zu machen und fasse ihre Hand. Ich drehe sie zu mir um, lege meine linke Hand an ihre Wange und küsse sie. Sie erstarrt zuerst, wird dann aber ganz weich in meiner Umarmung und öffnet ihre süßen Lippen. Unsere Zungen treffen einander, sie schmeckt fantastisch, mein Herz explodiert fast in meiner Brust. Sie gibt sich hin, wir verschmelzen für einen Moment miteinander, hmm! Zu meiner Enttäuschung versteift sie sich wieder und löst sich hastig von mir. Sie läuft dann zu ihrem Auto.

Ich bleibe stehen und schaue ihr hinterher. Sie wird mich jetzt erst recht nicht mehr sehen wollen, aber ich konnte nicht anders, ich musste sie kosten und das hat sich gelohnt.

Ich bin völlig durcheinander, gehe mir mit der Hand in die Haare, lass meine Zunge über die Lippen gleiten und kann sie noch schmecken. Ich bezahle ebenfalls und im Auto bleibe ich noch einen Moment sitzen, ich muss mich erstmal sammeln. Wow, was für eine Frau ...

Kapitel 13

Lisy

(Ende November 2021)

Oh Gott, was habe ich getan? Ich bin immer noch ganz zittrig auf den Beinen, mein Magen schlägt Purzelbäume. Ich bin völlig benebelt und versuche, mich auf die Straße zu konzentrieren, ich eile nach Hause. Das Display sagt mir, dass es schon fast Mitternacht ist, und als ich vorhin auf meinem Handy geschaut habe, habe ich gesehen, dass Tom mir eine Nachricht geschrieben hat.

Ich fühle mich schlecht, ich habe sie noch nicht aufgemacht, ich traue mich nicht. Er hat vor gut einer Stunde geschrieben! Vielleicht ist es besser, ihn denken zu lassen, dass ich schon schlafe, alles andere wäre zu riskant, was, wenn er dann auf die Idee kommt anzurufen?!

Ich bin doch noch unterwegs ... Nein, nein, das darf nicht sein. Erstmal nach Hause. Es wundert mich, dass ich überhaupt klar denken kann. Ich bin fast da. Verdammt! Musste das sein? Konnte Stefan es nicht dabei belassen? Warum musste er mich küssen?

Ach! Tu nicht so, als ob es dir nicht gefallen hätte ... und ob es mir gefallen hat! Das ist eben das Problem, sonst hätte ich ihn einfach weggestoßen, aber als er mich in den Arm genommen hat und dann seinen Mund auf meinen gepresst hat, da war ich verloren.

Hmm! Sein Geschmack, als unsere Zungen sich getroffen haben, sein Geruch ... In mir zieht sich wieder alles zusammen und ich spüre, wie es in meinem Schoß pocht.

Konzentriere dich auf die Straße, Mensch, und hör auf an ihn zu denken! Er ist einfach nur ein Fehler, du wirst ihn nie wiedersehen und dann ist alles wieder beim Alten. Ich lasse den Wagen in die Einfahrt einrollen, mache den Motor aus und bleibe erstmal sitzen.

Es ist und wird nie wieder alles beim Alten sein. Denn ich will mehr als das, was momentan in meinem Leben passiert, nämlich gar nichts. Ich will Feuer, Leidenschaft, Liebe. Ich will mich lebendig fühlen, wie heute Abend, ich habe mich schon lange nicht mehr so gut gefühlt! Das macht alles kaputt, warum musste ich ihn treffen? Warum?

Schicksal! Es wird plötzlich sehr deutlich, dass ich nie mehr die ‚Alte' sein werde, denn ich habe mich schon jetzt verändert. Es ist mir klar, dass ich es selbst in der Hand habe. Das macht mir Angst.

Es wird kalt im Auto, deshalb steige ich schnell aus, laufe zum Haus und schließe die Tür auf. Keiner da! *Ja, wen hast du denn erwartet? Einen Einbrecher? Die Kinder? Tom?*

Keine Ahnung, nur allein mag ich jetzt nicht sein … Es ist aber so, Lisy, also reiß dich zusammen, geh schön unter die Dusche, am besten kaltes Wasser laufen lassen, es wird dich auf andere Gedanken bringen … Jaja, und dann schön ins Bett gehen, du kannst dich ausbreiten, ohne Angst, Tom dabei zu stören. Morgen sieht die Welt wieder ganz anders aus. Vielleicht ist es das Beste, ermutige ich mich.

***

Ich liege im Bett, im Dunkeln, ich kann aber nicht schlafen. Ich gehe den Abend immer wieder durch und stecke immer bei der letzten Szene fest. Wie eine Schallplatte mit einem Sprung. Es wühlt mich auf, ich will es nicht zulassen, aber je mehr ich dagegen steuere, desto kraftvoller kommt es zurück, also lasse ich irgendwann meinen Gedanken, meinen Fantasien freien Lauf und genieße es, ja, genießen. Ich erlebe die Emotionen erneut und merke, wie sie mich erregen. Meine Vulva pocht wieder und mein Herz klopft wie verrückt gegen meine Brust, ich sehe seine schönen grünen Augen voller Lust vor mir. Langsam gehe ich mit meinen Händen entlang meiner Brüste, massiere sie, zische die Luft zwischen den Zähnen aus, so volles Verlangen bin ich. Ich wandere weiter mit meiner rechten Hand, gleite unter den Bund meiner Pyjamahose und streichle kurz über meine Klito-

ris. Mir stockt der Atem! Ich kann ihn noch riechen und schmecken, hmm! Ich fange langsam an, mit meinen Fingern an meiner Klitoris zu kreisen, oh Gott, ich bin so feucht und es fühlt
sich so gut an! Mein Kopf ist voller Bilder, meine Fantasien gehen mit mir durch! Ich mache auf und ab Bewegungen, mein
Körper will mehr, mein Körper braucht mehr.

„Oh ja!", seufze ich laut.

Ich kann mich nicht mehr zurückhalten, ich raste völlig aus,
ich massiere mich weiter und weiter bis zum Höhepunkt. Ich
habe den Eindruck, innerlich in Tausende von Teilen zu zerbrechen, schreie laut, um die Energie und den Druck herauszulassen, mein Kopf ist leer. Ich fühle mich plötzlich ganz schwach.
Noch nicht ganz bei Sinnen drehe ich mich um, schuldbewusst,
ob doch jemand im Zimmer ist. Aber nein, ich bin allein.

Wow! Ich habe Mühe mich wieder zu beruhigen, spüre aber
eine innere Ruhe, eine vollkommene Zufriedenheit. Ich liege still
in der Dunkelheit unter meiner Decke, mein Herzschlag nor-
malisiert sich wieder. Dennoch kann ich nicht einschlafen, sobald ich die Augen zu mache, sehe ich das Gesicht von Stefan.

Was mag er jetzt wohl machen? Hat er auch jetzt, so wie ich,
Probleme beim Einschlafen? Mir fällt auf, dass ich nicht einmal
an Tom gedacht habe, mich plagen Schuldgefühle.

„Mist! Seine Nachricht!", rufe ich aus.

Ich nehme das Handy vom Nachttisch und mache den Chat
auf, eigentlich wollte ich bis morgen früh warten, aber ich kann
nicht: ‚Hi, Lisy, ich hoffe, du hattest einen schönen Tag. Bestimmt schläfst du schon. Grüße die Jungs von mir. Bis Sonntag, gute Nacht. '

Mein Herz zieht sich bei seiner Mitteilung zusammen, sie
hat nichts Liebevolles an sich, wäre ich ein Kumpel, wäre sie
bestimmt nicht viel anders gewesen. Sie ist so distanziert, kalt,
ja, kalt, ich muss sogar erschaudern. Ich schalte das Handy aus
und lege es wieder zurück auf den Nachttisch.

Mein Rausch ist vorbei, ich fühle nur noch Traurigkeit, mir
laufen die Tränen über die Wangen, mein Kopfkissen wird nass.
Na wunderbar, das hatte noch gefehlt heute. Da höre ich das

Brummen vom Handy, oh nein, bitte nicht, sag nicht, dass er jetzt gesehen hat, dass ich die Nachricht gelesen habe. Ich habe keine Lust zu diskutieren. Noch ein Brummen. Ich bin zu neugierig und deshalb nehme ich das Handy wieder in die Hand. Es ist nicht Tom, es ist Stefan!

Mein Herz macht einen Satz. Ich mache seine Nachricht auf: ‚Lisy, ich könnte deinen Namen den ganzen Tag singen … albern, ich weiß … es war ein sehr schöner Abend, Lis, vielen Dank dafür. Nun liege ich im Bett und kann nicht schlafen, ich muss immerzu an dich denken. Wie du schmeckst, wie du riechst.'

Oh Gott, das Kribbeln kommt wieder, die Schmetterlinge fliegen in meinem Bauch hin und her. ‚Ich habe alles sehr genossen! Ich fürchte, ich kann nicht genug von dir bekommen.'

Das fürchte ich leider auch … Oh Mann! ‚Ich wünsche dir eine wunderschöne Nacht, angenehme Träume, bis bald meine Schöne' Kusssmiley.

Urgh! Ich will gerade was zurückschreiben, soll ich wirklich? Aber dann plötzlich steht sein Name im Display! Shit! Er ruft mich an! Das war klar.

„Ja, hallo?!", melde ich mich leise.

„Hi, Lis!" Seine Stimme ist etwas rau „Du schläfst noch nicht?"

„Ich kann nicht schlafen." Ich kichere kurz.

Du bist so kindisch, Lisy.

„Dann geht es dir wie mir. Sollen wir uns in den Schlaf säuseln?" Er lacht leise.

„Fang du mal an …"

Kapitel 14

Stefan

(Anfang Dezember 2021)

Als ich aufwache, ist es schon elf Uhr dreißig! Ich höre die Kinder und Robert sprechen. Sie sind wahrscheinlich in der Küche. Ich drehe mich auf die Seite und fühle was Kaltes an meiner Wange. Es ist mein Handy und da fällt mir alles wieder ein. Ich habe in der Nacht Lisy angerufen und wir haben noch lange geplaudert, ich kann mich nicht erinnern, wann wir eingeschlafen sind, aber es muss ziemlich spät gewesen sein.

Wir haben über alles und nichts geredet, Politik, Job, nur das Thema Familie haben wir ausgelassen, wohl bewusst. Eigentlich sollte ich das nicht tun, sie sehen, mit ihr sprechen, denn meine Intentionen dabei sind ganz klar. Ich will sie, und zwar ganz. Nur sie ist gebunden. Sind meine Gefühle so stark, lohnt es sich ihre Ehe kaputt zu machen? Ich möchte mich vorerst nicht damit beschäftigen.

Ich fühle mich gerädert, dennoch wunderbar und voller Tatendrang. Ist das überhaupt möglich? Tja, scheint so. Auf jeden Fall muss ich jetzt aufstehen und mich fertigmachen, wir wollten in weniger als zwei Stunden zum Hockeyspiel losfahren … Ich nehme meine Sachen, mache die Tür auf und da stehen Robert und Ben vor mir.

„He! Ja?"

„Hi! Onkel Stefan, wir wollten dich gerade wecken …" Ben grinst mich an.

„Wird ja wohl nicht mehr nötig sein, guten Morgen!", sage ich gut gelaunt.

„Oh, da hat jemand gut geschlafen, oder warum bist du so gut drauf, Bruderherz?"

Ben läuft schon wieder weg, Robert guckt mich aber skeptisch an.

„Was ist? Darf ich keine gute Laune haben? Muss es immer einen Grund geben?"

„Es muss nicht, aber es hat einen Grund. Habe ich recht oder habe ich recht?"

„Kann sein ..." Ich tue dabei geheimnisvoll. „Nur mein neugieriger Bruder muss ihn nicht erfahren."

„Boah, bist du fies!" Wir prusten beide los.

„Ich hoffe nur, dass er weiblich ist!" Er zwinkert mir zu.

„Und ob!"

„Also hatte ich recht gestern, ich habe zu Maggy gesagt, du bist bestimmt mit dieser ... na! Wie heißt sie nochmal?"

„Lass es, Robert, von mir erfährst du nichts!"

„Wie bitte?! Aber wir sind doch Brüder, eine Familie! Komm schon, du kannst dich mir anvertrauen, weißt du? Ich sage es niemandem ... na?!"

„Du bist unmöglich, weißt du das?" Ich muss wieder lachen. „Ja, ich war mit Lisy aus."

„Yes!"

„Aber bitte, behalt es für dich, ja? Das musst du nicht an die große Glocke hängen!"

„Warum denn nicht, da ist doch nichts dabei, du bist jetzt frei und kannst machen, was du willst ..."

„Nur, sie nicht!"

„Oh, das ist nicht gut, Bruder. Bring dich nicht in blöde Situationen. Als Anwalt müsstest du es am besten wissen, was du für ein Ärger dadurch bekommen könntest", fügt er noch hinzu.

„Oh Mann! Ja, ich weiß. Es ist nichts passiert, ja, also, so gut wie nichts."

Sage ich, wie zu mir selbst, und habe nicht bemerkt, dass ich es doch laut ausgesprochen habe.

„Was soll das heißen, so gut wie nichts?"

„Mist! Na ja. Ich habe sie geküsst!", gebe ich zu.

„Du hast was?!"

„Schrei nicht so, Mann, Robert!"

„Sorry, aber du bist nicht mehr ganz bei Trost! Du kennst sie kaum und nun hast du sie schon geküsst. Sie ist verheiratet! Verdammt! Stefan, weißt du überhaupt, was du da tust? Du machst ihre Ehe kaputt!"

„Ach, hör auf damit, ich mache mir selbst genug Vorwürfe. Aber was soll ich sagen, ich bin über beide Ohren in sie verknallt, und sie empfindet offensichtlich was für mich. Es ist irre, ich weiß, aber ... Ich konnte nicht anders, Robert, wir hatten einen super Abend und ich hätte es dabei belassen sollen, aber als sie zu ihrem Auto ging, da musste ich sie küssen, und wow! Ich sage es dir, es war der Hammer, Mann, sowas habe ich nie erlebt!"

„Ja, du bist verknallt, das kann ich auch sehen ..."

„Wer ist verknallt?" Maggy kommt zu uns herüber.

Ich warne meinen Bruder, ihr nichts zu verraten, aber wem sage ich das.

„Stefan ist verknallt!"

„Hä? Gehst du zu Elena zurück oder wie soll ich das verstehen?"

„Mann, Robert! Kannst du nicht den Mund halten?", zische ich zwischen meinen Zähnen.

„Vor meiner Frau habe ich keine Geheimnisse, sorry ..." Er hebt die Schultern hoch.

„Nein, ich gehe nicht zurück zu Elena."

„Uff! Das freut mich, sonst hätte ich dir eine Predigt gehalten", sagt sie.

„Grins nicht so, Robert!", sage ich zu meinem Bruder.

„Sorry, Bruder! Liebling, ich liebe dich."

„Ich dich auch, mein Schatz!"

Sie geben sich einen Kuss, ich will die Situation ausnutzen, um ins Bad zu verschwinden, da hält mich Maggy zurück.

„Moment!" Maggy zieht das ‚o' in die Länge. „Und? Wer ist sie?"

„Lisy", antworte ich schnell.

Es wird mir wieder warm ums Herz, sobald ich ihren Namen ausspreche.

„Oh, die Innenarchitektin, richtig?"

„Ja, es ist richtig."

„Ist es was Ernstes?"

„Maggy, das kann ich noch nicht sagen, wir kennen uns noch gar nicht lange."

„Trotzdem ist er total verschossen in diese Frau", sagt mein Bruder stolz.

„Robert, lass es bitte."

„Na ja, ist doch nichts dabei, dann hoffe ich für dich, dass sie das auch so sieht, wer weiß, vielleicht könnt ihr bald zusammenziehen."

„He! Nein, das glaube ich eher nicht."

Ich verschwinde, bevor mir noch mehr Fragen gestellt werden. Es wird mir nämlich langsam peinlich ...

Der Rest des Tages verläuft so weit ganz gut, das Lieblingsteam von Ben gewinnt und um den Erfolg zu feiern, fahren wir noch zum Fastfood-Restaurant. Ben ist superglücklich!

Als wir zurückkommen, ist es schon achtzehn Uhr. Wir unterhalten uns noch eine Weile und dann ziehe ich mich in mein Zimmer zurück. Ich will noch für nächste Woche ein paar Sachen durchgehen. Jetzt sitze ich an dem kleinen Schreibtisch und kann mich nicht auf meine Arbeit konzentrieren. Meine Gedanken kreisen unermüdlich um diese wunderschöne Frau. Unglaublich, wie schnell es geht, vor zwei Wochen war ich noch mit Elena zusammen und gab vor, mit meinem Leben glücklich zu sein. Nun kommt Lisy und bring meine Welt komplett durcheinander. Es ist nichts mehr so, wie es war, und anstatt Angst zu haben, bin ich voller Hoffnung, und schaue erfreut in die Zukunft.

Es ist absolut utopisch, sagt mein Verstand, denn die Chance, dass sie sich für mich entscheidet, ist gleich null. Empfindet sie überhaupt irgendetwas für mich? Ja, doch, ganz bestimmt, ich habe es ihr angesehen, die Sehnsucht, dieses Verlangen. Ihr Kuss, das war nicht gespielt ... Ich würde sie gern wiedersehen, will aber nicht aufdringlich sein. Sie braucht bestimmt Zeit, um das zu verarbeiten, was wir zusammen erlebt haben. Ich muss ihr diese Zeit lassen. Heute ist sie mit ihrer Freundin unterwegs, meine ich mich zu erinnern ... Vielleicht meldet sie sich morgen bei mir?

Kapitel 15

Lisy

(Anfang Dezember 2021)

Es ist schon zwölf Uhr als ich aufstehe, ich bin völlig gerädert, die Nacht war definitiv zu kurz! Wenn ich darüber nachdenke, ist mir wieder flau im Magen, ich habe gemischte Gefühle. Es war sehr schön, mit ihm über alles sprechen zu können, wir haben einiges gemeinsam! Jetzt, im Nachhinein, erschreckt es mich, wie wichtig er mir schon in so kurzer Zeit geworden ist. Ich habe Schuldgefühle Tom gegenüber. Es ist so ein Chaos! Ich weiß nicht so recht, was ich machen soll, mir schwirrt regelrecht der Kopf. Es kann so nicht weitergehen.

Ich will Tom gar nicht hintergehen und noch weniger betrügen! Fakt ist, wir müssen reden, und zwar schnell, nur weiß ich gar nicht, wie beziehungsweise wo ich anfangen soll. Ich kriege Panik, wenn ich daran denke, ihm zu sagen, was passiert ist, ich hyperventiliere gerade. *Oh Gott! Ganz ruhig Lisy, einatmen, ausatmen!* Was soll ich zu ihm sagen? ‚He, Tom in deiner Abwesenheit habe ich einen heißen Mann geküsst, aber du hattest auch bestimmt Spaß mit deiner Gina! Ha!‘

Was, wenn mit dieser Frau wirklich nichts ist, sondern sie nur eine Kollegin ist? Mir wird schlecht … Ich habe noch einen Tag, um darüber zu grübeln, er kommt morgen zurück, noch weiß er nichts, vielleicht kann ich es einfach vergessen? So tun, als ob es nie passiert wäre …? Oh, ich bekomme Kopfschmerzen, nicht gut …

Ich brauche erstmal einen Kaffee! Dann muss ich mich vorbereiten und Sachen packen, ich wollte so gegen fünfzehn Uhr bei Klara sein. Genau, das ist die beste Medizin, ein Kaffee und auf andere Gedanken kommen. Wir werden bestimmt Spaß haben heute Abend! Ich nehme mein Handy und laufe zur Küche.

Schaue dann noch kurz darauf und sehe, dass die Kinder und ...
Tom sich gemeldet haben.

Mist! Ich hatte auf seine Nachricht gar nicht geantwortet.
Ich mache erst die Nachrichten von den Kindern auf. Mein Großer hat mir eine Sprachnachricht hinterlassen, dass bei denen
alles gut ist und er morgen wahrscheinlich erst so gegen vierzehn Uhr nach Hause kommt! Wunderbar, passt. Tim hat mir
Fotos geschickt, wo er auf Skiern steht, mit einem strahlen-
den Gesicht! Wie schön! Er schreibt auch, dass sie erst morgen
Abend zurück sein werden, er meldet sich morgen noch bei mir.

Perfekt! Ich antworte den beiden, freue mich schon, sie morgen wieder zu sehen ... Jetzt kommt Tom, er schreibt: ‚Hi, Lisy,
ich habe gerade gesehen, dass du noch heute Nacht ‚on‘ warst,
ich hoffe, es ist alles gut bei dir?‘ Ach, jetzt macht er sich Sorgen, wie es mir geht? ‚Wir sind heute den ganzen Tag noch im
Meeting und heute Abend gibt es eine Feier, deshalb werde ich
nicht schreiben können. Morgen nehme ich den Flieger so gegen
Mittag zurück, werde also morgen Nachmittag zu Hause sein.
Bis morgen, Lisy, grüß die Jungs. Ich vermisse dich.‘

Ich habe einen Kloß im Hals, ich fühle mich so miserabel ...
Wann hat er die Nachricht geschickt? Zehn Uhr heute Morgen
und es ist jetzt kurz nach halb eins, was soll ich antworten: ‚Hallo, Tom, ich hoffe auch, dass es dir gut geht, hier ist alles in Ordnung!‘, von wegen, gar nichts ist in Ordnung!

‚Ich bin heute Nacht aufgewacht und konnte dann nicht mehr
einschlafen, deshalb ... Die Jungs sind bei Freunden, sie kommen erst morgen Nachmittag wieder. Ich freue mich auf dich,
hab einen schönen Tag!‘, schnell drücke ich auf ‚senden‘.

Bist du verlogen, Lisy! Ja! Schluss damit! Es bringt jetzt nichts.
Kaffee!

So gegen halb zwei bin ich bereits auf dem Weg zu Klara. Ich
freue mich sehr auf den gemeinsamen Abend! Wie ich es mir gedacht habe, wartet sie schon vor der Tür auf mich, als ich ankomme. Typisch Klara! Es kann ihr nie schnell genug gehen, ich
muss schon lachen, bevor ich aus dem Auto steige.

„Hi, Lisy! Ich warte schon sehnsüchtig auf dich!“

„Es ist gerade mal kurz nach fünfzehn Uhr!" Ich lache wieder, komme zu ihr rüber und nehme sie in den Arm. Wir sind beide getestet, deshalb genießen wir die Umarmung gerade.

„Komm herein. Kaffee?!"

„Du kannst meine Gedanken lesen ... Ja, sehr gern!"

Wir gehen gemeinsam ins Haus, sie hat ein sehr schönes Anwesen, sehr groß, obwohl sie allein lebt. Viktorianischer Style, sehr geschmacksvoll eingerichtet mit hier und da ein paar verrückten Accessoires, die sie anscheinend von ihren Reisen mitgebracht hat. Sie mag auch moderne Kunst und das sieht man, überall an den Wänden hängen Gemälde in allen Farben.

„Meine Güte, es sieht bei dir wie in einem Museum aus. Ich bin auf jeden Fall sprachlos, vor allem ändert sich ständig irgendetwas! Wie machst du das?"

„Na ja, ich liebe Abwechslung! Das weißt du doch ... Zudem komme ich durch meine Arbeit immer wieder an das eine oder andere Kunstobjekt!"

Ich schaue sie an.

„Wir sehen uns viel zu wenig, Klara, du siehst fantastisch aus!"

„Oh, danke! Du allerdings siehst müde aus ... Na, nicht geschlafen?"

Sie nimmt kein Blatt vor dem Mund, wie immer, und das liebe ich so an ihr.

„Na ja, sagen wir, die Nacht war kurz ..."

„Oh, erzähl! Soweit ich weiß, ist Tom auf Mallorca, richtig? Was hast du denn gestern gemacht?"

Sie sieht, wie ich richtig mit mir ringe und rot werde.

„Lisy, du kannst mir alles erzählen, ich werde dich niemals verurteilen, das weißt du."

Sie bittet mich, an den Küchentisch, meine Tasse Kaffee steht vor mir und sie hat schon ein paar Kekse auf einen Teller gelegt ...

„Es ist eine längere Geschichte, Klara ..."

„Wir haben Zeit! Ich bin ganz Ohr!"

Also fange ich an ihr alles zu erzählen, wie ich Stefan zum ersten Mal getroffen habe, unsere Reaktionen aufeinander, seine Anrufe und Nachrichten und natürlich den gestrigen Abend.

Sie fragt nichts, sie sitzt vor mir und hört einfach nur zu, ich erzähle ihr auch, um mich vielleicht besser dabei zu fühlen, wie Tom sich in letzter Zeit verhalten hat und von dieser geheimnisvollen Gina. Nachdem ich mit der Geschichte fertig bin, fühle ich mich wieder so gut wie schon lange nicht mehr, ich habe nicht mehr diese Last, die ich in den letzten Tagen gespürt habe. Ich hebe den Kopf und treffe ihren Blick, sie scheint überrascht zu sein, aber gleichzeitig sehe ich auch Verständnis.

„Wow! Lisy, du erstaunst mich. Ich hätte niemals gedacht, dass du je aus deiner Haut kommen würdest und was Spontanes machst, aber schau, das ist der Hammer!"

„Ich weiß, es war unvernünftig, ich fühle mich so schlecht deswegen ..."

„Quatsch! Hör auf, dir Vorwürfe zu machen! Sei froh, dass dir sowas passiert ist!"

„He?! Wie bitte? Wie kann ich froh sein, das ist eine Katastrophe!"

„Ist es nicht, es kann immer passieren, aber eben nicht jedem, und das ist so schön, sowas wieder spüren zu können, oder? Du fühlst dich so lebendig dabei, so frei und so begehrt."

„Schon, aber, Klara, ich bin verheiratet! Ich habe einen Mann, der mir vertraut, und ich habe alles kaputt gemacht!"

„Noch hast du nichts kaputt gemacht! Und was hat er gemacht? Wer ist überhaupt diese Gina? Sie taucht auf, kurz bevor er seine Reise nach Mallorca antritt, findest du das nicht komisch? Bist du sicher, dass er auf Mallorca ist? Oder macht er sich schöne Tage irgendwo mit dieser Frau? Hast du das mal überprüft? Zudem hat er dich die ganze Zeit an der kurzen Leine gehalten, hallo, ihr habt seit Monaten keinen Sex! Wie geht das denn? Du bist so eine schöne Frau! Sehr attraktiv, sexy, unheimlich weiblich. Du hast Bedürfnisse! Du brauchst Liebe, Zuneigung und eine ganze Menge Sex!"

„Klara!" Ich muss lauthals lachen.

Ihre Schilderung ist einmalig.

„Was?" Sie lacht auch. „Glaub mir, das, was dir passiert ist, ist völlig normal und du solltest dich nicht dafür schämen oder sonst irgendetwas. Jetzt musst du dir nur klarwerden, ob du Tom noch liebst, wirklich liebst, oder ob sich da was verändert hat ..."

„Ich möchte im Moment gar nicht darüber nachdenken, ehrlich gesagt. Es macht mir Angst, er ist der Vater meiner Kinder, wir sind schon so lange zusammen. Es ist wahrscheinlich ganz normal, hin und wieder eine Flaute in einer langen Beziehung zu durchlaufen, es hat bestimmt nichts Ernstes zu bedeuten. Und Stefan werde ich sowieso nicht mehr sehen, es ist vorbei!"

„Ob du recht hast? Wäre ich Stefan, würde ich dranbleiben! Aber genug gegrübelt! Jetzt wird gelacht und genossen! Komm, wir machen uns schön für heute Abend."

„Du hast recht, genug! Wo fahren wir denn überhaupt hin?!"

„Es ist eine Überraschung, du wirst es schon früh genug erfahren! Es wird auf jeden Fall gefeiert! Juhu! Komm, lass uns nach oben gehen, hast du deine Sachen dabei?"

Das Thema ist beendet!

***

Wow! Es ist ein unvergesslicher Abend! Wir sind auf einer Vernissage, in Düsseldorf in einer angesagten Galerie, und ich darf den Künstler kennenlernen! Es ist superinteressant, es fließt auch viel Champagner und Wein. Am Ende des Abends haben wir beide einen drüber, aber es ist uns egal. Die Party danach ist gelungen, sie findet in einer Villa etwas außerhalb der Stadt statt, der Typ hat einen beheizten Pool! Die Musik wird von einem DJ aufgelegt! Er sorgt richtig für Stimmung, ich habe sogar ein paar Visitenkarten eingesammelt, bei denen ich vielleicht als Innenarchitektin tätig werden könnte ... Es gibt so viele schöne Menschen, ich kann es verstehen, dass Klara süchtig nach diesem Leben ist. Aber nach einem Abend ist es mir persönlich genug. Diese Leute sind mir einfach zu oberflächlich. Ich mag echte Menschen beziehungsweise Charaktere!

***

Nun biege ich in unsere Einfahrt und sehe zu meiner großen Überraschung das Auto von Tom da stehen! Es ist erst kurz nach eins?! Er hatte doch geschrieben, er würde erst um zwölf Uhr abfliegen! Es kommt mir alles so unwirklich vor, nach so einem ereignisreichen Wochenende habe ich Mühe, wieder in den Alltagzurückzufinden. Ich steige langsam aus dem Auto und gehe Richtung Tür.

Im Haus ist alles still, ich kann Tom im Erdgeschoss nicht entdecken. Als ich nach oben laufe, höre ich die Dusche. Er ist also im Bad.

Ich bin eigentlich noch gar nicht bereit ihm gegenüberzutreten. Ich habe mir nämlich noch gar nichts überlegt ... Ich räume meine Sachen auf, gehe dann in die Küche, um mir Kaffee aufzusetzen, als ich mich dann umdrehe, steht er da, an die Küchentheke angelehnt, er schaut mich so intensiv an, dass ich seinem Blick nicht standhalten kann.

„Hallo, Lisy! Ich habe dich vermisst, wo warst du denn?"

Er kommt zu mir, langsam nimmt er mein Gesicht in seine Hand und haucht mir einen Kuss auf die Lippen, wendet sich dann aber ruckartig wieder ab.

„Hmm, du hast Kaffee gekocht? Genau das, was ich brauche!", sagt er.

„Hallo Tom, wie war deine Reise, ich dachte, du kommst später, hast du nicht gesagt, deine Maschine geht um zwölf Uhr?"

„Richtig, aber ich konnte eine früher nehmen, überrascht? Komme ich ungelegen?"

„Was willst du damit sagen? Ich war gestern bei Klara und habe die Nacht bei ihr verbracht, deshalb bin ich erst jetzt zurückgekommen."

„Ach so! Klara! Die Journalistin, richtig?"

Ich nicke.

„War es schön, habt ihr gefeiert?!"

Was ist mit ihm los, wird das etwa ein Verhör?

„Ja und ja. Was ist mit dir, Tom? Wie war dein Wochenende auf Mallorca? Ihr habt bestimmt auch Spaß gehabt, oder?", frage ich etwas spitz.

„Es war sehr lehrreich …"

Ja, und? Kommt da mehr? Als ich merke, dass er nichts mehr hinzufügen wird, frage ich ihn direkt: „War Gina auch dabei?"

Er hebt den Kopf von seinem Kaffee und schaut mich etwas verblüfft und herausfordernd zugleich an.

„Gina? Wer soll das sein?", fragt er dann vorsichtig.

Ach, interessant … Jetzt kann ich aber nicht mehr zurück und erzähle ihm, wie ich auf den Namen gekommen bin und wenn ich mich nicht irre, wird er etwas blass um die Nase, fängt sich aber rasch wieder.

„Wie kommst du darauf, dass der Zettel von mir war?", fragt er.

„Weil ich persönlich keine Gina kenne!", erwidere ich forsch.

„Ich auch nicht!", sagt er genervt.

Da sehe ich es, er lügt mich an! Er lügt mir ins Gesicht! Er hält sogar meinem Blick stand, unfassbar. Ich kann nicht länger im gleichen Raum bleiben, ich muss hier raus. Ich drehe mich um und laufe nach oben.

Ich kann es nicht fassen, ich kann es wirklich nicht fassen! Hält er mich wirklich für so einen Narren?

„Lisy? Lisy? Komm schon …", höre ich ihn von unten rufen. Er läuft jetzt die Treppe hoch und kommt zu mir ins Schlafzimmer.

„Lisy, es tut mir leid, aber du stellst manchmal so komische Fragen, ich wollte nicht so ruppig sein. Ich bin auch noch vom Wochenende erschöpft. Komm her!"

Er macht die Arme auf, ich schaue ihn ungläubig an.

Habe ich mich vorhin so getäuscht? Ich bin so verwirrt, aber gleichzeitig möchte ich an das glauben, was er mir sagt, deshalb gehe ich langsam zu ihm und lasse mich in seine Arme fallen, er riecht nach Seife, nach meinem Tom, so vertraut. Ich fühle mich wieder zu Hause! Er streichelt meine Haare.

„Wann kommen die Kinder nach Hause?", fragt er leise mit einem unverkennbaren Unterton.

Ich schaue kurz auf die Uhr: „Adrian sollte in einer halben Stunde eintrudeln, Tim kommt heute Abend zurück."

Ich will mich aus seiner Umarmung befreien, aber er hält mich zurück.

„Ich weiß, wie wir die restliche Zeit ausnutzen könnten …!"
Er nimmt mein Kinn in seine Hand und küsst mich, zärtlich, zuerst, dann immer fordernder, ich bin so überrascht, fühle mich überrumpelt, kann mich aber nicht befreien, und nach einer Weile lasse ich es zu.

Wir ziehen uns aus und fallen übereinander her, er dreht mich hin zum Bett, streckt meinen Hintern zu sich und dringt in mich ein, ich war noch nicht so weit, weshalb ich ein lautes Wimmern von mir gebe, es scheint ihm aber nichts auszumachen, im Gegenteil, es kommt mir vor, als ob es ihn antörnen würde. Er macht weiter, immer heftiger, ich will mich umdrehen, ihn sehen, er hält aber meine Haare fest in seiner Hand, so, dass mein Kopf nach oben gestreckt wird, und dringt noch tiefer in mich ein, oh Gott! Ich versuche mich zu entspannen, an nichts zu denken.

Wir haben so lange nicht mehr miteinander geschlafen, vielleicht ist er deshalb so grob zu mir. Er wird immer schneller und stößt immer härter in mich. Irgendwann fange ich an, es zu genießen, ich muss sogar laut stöhnen, ich bin kurz davor, als er plötzlich einen Schrei von sich gibt und mich abrupt loslässt.

Was? Ist er schon gekommen?! Ich bin aber noch nicht so weit, jammere ich innerlich! Ich will noch mehr, ich dränge mich weiter an ihn und bewege mich, er hält mich aber jetzt an der Hüfte fest und gleitet aus mir heraus. War's das schon?

„Bitte, Tom!", krächze ich heraus.

„Sorry, aber ich kann nicht mehr, zudem kommt Adrian jetzt gleich …", sagt er etwas außer Atem.

Er dreht sich um und geht ins Bad. Ich stehe da, wie angewurzelt, aufgelöst. Ich werde so wütend, ich könnte alles um mich herum schmeißen, hat er mich gerade gevögelt und dann liegen lassen? Was ist mit mir? Ich fühle mich gerade so benutzt wie noch nie.

Er kommt aus dem Bad, schaut mich an.

„Willst du dich nicht anziehen, Lisy?" Er läuft an mir vorbei.

„Es war sehr schön, Schatz, tut mir leid, dass ich so schnell gekommen bin, du warst fantastisch!"

Bitte?! Ich kann gerade gar nichts mehr entgegnen. Ich gehe selbst ins Bad, schließe aber hinter mir die Tür ab.

Ich muss jetzt beenden, was er angefangen hat, denn sonst laufe ich noch Amok.

Nachdem ich unter der Dusche mich selbst befriedigt habe, geht es mir etwas besser, ich ziehe mich an und gehe aus dem Bad. Ich höre Tom unten sprechen, anscheinend ist Adrian wieder zurück. Rasch laufe ich runter, um meinen Sohn zu begrüßen!

„Hi, Großer! Na?! Wie war dein Wochenende?"

„Hallo, Mama, super!"

„Was habt ihr denn alles gemacht?" Ich zwinkere ihm zu.

„Na ja, dies und das, Fernseher geguckt, einkaufen … So, ich muss nach oben meine Sachen auspacken …" Weg ist er.

„Habe ich was verpasst?", fragt Tom neugierig.

„Er war über das Wochenende bei seiner Freundin, Steffi", sage ich knapp.

„Seit wann hat er eine Freundin?"

Ich schaue ihn erstaunt an.

„Ja, du hast definitiv was verpasst! Sprich mit deinem Sohn, wenn du mehr darüber wissen willst!"

Ich gehe aus der Küche und lasse ihn hinter mir stehen.

Ich wollte gerade meine Sachen in die Wäsche unten in den Keller bringen, da höre ich ihn sagen:

„Ich muss heute Abend noch mal ins Büro, Lisy!"

Ich drehe mich langsam um. „Wie bitte? Warum das denn? Du bist gerade erst zurückgekommen?", frage ich gereizt.

„Es ist nun mal viel zu tun, ich muss die ganzen Erklärungen vor Ende des Jahres fertigmachen, wie du weißt, konnte ich am Wochenende wegen des Symposiums nichts erledigen! Ist das genug Erklärung für dich?", antwortet er.

„Warum bist du in letzter Zeit so patzig zu mir? Du kannst auch ganz normal mit mir sprechen!"

„Ganz ehrlich, den Eindruck habe ich nicht, du führst dich in letzter Zeit so abweisend und komisch auf."

Jetzt bin ich sprachlos, ich verstehe die Welt nicht mehr.

„Moment! Du wirfst mir vor, abweisend zu sein?! Was bist du dann?"

„Jetzt bist du völlig sauer, siehst du? Man kann mit dir nicht rational sprechen, sofort machst du eine Welle!", sagt er genervt.

„Vielleicht, weil es nicht rational ist! Aber eins ist klar, wir müssen reden, denn so geht es nicht mehr …!", platze ich heraus.

„Was meinst du damit?"

Er wird blass, habe ich da einen Nerv getroffen?

„So, wie ich es sage!"

Ich bin so aufgebracht, mein Herz schlägt wild in meiner Brust, meine Hände zittern.

„Ist das ein Ultimatum, Lisy?"

Seine Augen verengen sich, sein Blick wird dunkel, er sieht böse aus. Ich habe Angst, nicht davor, dass er mir was antun könnte, das nicht, aber Angst, dass ich irgendetwas sage, was die Situation noch eskalieren würde und dass dann alles vorbei wäre. Mir schießen die Tränen in die Augen, ich merke es kaum.

„Ich will doch nur mit dir sprechen, Tom, vernünftig über uns sprechen. Irgendetwas läuft schief, merkst du das denn nicht?", frage ich verzweifelt.

„Was ich merke, ist, dass du mir ständig Vorwürfe machst. Ich muss mich immer mehr rechtfertigen für das, was ich tue, wo ich bin, und, und, und … Du nimmst mir die Luft zum Atmen, Lisy." Er schaut mich etwas vorwurfsvoll an, ich bin verwirrt.

Bin ich wirklich so schlimm geworden? Ein Kontrollfreak? Ich lasse die Schultern hängen, als ob die Last darauf zu schwer für mich wäre.

„Das tut mir leid, ich wusste nicht, dass ich so schlimm bin, beziehungsweise, dass du so unter meinen Fragen leidest. Es war mir nicht bewusst. Warum hast du es mir nicht früher gesagt?"

„Keine Ahnung, Lisy! Spielt das eine große Rolle? Du kannst es wahrscheinlich nicht abschalten und ich kann es momentan nicht ertragen. Es hat mir lange nichts ausgemacht, aber es ist in letzter Zeit mehr geworden und … Ich brauche einfach Luft!"

„Ich habe es verstanden! Ich will dich auch nicht kontrollieren, ich will dich nur verstehen, denn ich habe den Eindruck, du verschweigst mir irgendetwas beziehungsweise du versteckst irgendetwas vor mir ..."

„Siehst du? Du wirst sogar paranoid! Ich verstecke nichts vor dir! Was soll passiert sein, dass du nicht schon weißt?"

„Keine Ahnung, schon allein dieser Zettel mit dem Namen ‚Gina' darauf, er hat mich halt stutzig gemacht!"

„Vertraust du mir nicht mehr? Ist es das? Glaubst du, ich habe eine Affäre? Wo soll ich bitte schön noch die Zeit dafür finden?", fragt er laut.

„Ja, schon klar, aber die Sache mit Eric ... Du hast mich angelogen ... Ihr habt euch gar nicht in der Bar getroffen! Warum erzählst du mir nicht die Wahrheit?"

„Es war was anderes, er sollte als Alibi fungieren, weil ich dir was holen wollte!"

Was? Jetzt verstehe ich nichts mehr ...

„Unser fünfundzwanzigster Hochzeitstag, Lisy! Er ist bald ... Ich wollte dir was holen, deshalb habe ich Eric vorgeschoben."

„Oh Gott! Es tut mir leid, ich bin so blöd gewesen, ich habe mir so viele Gedanken gemacht. Ich versuche mich zu bessern, versprochen. Bitte verzeih mir, Tom!"

Ich laufe zu ihm und nehme ihn in den Arm.

„Entschuldige!", sage ich schuldbewusst.

„Ja, ist gut. Aber trotzdem muss ich heute nochmal ins Büro."

„Klar, geh nur, wir sehen uns später, Schatz. Ich liebe dich, Tom!", sage ich noch mit etwas Nachdruck.

„Ich liebe dich auch." Er gibt mir dabei einen Kuss auf die Nase.

Ich hebe die Sachen wieder auf, die ich im Laufe des Gefechts auf den Boden habe fallen lassen, und gehe runter in den Keller.

Als ich wieder in die Küche komme, kriege ich nur mit, wie er am Handy sagt ‚Bis heute Abend', und auflegt. Er schaut mich an, wenn ich es nicht besser wüsste, würde ich sagen, dass er etwas verlegen aussieht, aber vielleicht bin ich tatsächlich paranoid.

„Ich habe gerade den Kollegen informiert, dass ich heute Abend vorbeikomme, damit wir die Sachen beenden können", sagt er nun zu mir, als ob er sich gerade rechtfertigen müsste.

„Okay!", sage ich dann nur.

„Lisy, sollen wir was zum Essen bestellen für heute Abend, dann muss keiner von uns in der Küche stehen und das Essen zubereiten. Was meinst du?"

„Gute Idee! Ich habe auch keine große Lust zu kochen." Ich lächle ihn an. „An was hast du denn gedacht?"

„Wie wäre es mit italienisch, das mögen wir alle, oder?"

„Ja, können wir machen, aber es ist noch etwas zu früh, wir können so gegen achtzehn Uhr bestellen, okay?"

„Siebzehn Uhr wäre besser, je früher ich zur Arbeit fahre, desto früher bin ich zurück", sagt er verschmitzt. „Trotzdem solltest du nicht auf mich warten heute Abend, es wird ohnehin spät, ja?" Er nimmt mich in den Arm.

„Ist gut." Ich gebe ihm einen Kuss. „Ich muss das Haus noch etwas putzen, danach können wir bestellen, frag doch mal die Jungs, was sie essen wollen, ja?", schlage ich vor.

„Mache ich! Wir sollten eine Putzfrau engagieren, dann hättest du mehr Zeit für dich, Lisy."

Seit wann macht er sich Gedanken über meine Freizeit?!

„Lass mal gut sein, das Geld können wir eher woanders investieren, den Haushalt kann ich noch allein bewältigen, ihr könnt mir auch dabei helfen, das ist nicht verboten!", sage ich lachend.

***

Tim kommt so gegen siebzehn Uhr nach Hause. Da ich nicht genau wusste, wann er da sein würde, habe ich schon für ihn eine Pizza Salami bestellt. Tom und Adrian entscheiden sich beide für eine Pizza Hawaii und ich mich für Lasagne. Es geht sehr schnell, wir haben auch alle Hunger! Um halb sieben sind wir alle mit dem Essen fertig. Tom macht sich zum Gehen bereit. Die Jungs helfen noch mit, die Reste zu beseitigen und das Geschirr in die Spülmaschine zu stecken. Tom kommt dann zurück in die Küche.

„Ich bin jetzt weg, Schatz!"

„Alles klar, bis später, komm nicht zu spät zurück!", sage ich.

„Lisy! Es wird spät, es ist noch eine Menge Arbeit, also warte bitte nicht, ok?"

„Ist gut, ich bin kein kleines Mädchen mehr! Dann bis morgen", sage ich etwas trotzig.

„Benimm dich dann nicht so", flüstert er, damit die Kinder es nicht mitbekommen.

Er verlässt das Haus.

„Wo ist Papa denn wieder hin?" fragt Adrian dreist.

„Er musste wieder zur Arbeit ..."

„Er muss aber viel arbeiten in letzter Zeit, eins ist sicher, ich werde niemals Steuerberater" Er prustet los.

„Tja, dein Vater will alles richtigmachen, er ist kein Faulpelz wie du!" Ich zwicke ihn dabei in die Seite.

„He! Mama, lass das!" Er lacht, gleichzeitig versucht er sich vor mir in Sicherheit zu bringen.

Tim hilft ihm dabei und beide laufen nach oben. Seine Aussage lässt mich aber nicht los.

Obwohl alles wieder in Ordnung zu sein scheint, habe ich immer noch dieses komische Gefühl im Bauch, wie ein Nachgeschmack, dass irgendetwas nicht stimmt. Ich muss auf andere Gedanken kommen, ich werde sonst noch verrückt.

Erstmal was Bequemes anziehen! Ich wollte mir dann die Unterlagen für Frau Schmitt anschauen, wir sind fast fertig mit den Entwürfen und wollen sie ihr nächste Woche vorbeibringen, um den letzten Schliff zu besprechen, bevor wir mit den Arbeiten anfangen. Im Schlafzimmer suche ich nach meinen Sachen, der Koffer von Tom liegt noch auf dem Boden, er hat ihn noch nicht ausgeleert, die Schmutzwäsche liegt noch darin.

Ich nehme sie in die Hände und rieche noch sein Parfüm an dem Hemd, aber noch was anderes, Fremdes ... Ich kann es nicht ausmachen. Ich schaue mir das Hemd genau an und sehe einen riesigen Fleck an der Brust, auf der rechten Seite, oh, da ist aber was tierisch danebengegangen!

Ich rieche nochmal daran, puh! Es könnte Wein sein, ich bin mir nicht sicher, besser wäre es, es zur Reinigung zu bringen, entscheide ich. Ich hole eine Tüte aus dem Bad, packe das Hemd hinein, den Rest bringe ich in den Wäschekorb.

Ich schaue mir dann alle Taschen des Koffers an, ob alles leer ist, bevor ich ihn wieder im Keller verstaue, und ertaste ganz unten in der Vordertasche irgendetwas. Es fühlt sich weich an, klein, wie ... Ich hole es heraus, ein Kondom! Hä?! Warum hat er Kondome im Koffer? Ich bin empört.

Ganz ruhig, Lisy, vielleicht ist das ein Überbleibsel von früher! Na ja, ich nehme seit der Geburt von Tim die Pille nicht mehr, ich konnte mich noch nie damit abfinden, diese ganzen Hormone, das kann ja nur schaden, oder? Nur, Tom wollte sich nicht sterilisieren lassen, deshalb haben wir anfangs Kondome benutzt. Irgendwann fanden wir das lästig, ich blieb aber dabei. Ich wollte keine Hormonpräparate mehr als Verhütung nehmen, deshalb entschied sich Tom doch vor vier Jahren, mit fünfzig also, sich sterilisieren zu lassen.

Dass ich das jetzt im Koffer vorfinde, hat bestimmt nichts zu bedeuten. Den haben wir oft benutzt ... Ich atme die Luft wieder aus, die ich die ganze Zeit angehalten habe! Du machst dir einfach zu viele Gedanken, Lisy, er hat recht, du solltest nicht immer alles kontrollieren und wissen wollen. Ich möchte mich in der Hinsicht bessern und Tom zeigen, dass ich ihm vertraue und ihm seine Freiheit lasse.

Meine Seele ist einigermaßen wieder beruhigt, ich gehe wieder runter ins Wohnzimmer und mache es mir vor dem Fernseher gemütlich. Der Koffer steht wieder im Schrank im Keller.

Kapitel 16

Stefan

(Mitte Dezember 2021)

Ich erhalte immer noch kein Zeichen von Lisy, seit unserem letzten Gespräch vor ein paar Tagen regiert Funkstille zwischen uns.

Ich laufe die ganze Zeit wie ein Zombie herum. Ich könnte sie anrufen oder ihr schreiben ... Aber ich habe nicht den Mut dazu. Zudem möchte ich, dass es von ihr kommt.

Eigentlich lernen wir uns erst jetzt kennen, deshalb will ich ihr Zeit geben, sie nicht bedrängen. Ich muss das Ganze selbst verarbeiten. Der Kuss war, wow! Ich wusste nicht, dass man so viel in einen Kuss interpretieren kann, es hat mich einfach aus den Socken gehauen. Wir haben dann fast die ganze Nacht miteinander telefoniert, ich habe so viel über sie erfahren dürfen, sie hat sich mir geöffnet und da dachte ich tatsächlich, dass wir vielleicht eine Chance hätten. Wir waren auf einer Wellenlänge! Habe ich mir das nur eingebildet?

Ich bin so naiv! Wahrscheinlich hat sie mich schon längst vergessen!

Die Woche lief sehr schleppend, ohne Vorkommnisse, abgesehen von dem Anruf, den ich gestern bekommen habe. Elena will die Scheidung. Ich war erstmal geschockt, obwohl es eigentlich klar war. Nur es hat mich trotzdem kalt erwischt. Sie hat es eilig meinte sie, sie will das Ganze schnell hinter sich bringen und meinte wir sollten uns überlegen, wann für uns das Trennungsjahr anfängt. Sie möchte keinen Krieg, sondern einen schnellen Ablauf. Auf Anrate von ihrem Anwalt, Christian, könnte einen früheren Trennungszeitpunkt angegeben werden, da er vom Familienrichter nicht überprüft wird, könnten wir so, viel früher geschieden werden. Wichtig ist nur, dass beide Ehegatten übereinstimmend den gleichen Trennungszeitpunkt angeben.

Sie hat sich schon alles sehr gründlich überlegt, sie war im Gespräch sachlich, fast gefühllos. Auf jeden Fall habe ich zugestimmt, je mehr wir darüber redeten, desto weniger sah ich einen Sinn dahinter mich dagegen zu währen. Im Gegenteil, mir ist es im Endeffekt recht, wenn es schnell geht.

Der Rest wird sich dann klären, sie meinte, sie würde aber keinen Aufstand machen.

Im Ernst! Da musste ich tatsächlich lachen, keinen Aufstand?! Als ich sie daran erinnerte, was sie an meinem Computer angestellt hatte, meinte sie nur, sie hätte im Affekt reagiert und es täte ihr leid. Sie könnte es nun mal nicht mehr ändern und ich müsste, wie sie, nach vorne schauen. Ganz neue Töne von ihr!

Eine Frechheit ist das! Ich war sprachlos.

Ich wollte aber auch keinen Streit anfangen, ich bin nur erleichtert, dass sie sich mit der Situation abgefunden hat und wieder zur Vernunft gekommen ist. Obwohl, muss ich zugeben, dass ich dem Braten noch nicht ganz trauen kann. Es ging so schnell! Da bin ich selbst in meinem Stolz etwas gekränkt, habe ich ihr wirklich so wenig bedeutet? Sie kämpft nicht mal um mich, im Gegenteil! Das tut schon weh …

Den Computer habe ich übrigens nach unserem Gespräch noch zu einem IT-Unternehmen gebracht. Robert kennt jemanden dort, der vielleicht helfen könnte den Ordner wiederherzustellen. Denn bekanntlich heißt ‚gelöscht' nicht unbedingt gänzlich weg …

Die Hoffnung stirbt zuletzt, wie man so schön sagt. Ich bekomme ihn nächste Woche wieder zurück, schneller geht es leider nicht, sie haben so viel zu tun. Hängt wahrscheinlich mit der Pandemie zusammen, immer mehr Menschen schaffen sich Computer oder Handys an, um mit dem Rest der Welt noch in Kontakt zu bleiben …

* * *

Jeff hat sich ebenfalls gemeldet, letzten Donnerstag. Er hat mir ein paar Exposés zugeschickt, die ich mir angeschaut habe. Zwei bis drei Exposés sind mir schon ins Auge gestochen, wie zum Beispiel ein Haus in Kaarst. Obwohl ich eigentlich eher eine Wohnung haben wollte, interessiert es mich trotzdem, denn das Haus liegt laut Karte nicht weit weg von Lisys Haus. Die genaue Adresse habe ich natürlich nicht, erst, wenn wir einen Besichtigungstermin ausmachen, wird die Adresse bekannt gegeben. Aber vielleicht liegt es tatsächlich direkt in der Nähe, weshalb ich es jetzt in die engere Wahl nehmen möchte. Die zwei anderen Exposés liegen in Kaiserswerth, da wollte ich auch ursprünglich hin!

Beim näheren Hinsehen halte ich darunter ein Objekt zurück, das genau zu meinen Vorstellungen passen könnte. Es ist zwar Samstag, aber ich entscheide mich trotzdem, Jeff anzurufen. Ich möchte so schnell es geht wieder auf eigenen Füßen stehen, auf Dauer ist diese Situation bei meinem Bruder für keinen tragbar.

„Hi, Jeff! Stefan hier."

„Oh, hi, Stefan, bin gerade auf dem Weg zu einem Termin, was gibt es denn?"

„Ich habe mir die Exposés angeschaut, die du mir geschickt hast und zwei sind erstmal in der engeren Wahl", sage ich schnell.

„Schön, dass doch was dabei ist … Welche sind es denn?", fragt er neugierig.

„Tja, erstmal das Haus in Kaarst, entspricht zwar nicht meinen ursprünglichen Vorstellungen, klingt aber interessant, und da wäre noch eine Maisonettewohnung in Kaiserswerth, die mit dem kleinen Innenhof."

„Ja, habe ich vor Augen. Du, mit dem Haus, da muss ich dir noch was dazu sagen, die Annonce richtet sich eigentlich mehr an eine kleine Familie, das ist aber glaube ich kein Problem, ich könnte mit ihnen sprechen, sie sind sehr nett. Ich habe dir das Exposé dazu geschickt, weil es wirklich ein Schmuckstück ist, es ist aber nicht ganz billig, deshalb finden sich nicht so schnell Nachmieter, es liegt aber in deinem Budget, du müsstest dich nur um den Garten kümmern, der ziemlich groß ist …!"

„Ich habe es gelesen, das könnte tatsächlich ein Problem werden, Jeff, so viel Zeit habe ich nicht und die, die ich habe, möchte ich nicht unbedingt in die Gartenarbeit stecken."

„Warte mal ab, das Haus ist sehenswert, es wird dir gefallen! Du kannst dich danach immer noch anders entscheiden. Zudem sind die Vermieter nicht mehr die Jüngsten und wollen auf kurz oder lang das Haus verkaufen."

„Oh, das ist schlecht. Ich habe nicht vor, zu kaufen, also noch nicht ...", sage ich.

„Klar, kann ich verstehen. Willst du es trotzdem sehen?"

Ich überlege noch eine kurze Zeit, aber dann weiß ich es, ich muss es mir anschauen, ich will wissen, wo es liegt.

„Ja, doch, es kostet nichts, erstmal ..." Ich lache dabei kurz.

„Richtig, wir könnten uns also am Montag um siebzehn Uhr das Objekt anschauen, das Ehepaar Sanders wird dabei sein, ich schicke dir gleich die Adresse. Nun zu der Wohnung in Kaiserswerth, da muss ich bis Montag warten, der Vermieter wohnt in Bayern, er wollte aber nächste Woche nach Düsseldorf fahren. Vielleicht kriegen wir noch einen Besichtigungstermin hin."

„Das hört sich doch super an, danke, Jeff. Ich will dich nicht weiter stören. Ich warte also auf deine E-Mail."

„Ja, genau. Bis Montag, Stefan."

„Bis Montag, ciao!"

Klasse, dass es so schnell klappt! Vielleicht kann ich früher als gedacht umziehen und meine Sachen aus dem Haus abholen. Denn auch wenn sich Elena etwas besonnen hat, traue ich ihr immer noch nicht über den Weg. Sie ist wie eine tickende Zeitbombe, wenn ihr irgendetwas nicht in den Kragen passt, kann es passieren, dass sie platzt.

Ich überlege mir gerade noch, was ich am Wochenende machen möchte, als mein Bruder durch die Tür kommt.

„Hi! Bruderherz!"

„Guten Morgen, Robert! Alles klar bei dir?"

„Ja, alles gut. Du hast telefoniert?"

„Ach so! Ja, es war Jeff, ich habe nächste Woche mindestens einen Besichtigungstermin!"

„Du weißt, dass du Zeit hast, wir schmeißen dich nicht heraus!" Er lächelt.

„Das weiß ich sehr zu schätzen, Robert, und ich genieße es wirklich, bei euch zu sein, aber auf Dauer …" Ich ziehe dabei eine Grimasse. „Ich brauche wieder eine Wohnung für mich. Ich will nicht zur Last fallen."

„Tust du auch nicht!"

„Danke, aber ich bin fünfzig Jahre alt und sollte schon auf eigenen Füßen stehen, meinst du nicht?" Ich muss wieder lachen.

„Ja, schon klar, verstehe ich auch, ich meine nur, du solltest nichts überstürzen."

„Mache ich nicht, danke dir."

„Warum ich hier bin … Ich hätte zwei Sachen …", sagt er etwas verlegen.

„Schieß los." Da macht er die Tür hinter sich zu.

„In zwei Wochen ist Weihnachten und … Mutter hat angerufen, es geht Vater nicht so gut, deshalb fragt sie, ob wir am ersten Weihnachtstag bei ihnen vorbeikommen könnten? Sie hatte schon gefragt, aber jetzt ist es ihr wichtig, dass wir alle dabei sind."

„Was hat er denn?", frage ich besorgt.

„Das wollte sie mir am Telefon nicht sagen, Stefan, es scheint wirklich ernst zu sein, sie hörte sich schon mitgenommen an. Ich weiß, dass du dich dagegen sträubst, sie zu sehen aber jetzt, da du nicht mehr mit Elena zusammen bist …?"

„Schon gut, wenn sie mich auch dabeihaben wollen, dann komme ich natürlich."

„Sie wollte, dass ich mit dir spreche … Es freut mich, dass du mitkommen willst, ich werde sie gleich zurückrufen."

Da dreht er sich wieder um und läuft zur Tür …

„Und die Zweite?"

„Die Zweite was?"

„Die zweite Sache, Robert, du wolltest mich zwei Sachen fragen …"

„Ach so! Oh Mann, mein Gedächtnis! Kennst du einen guten Notar?"

„Was hast du vor? Klar kenne ich einen guten!"

„Ich möchte mein Testament beglaubigen lassen."

Ich schaue ihn so überrascht an, dass er dann hinzufügt: „Na ja, ich bin nicht mehr der Jüngste und möchte meine Familie absichern, für alle Fälle, verstehst du?"

„Verstehe ich schon, aber ist irgendetwas vorgefallen, dass du jetzt das Ganze erledigen willst?", frage ich unruhig.

„Sagen wir mal so, das Gespräch mit Mutter hat mich wachgerüttelt, mir ist nochmal klargeworden, dass wir nicht ewig leben, warum also warten ...?"

„Du hast recht, ich bin ja nie wirklich auf die Idee gekommen, es zu tun, warum auch, wir haben keine Kinder und heute ist es erst recht nicht nötig."

„Wer weiß, was in den nächsten Jahren passiert, Bruder ...“ Er zwinkert mir zu.

„Ha! Ich glaube, nicht viel, aber egal ... Ich gebe dir gleich die Telefonnummer von dem Notar, den ich meine. Er ist sehr gut. Du kannst ihn von mir grüßen."

„Perfekt, danke dir, wollen wir zusammen was essen, Maggy war heute früh wach und hat schon einiges gebacken, unter anderem Crêpes!"

„Hmm! Ich komme sofort."

„Wusste ich doch!" Er lacht herzlich und geht aus dem Zimmer raus.

Kapitel 17

Lisy

(kurz vor Weihnachten 2021)

Morgen haben wir Heiligabend. Die Zeit ist so schnell vergangen. Das Jahr ist schon fast zu Ende. Ich schaue schon voller Hoffnung auf nächstes Jahr! Das Geschäft läuft prima, wir haben mit den Arbeiten im Laden von Frau Schmitt angefangen und unsere Entwürfe haben in der KiTa auch Zuspruch bekommen. Das heißt, wir haben alle Hände voll zu tun! Aber erstmal müssen wir Weihnachten überstehen, es ist Wahnsinn dieses Jahr, es war so schwierig die Geschenke zu besorgen, überall Engpässe und wie immer habe ich mich viel zu spät damit beschäftigt, weshalb ich mir tatsächlich einen Plan B ausdenken musste. Was für ein Stress!

Nun habe ich alles, was ich brauche, für morgen Abend, das Abendessen ist geplant, und die Geschenke sind diese Woche per Post gekommen. Tom ist mit den Jungs heute noch unterwegs, sie wollten einen Weihnachtsbaum holen. Es ist bei uns seit ihrer Geburt Tradition, ein Tag vor Heiligabend kaufen wir den Baum, damit wir ihn am nächsten Tag nach dem Frühstück zusammen schmücken können. Tom meinte, die Kinder wären langsam etwas zu groß dafür, sie haben aber tatsächlich darauf bestanden, deshalb sind sie heute Mittag schon losgefahren.

Ich freue mich richtig auf das Fest und die gemeinsame Zeit, es wird uns guttun, denke ich. Am ersten und zweiten Weihnachtstag sind wir wie jedes Jahr bei den Großeltern eingeladen. Bei meinen Schwiegereltern ist es immer ein großes Fest mit allen Verwandten. Sie sind zwar schon über siebzig, haben aber immer viel Spaß daran, alles vorzubereiten. Sie haben ein großes Haus in der Eifel, dort ist viel Platz!

Ich mag das Haus, es ist sehr gemütlich eingerichtet, im Landhausstil. Die zwei sind auch wirklich sehr liebe Menschen, sie haben mich mit offenen Armen empfangen, ganz im Gegenteil zu Gil ... Vielleicht hat sie deswegen so einen Groll auf mich. Wir sollten, denke ich, uns endlich ein für alle Mal aussprechen. Menschen reagieren manchmal übertrieben, wenn sie Angst haben, dass ihnen Liebe entzogen wird.

Weihnachten ist bekanntlich das Fest der Liebe, also auf einen neuen Anfang!

Ich fühle mich in letzter Zeit auch besser, Tom und ich haben miteinander diskutiert und jeder von uns hat seine Meinung über die Situation kundgetan. Jeder von uns hat sich Gedanken darüber gemacht, wie es besser laufen könnte. Immerhin bemüht er sich, öfter präsent zu sein, allerdings haben wir seit dem letzten Mal, nach seiner Mallorcareise, nicht mehr miteinander geschlafen. Es ist jetzt fast einen Monat her!

Eine leise Stimme sagt mir ständig, dass es nicht normal ist, aber ich versuche, nicht auf sie zu hören, denn Tom ist einfühlsamer und aufmerksamer mir gegenüber geworden. Er hilft mir, wo er kann, wir können wieder normal miteinander sprechen, was eine riesige Erleichterung für mich ist. Er nimmt mich in den Arm, wenn ich es brauche, und unser ‚Kussritual‘ ist wieder da. Es ist also fast wie früher! Ich bin so dankbar dafür, dass wir diese Krise durchgestanden haben.

Ich versuche, mehr Verständnis für seine Arbeit aufzubringen und ihn weniger auszufragen. Wir haben eine neue Basis geschaffen und es klappt im Moment ganz gut, finde ich.

Jetzt, wo ich das Haus für mich allein habe, nutze ich die Zeit und mache mir etwas Musik an, Weihnachtsmusik natürlich! Es soll mich in Stimmung bringen. Ich habe mir einiges vorgenommen, erstmal Aufräumen, dann kommt das Putzen und anschließend meine Lieblingsbeschäftigung, das Dekorieren!

Ich möchte für morgen alles perfekt haben. Ich habe mir schon ein paar Rezepte zurechtgelegt, die ich ausprobieren möchte und habe gestern noch die restlichen Komponenten für mein Menü besorgt. Ich bin keine super Köchin, aber, wenn ich mich an das Rezept halte, dürfte es zu schaffen sein.

Nach vier Stunden fängt es schon an, draußen dunkel zu werden. Ich schaue mich um und bin mit meiner Arbeit sehr zufrieden. Es sieht toll aus! Ich habe hier und da noch ein paar Girlanden aufgehängt, die ich jetzt zum Leuchten bringe, um zu sehen, ob sie die richtige Stimmung hervorbringen. Als ich die letzte anmache, höre ich, wie die Haustür aufgeht und drei Gestalten kommen durch die Tür.

Sie bleiben wie angewurzelt stehen, Tim ist der Erste, der die Stille bricht.

„Wow, Mama! Es sieht super aus!"

„Dankeschön, mein Schatz, und was ist mit euch?", frage ich amüsiert Tom und Adrian.

„Gefällt es euch auch?"

„Es sieht toll aus, Mama", sagt Adrian.

„Du hast wirklich ein Händchen dafür, mein Schatz, in so kurzer Zeit! Wie hast du das denn so schnell hinbekommen?" Tom kommt zu mir, nimm mich in den Arm und sagt zärtlich: „Es ist wundervoll!"

Mir wird warm ums Herz, es gibt nichts Besseres, als seine Familie um sich zu haben, zufrieden und glücklich.

„Ich liebe dich, Tom." Ich schmiege mich dabei noch enger an ihn. Er gibt mir einen Kuss auf den Scheitel und lässt mich dann los.

„Ich muss den Weihnachtsbaum aus dem Auto holen. Hast du einen Platz für ihn reserviert?", fragt er.

„Ja, da drüben!"

Ich zeige ihm die dafür freie Ecke zwischen Fernseher und Wintergarten, so können wir den Baum von überall im Raum aus betrachten, ob man in der Küche, mitten im Flur oder sogar auf der Terrasse steht. Wir haben alles sehr offen im Erdgeschoß. Wohnraum und Esszimmer, aber auch Küche, gehen ineinander über und werden nur durch eine Insel getrennt, der Flur wird von einer Glasschiebetür von dem Rest separiert.

„Jungs, kommt, wir holen den Baum aus dem Auto!", ruft Tom.

Ein paar Minuten später kommen sie wieder rein, in den Händen den riesigen Baum!

„Oh, ist er groß, ich hoffe, er hat da drüben genug Platz! Gut, dass wir hohe Decken haben! Gab es ihn nicht noch größer, Leute?"

Ich kann mir es nicht verkneifen und muss zugleich lachen, als ich sehe, wie sie versuchen den Baum aufzustellen.

„Die kleinen Bäume sahen wirklich nicht gut aus und dann gab es nur noch den, Mama", erwidert Tim.

„Schon gut, er sieht toll aus, er ist nur etwas imposanter, als ich es mir gedacht habe."

Jetzt steht der Baum und wie vermutet hat er da nicht genug Platz, er sieht eingeengt aus.

„Es tut mir leid, Leute, aber es muss eine andere Lösung her, er kann da nicht stehen bleiben, es sieht einfach nicht schön aus."

„Wie wäre es, wenn wir ihn in dem Wintergarten aufstellen, ich meine, so bleibt er durch die frische Luft länger erhalten und wir können ihn durch die Scheibe sehen, zudem haben wir später nicht das Problem mit den fallenden Nadeln!", sagt Tom.

Ich muss zugeben, dass es eine gute Idee ist.

„Stimmt, du hast recht, dann mal los, Jungs! Wartet! Ich halte euch die Tür auf!"

So nimmt der Baum seinen neuen Platz im Wintergarten ein.

Es sieht super aus, zwar ungewöhnlich, so hinterm Glas, aber man kann ihn auch da von allen Räumen sehen und das war mir wichtig.

„Können wir schon jetzt anfangen ihn zu dekorieren, Mama?", fragt Adrian.

„Nein, erst morgen früh, Kinder, ich muss vorher noch die Sachen aus dem Keller holen und es ist jetzt schon spät, wir wollen noch was essen! Kommt! Helft mit, den Tisch zu decken."

Ich hatte heute Vormittag noch einen Auflauf vorbereitet, den ich jetzt nur noch für ein paar Minuten in den Ofen schieben muss. Tom war wieder nach draußen verschwunden, ich schätze mal, er hatte noch ein paar Sachen im Auto, Geschenke?! Als er aber nach einer halben Stunde nicht wieder erscheint, gehe ich auf die Suche, schaue kurz nach draußen, aber beim Auto ist er nicht, ich laufe also nach oben. Daraufhin höre ich seine Stimme im Schlafzimmer, ich will gerade eintreten und habe schon die Hand auf der Klinke, als ich höre:

„Gina, ich weiß. Es tut mir leid, mach dir keine Sorgen, ja? Ich melde mich ...“

Mir gefriert das Blut in den Adern. Hat er wirklich den Namen ‚Gina‘ ausgesprochen? Ich lasse die Klinke wieder los und will kehrtmachen, als er plötzlich die Tür aufmacht und mich dann so überrascht anschaut. Ein Bild für die Götter!

„Oh, Lisy, was machst du denn hier?“, fragt er unsicher.

„Ich wohne hier!“, sage ich barsch.

„Geht es dir nicht gut? Du siehst blass aus.“

Ich ignoriere seine Frage: „Hast du gerade mit Gina gesprochen?“ Für einen kurzen Augenblick sehe ich in seinem Blick Verwirrung und ... Scham! Er fängt sich aber schnell wieder.

„Wer ist Gina?“, erwidert er genervt.

„Ich habe dich gehört, Tom, du hast doch telefoniert?!“

„Dann hast du dich einfach verhört!“ Er wird lauter. „Ich habe zwar telefoniert, aber es war mit einem Kollegen, er wollte, dass ich ihm noch ein paar Unterlagen vorbeibringe, da er in meiner Abwesenheit einen meiner Fälle übernehmen muss, zufrieden?“

Ich gucke ihm tief in die Augen, er kann meinem Blick nicht standhalten.

„Weiß ich nicht ...“

Ich will aber nicht debattieren, nicht heute. Ich gehe weiter zu den Zimmern von Tim und Adrian, um ihnen mitzuteilen, dass das Essen fertig ist. Der Abend ist für mich gelaufen, mir ist gerade der Appetit vergangen.

Als wir runterkommen, ist Tom in der Küche und macht gerade eine Flasche Wein auf. Sein Ernst?!

Wobei, es ist vielleicht tatsächlich genau das Richtige, mich zu betrinken und nicht mehr daran denken zu müssen, was mir Tom immer noch die ganze Zeit verschweigt. Es ist Weihnachten, ich wollte mit der Familie eine schöne Zeit verbringen ... Er macht alles kaputt!

Ist das so, oder hast du dich vielleicht doch beim Namen verhört? Es könnte sein, ich habe nur Fetzen mitgekriegt ... Ich war mir so sicher, den Namen gehört zu haben, und dann noch sein Ausdruck, als ich ihn ausgefragt habe, das kann ich doch nicht alles geträumt haben?

Ich entscheide mich, trotzdem gute Miene zum bösen Spiel zu machen, es ist mir für die Kinder wichtig.

Ich gehe in die Küche, um den Auflauf aus dem Ofen zu holen.

„Möchtest du auch Wein, Lisy?", fragt Tom.

„Unbedingt!", sage ich, ohne mich zu ihm zu drehen, ich bin immer noch aufgewühlt.

Wir setzen uns alle an den Tisch und die Kinder fangen an, munter von ihrem Tag zu erzählen. Sie freuen sich auf morgen und hoffen, dass ihre Wünsche erhört worden sind. Bei so viel Dreistigkeit kann ich nur lachen, denn deren Wünsche sind keine Bagatellen! Der Abend verläuft harmonisch und fröhlich, dank der Jungs. Ich merke, als ich vom Tisch aufstehe, dass ich vielleicht doch etwas mehr Wein getrunken habe als mir lieb ist, denn mir ist etwas schwindelig, ich fühle mich wie in Watte gepackt.

Ein schönes Gefühl eigentlich, dem ich mich jetzt völlig hingebe, meine Sorgen sind weit weg. Ich nehme mir an der Küchentheke noch ein Glas Wein, die Kinder sind schon wieder oben, und gehe in einem lasziven Gang zu meinem Mann herüber. Er steht an der Spüle, ich umarme ihn von hinten und merke, wie er zusammenzuckt, ich stelle das Glas ab und führe meine Hände über seinen Bauch, der sich immer noch fest anfühlt, wandere langsam nach unten und möchte mir den Weg zu seiner Mitte bahnen, als er meine Hände mit seiner stoppt.

„Du bist betrunken, Lisy!"

„Hm, kann sein, und?"

„Es wäre jetzt nicht richtig."

„Du bist mein Mann, Tom, es ist absolut richtig!", sage ich bestimmt.

Ich versuche, mich aus seinem Griff zu befreien.

„Warum genießt du es nicht einfach?!"

Ich packe mit meiner gerade frei gewordenen Hand sein Glied, er muss kurz die Luft anhalten. Es gibt mir die Zustimmung, die ich gebraucht habe, um weiterzumachen, ich massiere ihn mit der Hand, langsam, mit Nachdruck, öffne den Reißverschluss und schiebe meine Hand hinein, ich höre, wie er keucht. Seine Reaktion gefällt mir sehr, sie erregt mich.

Ich will seinen Gürtel aufmachen, da dreht er sich ruckartig um und packt mich an den Armen, drückt mich dann an die Insel hinter mir. Ich reiße die Augen auf, erstaunt über seine Grobheit.

„Was für ein Spiel treibst du mit mir, Lisy?"

„Ich treibe kein Spiel, Tom, ich will dich, ich will dich spüren …", sage ich scharf.

„Du willst mich?", fragt er forsch. Er dreht mich um, so, dass ich nun an der Kücheninsel lehne, ich habe ein Kleid an, er reißt es hoch bis zu meiner Hüfte. Ich fange an, Angst zu bekommen, er wird doch nicht … Was ist mit den Kindern? Sollten sie jetzt runterkommen … „Die Kinder …", höre ich mich nur kurz keuchen.

Er macht aber weiter, reißt mir jetzt das Höschen herunter.

„Du willst, dass ich dich hart nehme, Lisy?", fragt er in mein Ohr. „Dann genieß das jetzt!" Ohne Vorwarnung stößt er in mich. Ein kurzer Schrei kommt aus meiner Kehle. Ich versuche, mich zu winden, aber er hält mich fest.

„Lisy, du bist schon so feucht, hm … Soll ich aufhören, ja?"

Bitte nicht, nicht jetzt aufhören, ich merke, wie meine Lust mich bei jedem Stoß überkommt, so brutal es ist, so gut fühlt es sich an, und raune: „Bitte nicht aufhören, mach weiter …"

„Oh, es gefällt dir, ja?!" Er wird schneller, ich höre, wie er schnauft, spüre es in meinen Haaren.

Es ist eine Achterbahn der Gefühle, meine Seele verreist, ich bin ganz weit weg und da sehe ich diese ‚grünen Augen' vor mir, Stefan! An diesem Bild halte ich mich fest. Mein Körper ist wie elektrisiert, bekommt einen neuen Schub, dabei zerspringe ich in tausend Teile! Kurze Zeit später kommt auch Tom. Er lässt seinen Kopf auf meinen Rücken sinken, ich spüre seinen Atem an meiner Wirbelsäule, der mich etwas schaudern lässt.

Ich brauche auch eine Weile, um wieder ins hier und jetzt zurückzukommen, ich bin völlig erschöpft. Wow! Was war das eben, es war schön auf eine andere Art und Weise. Mir ist irgendwie nicht ganz wohl dabei, es hat so einen bitteren Beigeschmack.

Warum ist er in letzter Zeit so grob? Das kenne ich von ihm gar nicht. Er entfernt sich von mir, mir wird sofort kalt und ich fühle mich beschmutzt, ich kann nicht ganz verstehen, warum.

„Was ist mit dir los, Tom?", frage ich wieder nüchtern. „Warum bist du so ...so grob?"

„Täusche ich mich, oder hat es dir gefallen?", weicht er meiner Frage aus.

„Schon, nur kenne ich dich so nicht."

„Menschen ändern sich, Lisy. Du solltest froh sein, dass ich auf deine Bedürfnisse eingehe", sagt er bitter.

Bitte?! Wie hört sich das denn an, was ist mit seinen Bedürfnissen, ich glaube der spinnt total! Er ist wieder vollständig angezogen und geht Richtung Treppe.

„Wo gehst du hin?", frage ich empört.

„Ich möchte jetzt duschen, Lisy, was dagegen?"

„Nein, natürlich nicht!" Wie ernüchternd, wo ist die Zärtlichkeit geblieben?

Ich mache mich auch auf den Weg nach oben, als mir wieder einfällt, an wen ich, kurz vor meinem Orgasmus, gedacht habe. Oh Gott! Ich versuche seit Tagen, nicht mehr an ihn zu denken, ich muss sagen, dass ich auf ganzer Linie gescheitert bin.

Er ist ständig in meinem Kopf, das macht mich wahnsinnig. Ich versuche es herunterzuschrauben, indem ich mich zu überreden versuche, es als normal anzusehen, an Ereignisse zu denken, die für einen besonders schön waren. Dass es weniger mit der Person an sich zu tun hat, als mit meinen Emotionen in dem Moment.

Nur glaube ich es selbst nicht. Ich sehne mich nach wie vor nach ihm. Wie er mich angeschaut, wie er mich berührt hat und der Kuss, an diesem Kuss denke ich oft, ich hätte nicht gedacht, dass ich mich noch jetzt danach verzehre. Ich dachte, ‚aus den Augen, aus dem Sinn'! Ob die Situation mit Tom das bestärkt? Möglich, ich habe Durst nach Geborgenheit, begehrt zu werden und Liebe. Ich habe gehofft, alles wieder bei Tom zu finden, dass der Sex auch helfen würde, aber da habe ich mich getäuscht, ich bin mir vorgekommen wie ein Stück Fleisch!

Sicher, Tom ist aufmerksamer geworden in letzter Zeit, aber es reicht mir nicht, mir fehlt die Nähe!

Tom ist noch im Bad, ich gehe also ins Schlafzimmer, um meine Sachen zu holen und sehe nach meinem Handy, das an der Ladestation auf dem Nachttisch hängt. Ich nehme es ab, ich weiß nicht warum, aber ich öffne den Chat mit Stefan, ich gehe einem Bedürfnis nach und schreibe ihm kurz: ‚Ich wünsche dir frohe Weihnachtstage! Grüße, Lisy.‘

Ich zögere kurz, drücke dennoch auf ‚Senden‘. Tom kommt aus dem Bad heraus, ich stecke mein Handy schnell unter meine Sachen, die ich im Arm trage und eile ins Bad, ohne ihn anzuschauen.

Ich schließe die Tür ab, irgendwie ist es nun zur Gewohnheit geworden. Ich schaue kritisch in den Spiegel. Ich habe den Eindruck eine Fremde anzublicken, ich kann nicht verhindern daran zu denken, wie verlogen Tom und ich zueinander sind. Wir verschweigen uns gegenseitig etwas. Ich bin im Grunde nicht besser als er, gut, ich bin nicht fremdgegangen, wobei, wo fängt Fremdgehen an? Beim Sex, beim Kuss oder schon beim Gedanken? Vor allem, nichts lässt darauf schließen, dass er mir untreu ist.

Es sind bisher nur Vermutungen von mir. Ich fühle mich wieder schlecht, ziehe meine Sachen aus, merke dabei, dass ich immer noch ohne Höschen rumlaufe, was bedeutet, dass es sich noch unten irgendwo in der Küche befindet.

Ich muss es also gleich schnell holen, bevor die Kinder darüber stolpern. Ich gehe in die Dusche und lasse das warme Wasser über meinen Körper laufen. Es fühlt sich gut an, ich entscheide kurzerhand ebenfalls, meine Haare zu waschen. Ich möchte dieses Unwohlsein wegwischen, von mir abschrubben. Wäre es so einfach, denke ich kurz. Ich höre ein Brummen. Mache die Augen auf, merke gleichzeitig, dass ich den Atem anhalte, mein Handy, ich stoße die Luft aus, drehe den Hahn zu und komme langsam aus der Dusche, trockne mich schnell ab. Ich greife nach meinem Handy, da erscheint die Nachricht. Er hat zurückgeschrieben! Ich bin so glücklich, oh Gott, Lisy, was machst du? Ich traue mich nicht, es aufzumachen, ich bin ganz zittrig, mein Herz pocht in meiner Brust.

Ich lasse das Handtuch fallen, nackt, wie ich bin, öffne ich die Nachricht: ,Hallo, Lisy, ich freue mich sehr, von dir zu lesen. Ich habe mich so danach gesehnt, aber mich nicht getraut, mich zuerst zu melden, da ich dich nicht noch mehr verschrecken wollte. Du warst so schnell weg nach unserem Kuss, ich habe es immer noch sehr präsent vor Augen. Ich vermisse dich, Lisy, dein Lachen, deine schönen Augen, deinen Duft. Ich würde dich gern wiedersehen ... Versprochen, ich werde mich benehmen. Smiley Ich verstehe deine Situation und will dich nicht zu irgendetwas zwingen, nur will ich dich nicht verlieren. Die paar Wochen kamen mir wie eine Ewigkeit vor. Ich habe mich völlig verloren gefühlt, vielleicht kannst du das nicht verstehen, aber du hast mich so bewegt, wie kein anderer Mensch zuvor ...'

Ich kann ihn so gut verstehen, ich empfinde im Grunde genommen das Gleiche, ich habe mir die ganze Zeit nur was vorgemacht, diese paar Zeilen haben meine Entschlossenheit, mich von ihm fernzuhalten, wie weggefegt.

Er schreibt genau das, was ich hören will, was ich brauche. Ich bin verloren. Ich weiß nicht, wo es mich hinführen wird, ich bin mir nicht sicher, ihm das geben zu können, was er offensichtlich von mir will, ich weiß nur eins, ich will ihn auch wiedersehen. Ich schaue wieder auf mein Handy. ,Ich wünsche dir auch schöne Feiertage, ich hoffe, du denkst etwas an mich, und schreib mir ab und zu, es würde mir viel bedeuten. Kuss'

Nach kurzer Überlegung schreibe ich zurück: ,Stefan, es wäre gelogen, wenn ich sagen würde, dass ich nie an dich denke. Du bist stets in meinen Gedanken. Ich verbiete es mir zwar, denn in meiner Situation ... aber du bist immer präsent. Es tut so gut, deine Wörter zu lesen. Das zwischen uns macht mir Angst und ich bin nicht sicher, dir das geben zu können, was du dir wünschst, Stefan. Die Gefühle, die du in mir geweckt hast, fühlen sich irreal an, ich muss immerzu daran denken, wie du mich berührt hast, der Kuss ... Ich möchte dich besser kennenlernen und will dich als Freund nicht verlieren. Gerne würde ich dich nächstes Jahr (wie es sich anhört) wiedersehen. Lass uns bald nochmal schreiben. Bitte ruf mich nicht an!', füge ich noch hastig hinzu, ,Liebe Grüße, Lisy.'

Ich drücke schnell auf ,Senden', bevor ich es mir anders überlege.

Die Antwort kommt prompt: ,Ich bin sehr glücklich, Lisy, du gibst mir schon, was ich brauche und noch mehr, ich danke dir dafür. Ich freue mich auf nächstes Jahr, bis sehr bald! Kuss.'

Es klopft an der Tür, vor Schreck hätte ich fast das Handy fallen lassen, mein Herz schlägt wild in meiner Brust.

„Ja?!" rufe ich.

Ich verstecke mein Handy, hebe schnell mein Handtuch auf und trockne rasch meine Haare, die immer noch auf den Boden tropfen.

„Alles klar bei dir, Lisy?"

Es ist Tom, verdammt …!

„Klar, warum?"

„Du bist schon ewig da drin und du hast abgeschlossen, habe mir nur Sorgen gemacht."

Er hat sich Sorgen gemacht? Sieh einer an …!

„Mir geht es gut, ich mach mir nur die Haare, ich komme gleich heraus, ich kann auch mal etwas Privatsphäre haben, oder?"

„Wie du willst!"

Ich höre, wie er sich von der Tür entfernt. Uff! Ich bürste mir die Haare, schaue dabei wieder in den Spiegel, meine Wangen sind etwas gerötet und meine Augen glänzen. Ich fühle mich gerade so lebendig und verdammt sexy, ich schaue an meinem Körper herunter, als ob ich eine Bestätigung zu meinen Gedanken suchen würde. Meine Rundungen, meine Brüste, mein flacher Bauch, kritisch nehme ich alles in Augenschein.

Es gibt tatsächlich einen Mann, der mich attraktiv findet, der sich nach mir sehnt, der mich leidenschaftlich küssen will, der mich ganz entdecken möchte. Mein Herz fühlt sich so groß an, so kräftig.

„Du bist nicht zu alt für das alles, Lisy", sage ich mir leise, ziehe mich dann schnell an und gehe aus dem Bad.

Kapitel 18

Stefan

(kurz vor Weihnachten 2021)

Ich stehe immer noch mitten im leeren Wohnzimmer, wie angewurzelt, und starre auf das Handy. Sie hat sich gemeldet, sie hat mich nicht vergessen! Lisy! Mir wird so warm ums Herz, wenn ich an sie denke, und jetzt hat sie sogar geschrieben, dass sie auch an mich denkt, ich muss mir ihre Nachricht immer und immer wieder durchlesen. Es tut so gut, zu wissen, dass sie ähnliche Gefühle für mich hegt wie ich für sie.

Ich schaue mich um, die Wohnung ist toll. Ich freue mich, dass es geklappt hat!

Bei der Besichtigung des Hauses habe ich bemerkt, dass es gar nicht in der Nähe von Lisys Haus liegt. Das Haus war zwar sehr schön, nur, da die Eigentümer mit dem Verkaufen nicht mehr so lange warten wollten und ich in meiner momentanen Lage nicht kaufen wollte beziehungsweise konnte, habe ich endgültig abgesagt. Die Maisonnettewohnung in Kaiserswerth war auch sehr schön, fast hätte ich sogar zugesagt, als Jeff mit diesem Objekt hier um die Ecke kam.

Es ist ein zweistöckiges Haus in Meerbusch Büderich, der Eigentümer wohnt oben. Er lebt allein und kann sich nicht mehr um den Garten kümmern. Er hat seine Frau vor zwei Jahren verloren und voriges Jahr das ganze Haus neu sanieren und renovieren lassen.

Das Erdgeschoss hat hundertzehn Quadratmeter und hat eine offene Küche mit Wohn- und Esszimmer. Das Wohnzimmer hat einen offenen Kamin, man darf ihn zwar nicht mehr benutzen, er gibt aber dem Raum Charme, der Boden hat große helle Fliesen, die den Raum noch größer erscheinen lassen. Bodenlange Fenster, sowohl in der Küche, als auch im Wohnzimmer. Von hier aus kommt man nach hinten auf die schöne geräumige Terrasse und in den wunderbaren Garten. Er ist super gepflegt. Da steht ein Brunnen, dort eine Kräuterspirale, der Vermieter hat auch einen Steingarten gelegt und da drüben zur vorderen Seite des Hauses stehen schöne gewaltige Bäume. Was mir zugesagt hat, ist, dass der Garten nicht zu viel Rasenfläche hat und somit etwas einfacher zu pflegen ist, denke ich. Im hinteren Bereich der Wohnung sind noch drei Zimmer: ein großes Schlafzimmer, ein Gästezimmer und ein Büro. Ein großes Bad und ein Gäste-WC runden das Ganze ab. Es hat zwar keine Garage, aber eine große Einfahrt, wo zwei Autos nebeneinander Platz finden können, zudem ist das Haus komplett unterkellert, zwei Räume davon gehören zur Wohnung. Zum ersten Januar fängt mein Mietvertrag an, aber da die Wohnung leer steht, meinte der Vermieter, ich könnte ruhig schon vorher meine Sachen hierhin bringen.

Als ich mir die Wohnung zum ersten Mal angeschaut habe, konnte ich nicht glauben, dass er nur so wenig für die Miete haben wollte. Er meinte, es ginge ihm nicht ums Geld, er will nur nicht, dass das Haus leer steht. Das war ein Volltreffer, wir konnten uns sofort einigen. Mein Bruder wohnt nicht weit weg, Elena leider auch nicht, auf der anderen Seite wird unser Haus bald verkauft, so habe ich keinen großen Weg für den Umzug. Ich habe Elena gestern angerufen, um mit ihr zu vereinbaren, wann ich meine Sachen abholen kann. Sie möchte nicht dabei sein, was ich verstehen kann, sie wird aber, meinte sie, einen gelben Zettel auf alles kleben, was ich mitnehmen darf. Ich finde das schon dreist von ihr, mir vorzuschreiben, was ich mitnehmen soll und was nicht. Ich wollte mich aber nicht mit ihr am Telefon streiten, deshalb habe ich darauf erstmal nicht geantwortet. Ich werde schon sehen, ob es mir passt. Sie hat sich bestimmt eine Liste gemacht!

Auf jeden Fall kann ich am Wochenende die Sachen abholen. Total ungünstig, denn wir haben Weihnachten! Ich werde also niemanden finden, der mir hilft, und schon gar kein Umzugsunternehmen, zudem bin ich die meiste Zeit auch nicht da, da wir am Sonntag zu meinen Eltern fahren wollen, fällt dieser Tag also in der Planung ebenfalls weg. Ich habe versucht, ihr das zu erklären, aber sie meinte, es wären die einzigen Tage, wo sie nicht im Haus wäre, da sie sonst momentan von zu Hause arbeiten müsste. Daraufhin hat sie aufgelegt, bevor ich was erwidern konnte, mir bleibt also nichts anderes übrig. Mir ist klar, dass sie ihre Position ausnutzt, nur, was soll ich machen? Ich will keinen Aufstand, im Gegenteil, je schneller ich da raus bin, desto besser. Robert sagte schon, es wäre nur Schikane von ihrer Seite, sie sei einfach unmöglich, wie immer. Er hat recht, natürlich, na ja …

Ich gehe noch einmal durch die Räume, alle Wände wurden weiß gestrichen und es sieht alles sehr kahl aus, es riecht auch noch nach Farbe.

Ich habe echte Probleme mir vorzustellen, wie und wo ich meine Sachen und Möbel hinstellen soll, damit es wohnlich aussieht und habe dabei zwangsläufig an Lisy gedacht. Demnach bin ich sehr angenehm überrascht, dass sie mir eine Nachricht geschickt hat. Vielleicht sollte ich sie doch um Rat fragen, ich meine, dann hätte ich einen Grund, sie wieder zu sehen. Wir wohnen wirklich nicht weit voneinander entfernt, ich habe schon geschaut, es sind gerade mal zehn Minuten, die uns voneinander trennen. Die Lage hier ist super!

Um die Ecke ist der Golfplatz, dahinter liegt das Viertel, wo ich bisher gewohnt habe. Das Haus von meinem Bruder befindet sich am Waldrand, er hat sich gefreut, dass ich in der Gegend was gefunden habe, so können wir uns noch öfter sehen, wobei es nicht unbedingt mit der Distanz zu tun hatte, wie ich über die Jahre feststellen musste. Wir wohnten auch sehr nah beieinander und trotzdem haben wir uns nicht gesehen, aber das ist Vergangenheit!

Robert und Ben haben angeboten, mir zu helfen, wir haben schon einen kleinen Bus für das ganze Wochenende gemietet. Ich freue mich riesig darauf. Ein neuer Anfang! Es sieht im Moment zwar etwas trostlos aus, aber mit Lisys Hilfe wird es bestimmt bald wunderschön aussehen und gemütlich werden. Ich bin schon aufgeregt!

Ich fahre jetzt Richtung Stadt, mein Laptop ist fertig und so wie es aussieht, hat der Typ es mit der Datei hinbekommen! Noch eine gute Nachricht!

Morgen, Samstag, wollen wir vier, außer meiner Nichte, die mit ihrer Freundin noch in die Stadt fahren wollte, mit dem Umzug anfangen und haben ausgemacht, ganz früh zum Haus zu fahren, um die Sachen herauszuholen. Elena fährt wohl schon heute Abend weg und wird erst am Sonntagabend zurückkommen. Wir haben somit eineinhalb Tage, um alles zu transportieren. Am zweiten Weihnachtstag sind Robert, Maggy und die Kinder bei Maggys Eltern und am Sonntag, den ersten Weihnachtstag sind wir ab Mittag bei meinen Eltern. Es wird knapp!

***

Gut gelaunt sind wir jetzt um acht Uhr unterwegs zum Haus, die Straßen sind etwas glatt, es hat in der Nacht richtig gefroren, aber zum Glück nicht geschneit, es hätte sonst den Umzug beschwerlicher gemacht.

Kurze Zeit später fahren wir die Einfahrt rückwärts hoch, um besser die Möbel einladen zu können. Es fühlt sich komisch an, wieder hier zu sein, es ist ja nur ein paar Wochen her, seit ich das Haus verlassen habe, kommt mir aber wie eine Ewigkeit vor. Es ist in der Zeit so viel passiert!

Ich mache die Tür auf, froh darüber, dass sie die Alarmanlage nicht eingeschaltet hat. Ich laufe durch den Flur, wie in Trance, es kommt mir alles sehr bekannt, aber gleichzeitig fremd vor. Ich bin etwas erschüttert über die Sterilität der Einrichtung, mich schaudert es. Komisch, dass ich es nicht viel früher bemerkt habe. Was bin ich froh, hier nicht mehr leben zu müssen. Robert und die anderen gehen an mir vorbei und suchen schon fleißig nach den gelben Zetteln. Wir wollen keine Zeit verlieren, ich mache mich deshalb ebenfalls auf die Suche.

Maggy ist im Wohnzimmer und mit Robert zusammen bringen sie schon meine Erbstücke heraus, ich halte mich gerade in der Küche auf, schaue mich gedankenverloren um. Hier hat sie nichts angeklebt! Das war klar! Ich brauche schon ein paar Sachen, Teller, Besteck und dergleichen!

Ich mache alle Schränke auf, hole einen Karton aus dem Bus und packe hinein, was ich an Geschirr brauche. Die Küchengeräte lasse ich stehen, obwohl ich sie auch gut gebrauchen könnte und wir sie zusammen angeschafft haben. Maggy sagte mir gestern, ich sollte eine Liste von den Sachen machen, die ich mitnehme, sowie Fotos, die dies belegen. Zudem sollte ich Fotos vom Haus machen, wenn wir fertig sind. Sie traut Elena kein bisschen und vermutet, sie könnte mir irgendetwas anhängen, daher die Vorsichtsmaßnahmen.

Es ist eine gute Idee, die werde ich auch befolgen. Wenn es so weit ist, dass unser Hab und Gut bewertet wird, können wir dann vorlegen, was nun in meinem Besitz ist, und was sie alles behalten hat. Es könnte sein, dass ich am Ende dadurch weniger Unterhalt bezahlen muss, oder? Zur Sicherheit habe ich vor ein paar Tagen mit meinem Anwalt gesprochen, er hatte mir ihre Anforderungen vorgelegt, ich musste echt hart schlucken. Er meinte, es würde seinen Weg gehen, ich sollte mir erstmal keine Sorgen machen, es wäre üblich. Er kümmert sich darum.

Ich bin zwar Anwalt, habe aber mit Scheidungen nichts am Hut, es ist für mich Neuland, deshalb war ich froh, als mein Partner ihn mir vorgeschlagen hat. Jonas, so heißt er, ist einer der besten in seinem Fachgebiet. Im Nachhinein bin ich auch froh, dass Elena immer darauf bestanden hat, dass wir neben dem gemeinsamen Konto, darüber läuft alles, was das Haus betrifft, wie Strom, Haushaltsgeld, unsere eigenen Konten haben. Den festgelegten Betrag soll ich weiterhin bezahlen, sagt mein Anwalt, das wäre für die spätere Abrechnung sehr wichtig. Es heißt also für mich ab Januar doppelte Belastung, deswegen bin ich froh, dass die Mietkosten sehr human sind.

„He, Stefan! Träumst du etwa?" Robert kommt um die Ecke.

„Sorry, war gerade in Gedanken … Was gibt's?"

„Wir brauchen mal deine Hilfe im Wohnzimmer, der Sekretär ist zu schwer für uns beide."

„Ja, klar, sofort!"

Ich lasse die Sachen auf dem Küchentisch liegen und laufe ins Wohnzimmer, sie haben schon ein paar Möbelstücke in den Bus geladen. Der Raum sieht noch ungemütlicher aus als vorher.

„Danach sind wir hier unten fertig, zumindest mit den angeklebten Sachen, aber vielleicht möchtest du noch in den Schränken nachschauen, ob doch was mit eingepackt werden soll?!", fragt Maggy und schaut mich etwas besorgt an.

„Klar, mache ich."

Ich hebe mit Robert den Sekretär hoch Richtung Haustür. Da meint er:

„Der Bus ist schon zur Hälfte voll, ich schlage vor, wir gehen jetzt nach oben, holen die restlichen Möbel, wenn noch welche da sind, dann fahren wir zur Wohnung, so können wir bei der zweiten Fahrt die ganzen Kartons mitnehmen, die wir noch packen müssen."

„Gute Idee! Dann haben wir, schätze ich mal, Mittag, wenn wir hier zurück sind. Das könnte funktionieren. Zur Not könnten wir die Sachen in die Garage stellen. Ich würde sie dann später noch abholen. Ich habe morgen noch etwas Zeit!", sage ich.

Gut, dass wir keinen Keller haben.

In der neuen Wohnung geht es relativ schnell, ich habe einen Plan gemacht und Aufkleber ausgedruckt, diese habe ich dann an den Möbeln angebracht, damit jeder weiß, wo sie hin sollen. Ich bin normalerweise nicht so organisiert, aber habe mich von meinem Bruder leiten lassen, damit kein Chaos entsteht und wir keine Zeit verlieren. Wir kommen gut voran!

„Die Wohnung ist wirklich schön, Stefan!", schwärmt Maggy.

„Es fehlen nur ein paar Möbel", erwidere ich lachend.

„Das kommt noch, weißt du schon, wie du sie einrichten willst? Willst du auch die Wände neu streichen?", fragt sie interessiert.

„Ich weiß es noch nicht, ich meine, es ist jetzt blöd, wo die Sachen nun drinnen sind, aber ich hatte vorher keine Möglichkeit … Ich wollte Lisy fragen, ob sie mir bei der Einrichtung helfen kann."

„Oh, Lisy, ja?!", sagt Maggy.

Mein Bruder ist überrascht.

„Ich dachte es wäre jetzt vorbei zwischen euch?", fragt er neugierig.

„Was soll vorbei sein?", fragt Ben, der gerade um die Ecke kommt.

„Nichts, es ist ein erwachsenes Thema ...", sagt Maggy.

„Aha! Alles klar, ich kann mir auch die Ohren zu halten, wenn ihr wollt?!", sagt er frech.

„So schlimm auch nicht!" Ich lache. „Aber um euer aller Neugier zu befriedigen, sie hat sich gestern bei mir gemeldet und ja, wir werden uns definitiv wiedersehen, das wollen wir beide, deswegen ..."

„Schon klar, Bruder, wir haben es kapiert! Ja, dann lass uns weitermachen. Wir sind hier für's Erste fertig. Wir sollten zurückfahren", schlägt er vor.

Wir schaffen es tatsächlich, noch einmal eine Fahrt zu machen. Die restlichen Sachen habe ich dann wie besprochen in die Garage gestellt, wo ich noch mein Fahrrad gefunden habe, und hier und da ein paar Sachen, die ich auf jeden Fall mitnehmen will. Als wir bei meinem Bruder ankommen, ist schon siebzehn Uhr durch!

Maggy, die vorher nach Hause gefahren war, erwartet uns schon ungeduldig. Jetzt kann Heiligabend beginnen!

***

Der Wecker klingelt, ich habe keine Lust aufzustehen, ich bin noch so kaputt! Ich habe gestern den ganzen Tag in der neuen Wohnung verbracht. Aufgeräumt, Möbel hin und her gerückt, ich spüre jeden Muskel meines Körpers. So wird es einem bewusst, dass man nicht mehr der Jüngste ist. Ich wollte eigentlich heute Morgen nochmal hinfahren, aber ich verwerfe die Idee sofort. Es lohnt sich einfach nicht. Morgen ist noch ein Feiertag, da kann ich die Kartons auspacken.

Heute ist Sonntag, wir wollen so gegen elf Uhr alle zu meinen Eltern fahren. Ich mache mir ehrlich gesagt Sorgen. Was will uns meine Mutter sagen, das nicht am Telefon gesagt werden kann? Ich hoffe nur, es ist nicht so ernst wie es klingt, ich habe genug Probleme im Moment.

Aufhören mit dem Grübeln, ich muss aufstehen, wenn ich zeitlich fertig werden will. Ich nehme meine Sachen aus der Kommode, die Maggy für mich frei gemacht hatte, und laufe Richtung Bad. Am Dienstag muss ich noch einiges besorgen beziehungsweise bestellen, ich brauche eine neue Waschmaschine und, ganz wichtig, einen Kaffeeautomaten. Gut, dass in der Wohnung eine Küche schon vorhanden ist, so brauche ich mich nicht noch darum kümmern, ich kann also auch schon Lebensmittel einkaufen.

Frisch rasiert und geduscht komme ich aus dem Bad heraus. In der Küche schenke ich mir einen Kaffee ein. Maggy wirbelt herum, hin und her, völlig gestresst.

„Guten Morgen, Maggy! Was ist los?", frage ich sie.

„Hi, Stefan, na! Gut geschlafen? Ich bin etwas im Stress, zu spät aufgestanden, ich muss mich noch fertigmachen, die Geschenke einsammeln, die Kinder haben sich erst heute entschieden, doch was für ihre Großeltern zu basteln ... Chaos!", sagt sie hektisch.

Ich muss lachen, eigentlich sehe ich nicht, wo das Problem liegt, aber Frauen setzen sich immer zu viel unter Druck.

„Kann ich dir irgendwie behilflich sein? Wo steckt Robert eigentlich?", frage ich sie.

„Er ist draußen, denn zu allem Überdruss hat es in der Nacht ziemlich viel geschneit und somit müssen die Einfahrt und der Bürgersteig freigeschaufelt werden", sagt sie verzweifelt.

„Oh, das habe ich gar nicht bemerkt, aber das kann ich übernehmen, dann kann er dir helfen!", biete ich mich an.

„Das wäre wunderbar, Stefan, danke!" Sie gibt mir einen Kuss auf die Wange und flitzt nach oben.

Also laufe ich heraus, um meinen Bruder abzulösen, nur, anstatt den Schnee wegzuschaufeln, schwatzt er gerade mit dem Nachbarn! Wenn Maggy ihn sehen würde!

Ich stoße zu ihnen und mache Robert klar, dass Maggy ihn drinnen dringend braucht. Die Einfahrt ist schon frei, somit mache ich weiter mit dem Bürgersteig. Gerade als ich die letzte Schaufel an der Seite leere, kommen sie schon heraus.

„Komm, Stefan, wir müssen los, denn bei dem Wetter werden wir sicher mehr Zeit brauchen", sagt Maggy, mit vollen Händen.

Ich wusste nicht, dass ich so lange gebraucht hatte, schaue deshalb auf meine Uhr. Es ist gerade erst viertel nach zehn Uhr!

„Übertreibst du nicht ein bisschen?", sage ich lachend zu ihr, „Die Hauptstraßen sind bestimmt frei, und so lange brauchen wir nicht bis zu meinen Eltern."

Mein Bruder schaut mich ergeben an, anscheinend hat er ebenfalls versucht, sie zur Vernunft zu bringen.

„Ich hasse es, zu spät zu kommen, zudem weiß man nie, was auf der Straße passieren kann!", sagt sie nur.

Robert macht die Autotür auf, Lina und Ben sind schon in den Wagen eingestiegen.

„Schatz, warum bist du so nervös, es sind ja nur meine Eltern, ist doch egal, wenn wir ein paar Minuten zu spät kommen ...", riskiert er nochmal, um sie zu beruhigen.

„Sehe ich genauso", stimme ich meinem Bruder zu.

„Schluss, Leute, wir sind jetzt alle so weit, also kommt. Sie werden bestimmt auch nichts dagegen haben, sollten wir etwas zu früh da sein."

Sie guckt meinen Bruder dabei gekonnt finster an.

„Ja, Ma'am!", erwidere ich.

Ich salutiere dabei, da muss sie lachen ... Die Stimmung hat sich wieder gelockert.

„Bin ich so schlimm, ja?", fragt sie.

Sie erwartet aber keine Antwort von uns.

In der Zeit habe ich die Schaufel wieder in die Garage gestellt und geselle mich hinten zu den Kindern.

***

Auf der Fahrt fangen wir an Weihnachtslieder laut zu singen, um in Stimmung zu kommen. Ich singe grauenvoll und alle müssen über mich lachen. Der Weg ist beschwerlich und wir brauchen tatsächlich über eineinhalb Stunden.

Es ist eine kleine Ortschaft am Niederrhein in der Nähe von Wesel. Meine Eltern haben hier schon als Kind gewohnt und wir sind hier ebenfalls aufgewachsen, sie wollten nie wegziehen, auch nicht, als unsere Schwester verschwunden ist. Die Erinnerungen prasseln auf mich ein, sobald wir am Spielplatz vorbei fahren, kurz bevor wir unser Elternhaus erreichen. Es tut immer noch weh …! Warum bin ich überhaupt mitgekommen, ich möchte nicht mehr daran erinnert werden!

Robert parkt an der Straße, ich bin etwas missmutig, meine gute Laune hat mich verlassen, versuche es mir aber nicht anmerken zu lassen und steige mit den Kindern aus dem Auto.

Da sind wir! Ich schaue mir das Haus an, dieses Haus, in dem ich meine Kindheit verbracht habe, es ist verblüffend, ich bin schon so lange nicht mehr hier gewesen und trotzdem ist es, als ob die Zeit stehen geblieben wäre.

Erst beim genaueren Hingucken stelle ich fest, dass einiges doch nicht mehr so ist, wie es mal war. Der Baum vorm Küchenfenster ist logischerweise viel größer als in meinen Erinnerungen, er ragt nun weit übers Dach. Meine Aufmerksamkeit wird kurz später vom Anblick des Jägerzaunes erregt, er verliert seine Farbe. Ein Ding der Unmöglichkeit, würde jeder, der meinen Vater kennt, sagen. Ich kann mich erinnern, wie penibel er immer war, es sollte alles perfekt, gepflegt und sauber aussehen. Das tut es jetzt nicht mehr, das springt mir in dem Moment ins Auge. Mich überkommt dabei ein komisches Gefühl, es muss wirklich schlecht um ihn stehen, denn er hätte es niemals zugelassen, dass es so heruntergekommen aussieht. Ich meine, er ist mittlerweile wie alt? Dreiundsiebzig? Vierundsiebzig? Also nicht mehr der Jüngste, klar, trotzdem, solange er kann, würde er weitermachen.

Vollgepackt mit Geschenken und Kleinigkeiten zum Essen klingeln wir an der Tür, Ben hat kaum den Finger von der Klingel, als meine Mutter schon die Tür aufreißt und uns herzlich begrüßt. Das Erste, was ich feststelle, ist, dass sie abgenommen hat und sehr müde aussieht.

„Oh, bin ich froh, euch alle zu sehen, kommt herein, kommt alle herein!", sagt sie übereifrig.

Die Kinder laufen zuerst in den dunklen Flur, dann Maggy, die meine Mutter in den Arm nimmt und dann Richtung Küche läuft. Als nun mein Bruder und ich vor ihr stehen, hat sie Tränen in den Augen.

„Meine Kinder, meine Lieblinge, ich bin so froh, euch wieder zu sehen. Vielen Dank, Stefan, dass du die Einladung angenommen hast, ich weiß, wie schwer es dir fällt ...“

Sie nimmt meine Hand und presst sie in ihre.

„Alles gut, Mama, kein Grund zu weinen. Wo ist Papa?“ Ich wollte gerade an ihr vorbeigehen, nur hält sie mich zurück, so auch meinen Bruder.

„Es geht ihm schlecht ...“ Ihre Stimme versagt etwas, man kann es ihr anmerken, wie sie mit sich ringt.

„Er hat Krebs! Er hat gestreut, man kann nichts mehr tun ...“ Sie weint nun ohne Halt.

Ich höre im Hintergrund die Kinder plappern, ebenso die Stimme meines Vaters, rau und kratzig. Ich bin von der Nachricht extrem schockiert. Ich bekomme einen Kloß im Hals.

„Oh Gott!“, ist die erste Reaktion von Robert.

Er schaut mich erschrocken an.

„Was können wir denn tun?“

Ich hebe die Schultern hilflos, ich muss mich erstmal fangen.

Ich bin über mich verärgert, dass ich so viel Zeit gebraucht habe, um wieder her zu kommen. Jetzt ist es zu spät!

„Wir können nichts mehr tun, Kinder, das ist das Problem, und euer Vater will nicht darüber reden, er möchte keine Therapie, keine Medizin, er will, wie er sagt, zumindest noch die paar Monate, die ihm übrig bleiben, bei vollem Bewusstsein erleben. Ich kann es verstehen, aber es tut so weh ihn so zu sehen. Bitte versucht, so gut es geht, ihm einen schönen Tag zu schenken, es ist sein innigster Wunsch, dass alle da sind, heute an Weihnachten!“, sagt sie zwischen zwei Schluchzern.

Ich kann es immer noch nicht recht glauben, ich gehe wie ferngesteuert ins Wohnzimmer, Maggy sitzt neben meinem Vater, sie schaut traurig zu uns rüber. Sie hat es schon verstanden. Ich schaue mir meinen Vater an, was ich sehe, trifft mich bis ins Mark.

Das letzte Mal, als ich ihn gesehen habe, war er immer noch ein starker, großer Mann, körperlich fit. Seine Augen waren voller Leben und Energie. Heute ist er nur noch ein Schatten seiner selbst. Abgemagert, schwach, die Wangen hängen ihm herunter, er sieht richtig gezeichnet aus und seine Augen ... Unsere Blicke treffen sich, er kann es nicht verhindern, Tränen laufen ihm die Wangen herunter.

„Stefan ...!", sagt er mit Mühe. Er muss fürchterlich husten, es hört sich schrecklich an. Ich stehe wie angewurzelt da, ich komme mir vor wie ein Zuschauer in einem schlechten Film. Er versucht sich aufzurichten, gibt sich einen Ruck und steht auf.

„Nun komm her, mein Junge!", sagt er noch.

Ich laufe zu ihm rüber, meine Beine sind plötzlich schwach.

„Hallo, Papa ...", ist alles, was ich herausbekomme.

„Ich freue mich, dass du da bist, Sohn!"

Er nimmt mich in den Arm, ich bin so überrascht von seiner Umarmung, ich halte mich ebenfalls an ihm fest und merke, wie mager er jetzt ist, wie fragil. Ich bin fassungslos. Er dreht sich zu meinem Bruder, nimmt ihn auch in den Arm, so bleiben wir für einen Moment alle drei stehen. Meine Mutter schaut uns zu. Sie kämpft wieder mit den Tränen, ringt um Fassung.

Lina meldet sich als Erste, da sie die Situation nicht richtig deuten kann.

„Was ist denn mit Opa los?"

Meine Mutter wollte es gerade beschwichtigen, nur kommt Robert ihr zuvor.

„Opa ist sehr krank, mein Schatz, wir erklären dir das später", sagt er sanft zu seiner Tochter.

„So, Schluss jetzt!", sagt mein Vater plötzlich mit einer so festen Stimme, dass ich mich selbst erschrecke.

„Genug, es ist Weihnachten und ich möchte das Fest mit meiner Familie in guter Laune verbringen." Er löst die Umarmung auf.

Meine Mutter flitzt in die Küche, Maggy hinterher, um ihr bei dem Essen zu helfen und, vor allem, ihr beizustehen. Der Tisch im Esszimmer ist schon gedeckt und jeder setzt sich hin. Das Thema ist erstmal abgehakt, nur mag die gute Laune bei mir nicht so recht kommen, warum hat er so lange gewartet, um uns einzuweihen, es müsste doch schon länger bekannt sein. Ich weiß, dass mein Vater die Ärzte wie die Pest hasst und kann mir vorstellen, dass er trotz Beschwerden lange meiner Mutter gegenüber nichts erwähnt hat.

Dank den Kindern und Maggy lockert sich die Atmosphäre im Haus. Meine Eltern haben keinen Weihnachtsbaum dieses Jahr und so liegen die Geschenke auf dem Boden neben dem Kamin. Das Essen schmeckt sehr gut, meine Mutter hat sich viel Mühe gegeben und alle langen zu, außer meinem Vater, er rührt seinen Teller kaum an, sieht aber glücklich aus.

Er hat ein Lächeln im Gesicht und diskutiert lebhaft mit seinen Enkelkindern, hin und wieder unterbrochen von einem Hustenanfall. Dann kommt die Frage, die ich erwartet habe, von meiner Mutter.

„Robert sagte mir, du hast dich getrennt, Schatz?" Sie schaut mich dabei an. „Ich wollte es zuerst nicht glauben aber nun, da du allein hierher gekommen bist … Wie ist es passiert?", fragt sie.

„Oh!"

Ich schaue rüber zu meinem Vater, er hat sein Gespräch mit den Kindern unterbrochen und wartet ebenfalls auf meine Antwort.

„Na ja, es ist eine lange Geschichte, aber ja, wir sind getrennt. Warum? Nun, wir passen nicht mehr zusammen", sage ich knapp.

„Ihr habt noch nie zusammengepasst!", zischt mein Vater von der Seite.

„Gerhard!", ermahnt meine Mutter ihn. „Es tut mir leid, das zu hören, mein Schatz", sagt sie mir zugewandt.

„Das muss es nicht", erwidere ich. „Es geht mir gut dabei, besser als vorher. Und ja, es kann sein, dass du recht hast, Papa, wir haben vielleicht nie wirklich zusammengepasst, ich habe nur länger gebraucht, um es zu kapieren." Ich lächle ihn dabei an.

„Besser spät als nie!", sagt er. „So, was ist nun mit den Geschenken, Kinder?", fragt er dann.

Das Thema ‚Elena' ist für ihn hiermit auch erledigt.

Wir gehen dann alle ins Wohnzimmer, wo meine Mutter den Kaffee und den Kuchen bringt. Die Kinder verteilen mit Freude die Geschenke.

Wir verbringen den Nachmittag sehr harmonisch, mein Vater schläft irgendwann in seinem Sessel ein, wir hören ihn schnarchen. Wir wollen es ausnutzen, um unsere Mutter auszufragen, so kommt Maggy auf die Idee, mit den Kindern einen Spaziergang zu machen, damit wir ungestört sprechen können.

Es ist ein schwieriges Gespräch, meine Mutter hat die Hoffnung immer noch nicht verloren, dass ein Wunder geschehen könnte, aber dafür müsste mein Vater eine Therapie anfangen. Sie möchte, dass wir mit ihm sprechen und versuchen ihn umzustimmen. Wir versprechen, es zu tun, können uns aber selbst nicht vorstellen, dass eine Behandlung noch helfen könnte. So wie er aussieht ... Vielmehr wollen wir wissen, wie es ihr damit geht. Wie vermutet hat er ihr lange Zeit verschwiegen, dass es ihm nicht gut ging, sie hat zwar bemerkt, dass irgendetwas nicht stimmte, da er weniger aß, viel Gewicht verlor und diese Hustenattacken hatte. Sie hätte aber niemals gedacht, dass es so schlimm ist. Auf ihr Drängeln hin ist er dann doch zum Arzt gegangen.

Daraufhin meinte er nur, die Ärzte wissen es auch nicht besser, sie hätten gesagt, er hätte nur eine dicke Erkältung, müsste sich ausruhen, wenn es nicht besser werde, sollte er vielleicht zum Lungenarzt gehen.

„Ihr wisst ja, wie sehr er Ärzte hasst! Ich wollte, dass er sofort zu diesem Lungenarzt geht, warum warten! Es ging ihm nicht wirklich besser, obwohl er sich schonte. Er meinte aber, er würde sich wieder gut fühlen und könne wieder am Haus arbeiten. Was er auch tat. Tatsächlich hat er eine Phase gehabt, wo er besser aussah, es schien wieder bergauf zu gehen, wäre nicht dieser Husten gewesen ...", erzählt sie uns weiter.

Ja, von solcher Phase habe ich schon mal gehört.

„Bis zu diesem Tag, vor zwei Wochen, er konnte kaum noch Luft holen und musste ständig husten, dabei hat er sich übergeben müssen, Blut! Ich habe den Notarzt angerufen, im Krankenhaus kam nach einiger Zeit die Diagnose, er hätte Lungenkrebs, letztes Stadium, er hat gestreut in die Leber und die umliegenden Organe. Mit einer Therapie könnte er vielleicht etwas länger leben, ohne geben die Ärzte ihm weniger als sechs Monate. Er hat eine Sauerstoffflasche, die er mehrmals am Tag benutzen sollte."

Sie weint wieder, es trifft mich ins Herz, sechs Monate! Es ist nichts.

„Ich habe mit ihm so geschimpft, ihn angeschrien, warum er nicht früher zum Arzt gegangen ist ...", sagt sie nun.

„Warum hast du uns nicht sofort informiert?", fragt Robert.

„Was hättet ihr machen können? Ich musste erstmal mit der Situation klarkommen. Dein Vater ist zusammengesackt, als er das gehört hat. Er hatte so viele Projekte, aber sofort meinte er, die Therapie nicht machen zu wollen. Der Arzt sagte, er sollte erstmal nach Hause und darüber nachdenken, mit seiner Familie beraten. Nach Weihnachten sollen wir uns bei ihm melden. Deshalb wollte ich unbedingt, dass ihr alle kommt. Es ist wichtig, versteht ihr?", sagt sie verzweifelt.

„Wie viel mehr an Zeit würde er dadurch bekommen?", frage ich.

Sie guckt mich verblüfft an.

„Meinst du nicht, es würde sich lohnen, auch wenn er nur einen Tag länger unter uns bleiben könnte?", sagt sie barsch.

„Ehrlich gesagt denke ich das nicht, Mama. Die Therapie ist kein Spaziergang, sie ist die Hölle. Pures Gift, sie zerstört nicht nur die schlechten Zellen, sondern auch die Guten. Er würde wahrscheinlich nichts mehr mitkriegen von dem, was um ihn herum passiert! Ist es das, was du ihm wünschst?", frage ich sie.

Ich weiß, dass es von mir gewagt ist, aber ich finde es wichtig, dass sie sich auch darüber Gedanken macht.

Jetzt schluchzt sie, „Ich will ihn nicht verlieren, ich bin noch nicht so weit. Was soll ich tun?"

„Das ist doch keiner, Mama, wir alle lieben Papa, aber ich würde ihm wünschen, in Würde sterben zu können, dass er auch die Möglichkeit hat, sich von allen vernünftig zu verabschieden, meinst du nicht, er denkt nicht darüber nach? Glaubst du nicht, dass er schon das Pro und Kontra abgewogen hat?", frage ich.

„Doch, klar, bestimmt, ich weiß es nicht. Ich klammere mich halt an diese Möglichkeit, weil ich die Hoffnung nicht verlieren will, es ist alles, was mich noch am Laufen hält", sagt sie niedergeschlagen.

Da übernimmt jetzt Robert, „Mama, du solltest ab jetzt jeden Moment mit ihm erleben, als ob es der letzte wäre, scheiß auf den Haushalt, scheiß aufs Kochen, unternimm mit ihm schöne Sachen. Wenn es noch möglich ist, fahr mit ihm weg, wohin und was auch immer er sich wünscht. Wenn du Geld dafür brauchst, helfen wir dir, und wenn du eine Haushaltshilfe brauchst, engagieren wir eine für dich. Aber verplempere nicht die Zeit. Es wird euch beiden dadurch besser gehen ... Denk darüber nach."

Ich schaue meinen Bruder an, er hat genau den Nagel auf dem Kopf getroffen, das ist so einleuchtend, wie er das sagt. Eigentlich hat er recht, wir haben alle das Glück, uns noch von ihm zu verabschieden, wir haben alle noch etwas Zeit, uns damit abzufinden und schöne Erinnerungen aufzubauen. Das sollten wir alle ausnutzen. Meine Mutter, die eine lange Zeit nichts mehr gesagt hatte, hebt nun den Kopf wieder hoch, ein Leuchten in den Augen.

„Robert, danke! Danke, dass du mir die Augen geöffnet hast, danke euch beiden für eure Aufrichtigkeit! Ich soll aufhören ihn als tot zu betrachten, er lebt noch ... Ich weiß jetzt, was ich machen werde. Robert, Stefan, ich brauche eine Haushaltshilfe, um den Rest kümmere ich mich ...", sagt sie bestimmt.

Sie lächelt uns kurz an. Wir sind etwas verwundert über ihren Sinneswandel, aber wir sind gleichzeitig froh, dass sie wieder lächeln kann und nun ein Ziel vor Augen hat.

Schließlich ergreife ich die Gelegenheit, um auf das Thema zurückzukommen, dass mir am Herzen liegt.

„Hör mal, Mama, ich hätte noch eine Frage zu Lara." Ich schaue sie an, ich will ihre Reaktion auf meine Frage nicht verpassen.

Sie guckt mich erschrocken und überrascht zugleich an.

„Lara? Was willst du denn über Lara wissen? Sie ist doch ... tot!" Ihre Stimme zittert etwas.

„Das ist eben das Problem, Mama, wie könnt ihr, du und Papa, so sicher sein, dass sie tot ist?" Sie blickt mich an, als ob sie mich nicht verstehen würde.

„Wie meinst du das, Stefan? Hast du was gehört? Hast du mir dieses Foto geschickt?", fragt sie plötzlich.

Jetzt werde ich hellhörig, es fühlt sich an, als ob ich gerade einen Stromschlag bekommen hätte.

„Welches Foto?", frage ich hellwach.

„Na ja, vor zwei Wochen, in etwa, habe ich ein altes Foto von Lara im Briefkasten gefunden. Ich dachte zuerst, jemand erlaubt sich einen Scherz, habe sogar deinen Vater gefragt. Er war so sauer darüber ... Sowas macht man einfach nicht! Dann kam das mit deinem Vater und ich habe nicht mehr daran gedacht, aber jetzt ..."

„Darf ich mir das Foto ansehen? Ich habe dir nichts geschickt, Mama, ich habe nur immer noch Albträume von damals, ich denke immer noch so oft an sie, was ist, wenn sie immer noch am Leben ist?"

„Wie kommst du denn darauf, dass sie noch leben könnte?", fragt meine Mutter.

Sie holt das Foto, das sie in eine Schublade der Küche gelegt hatte.

„Hier ..." Sie händigt mir das Bild aus.

Die Aufnahme ist schon sehr alt und in schlechter Verfassung, es fehlen zwei Ecken, man kann aber das Mädchen in der Mitte des Fotos gut erkennen. Sie steht da mit einem Lächeln im Gesicht, in ihrem Mantel, und hält in ihren Armen ihr Plüschtier. Ihre schulterlangen Haare werden von einer Haarspange gehalten. Ich drehe das Foto um, es ist beschrieben mit ‚Lara, Januar 1979', daneben die Adresse meiner Eltern.

„Es war das Jahr ihres Verschwindens!", sage ich laut.

Robert nimmt mir das Foto ab.

„Lass mal sehen!" Er schaut sich das Bild genau an. „Hast du es erkannt, Mama? Habt ihr es gemacht? Ich kann nicht erkennen, wo es geschossen wurde ...", sagt er.

„Ich habe das Foto noch nie gesehen, Vater auch nicht, deshalb dachte ich, es könnte sich vielleicht um ein anderes Mädchen handeln, obwohl dieses Mädchen ihr wirklich sehr ähnlich sieht", sagt sie nachdenklich.

„Und die gleichen Sachen trägt ... das glaubst du doch nicht im Ernst?", frage ich sie.

„Wie gesagt, ich habe mir das nicht so genau angeschaut, denn ich hatte was anderes im Kopf", versucht sie sich zu entschuldigen.

„Alles gut, Mama, wir machen dir keine Vorwürfe, es ist nur wirklich sehr komisch, dass es ausgerechnet jetzt auftaucht!", sage ich verwundert.

„Was hat das zu bedeuten? Was meint ihr?", fragt sie.

Robert schaut es sich noch mal an und stellt fest, dass der Stempel auf der Briefmarke aus Frankreich kommt.

„Es ist vielleicht wirklich nur ein Streich, schau es wurde aus Frankreich geschickt ...!", sagt Robert jetzt aufgeregt.

Ich nehme ihm das Foto aus den Händen und gucke es mir nochmal an, es kommt aus Quimper. Wie seltsam.

„Darf ich es behalten?", frage ich meine Mutter.

„Sicher, aber was willst du damit machen?", fragt sie neugierig.

„Ich weiß es noch nicht ...“

Nur kann es kein Zufall sein, denke ich.

Da geht die Haustür wieder auf und die Kinder stürmen herein.

Ich stecke schnell noch das Bild in die Hosentasche und gehe rüber zu meinem Vater. Er ist mittlerweile wieder wach, sieht irgendwie verloren aus in seinem großen Sessel.

„Hallo, Papa, hast du gut geschlafen?", frage ich freundlich.

„Ich habe doch nicht geschlafen!", behauptet er barsch. „Nur etwas gedöst ... Worüber habt ihr da gequatscht in der Küche?", fragt er patzig.

„Über dies und das ...“, entgegne ich, „Nichts Wichtiges.“

„Wo wohnst du denn jetzt, Junge?", erkundigt er sich heiter.

„Bis zum ersten Januar noch bei Robert, danach in einer Wohnung, die ich gemietet habe, direkt in deren Nachbarschaft.“

„Hmm, kommst du klar?", fragt er prompt.

Ich schaue ihn erstaunt an, ob ich klarkomme, fragt er mich, die Frage sollte eigentlich von mir kommen.

„Ja, Papa, natürlich komme ich klar. Es ist alles gut bei mir. Aber wie kommst du mit der Situation klar?"

„Ich habe mich mit dem Tod abgefunden, ich habe keine Angst, Stefan. Das Einzige, was mich dabei stört, ist, deine Mutter allein zu lassen, ich weiß nicht, ob sie dann zurechtkommt ... Sie klammert sich so sehr daran, dass ich eine Therapie machen sollte, um wieder gesund zu werden. Ich werde aber nicht mehr gesund und ich will dieses Gift nicht in meinem Körper haben!", sagt er offen.

„Das verstehe ich. Mama wollte vorerst, dass wir dich überreden, aber Robert hat sie davon abgebracht. Wir haben ihr nahegelegt, wie wichtig es jetzt ist, dass sie jede Minute mit dir genießt. Ihr solltet was für euch machen und irgendetwas zusammen unternehmen. Wir sind da, wenn ihr uns braucht. Ich würde euch gern nächste Woche noch besuchen, wenn ich darf ..."

„Natürlich darfst du, es ist auch dein Haus ...", sagt er dann bestimmt.

Die Kinder und der Rest der Familie kommen gerade herein. Ich hatte es nicht bemerkt, aber es ist schon dunkel geworden. Mutter fragt uns, ob wir noch zum Abendessen bleiben wollen, aber keiner von uns möchte ihr noch mehr Arbeit aufbürden, deshalb machen wir uns langsam auf, zu gehen.

Wir verabschieden uns, versuchen dabei nicht zu emotional zu werden, und gehen raus in die Kälte. Es hat nicht mehr geschneit, die Straßen sind einigermaßen frei und wir kommen gut durch den Verkehr. Die Stimmung ist im Auto etwas getrübt, jeder in seinen eigenen Gedanken versunken. Ich sitze diesmal am Steuer, mein Bruder neben mir. Maggy ist hinten bei den Kindern. Ich betrachte meinen Bruder von der Seite, sein Gesicht ist verschlossen, eine dicke Falte durchzieht seine Stirn.

„Woran denkst du?", frage ich ihn.

Er schaut auf, etwas überrascht.

„An die heutigen Geschehnisse, es ist eine Menge zu verarbeiten ...", sagt er mit einem Seufzer.

„Ja, das stimmt. Ich werde sie nächste Woche, am ersten Januar, nochmal besuchen, willst du mitkommen? Ich möchte versuchen, mehr Zeit mit ihm, mit ihnen, zu verbringen."

Maggy hat es gehört und legt eine Hand auf Roberts Schulter.

„Das solltest du auch tun, Schatz, fahrt doch beide hin, nur ihr zwei, ihr könnt dann über alles sprechen, ohne Störfaktoren", sagt sie sanft.

„Ihr stört nicht", widerspricht er ihr, „aber du hast recht, ich sollte mit, dann können wir womöglich schon ein paar Sachen klären. Diese Woche kümmere ich mich darum, eine Haushaltshilfe zu finden."

„Super Idee! Ich werde mich schlaumachen, was alles in so einem Fall gebraucht wird, Mama wird Papa wahrscheinlich weiter zu Hause pflegen wollen, ich will sehen, was ich da machen kann, um ihr das Leben zu erleichtern. Weißt du, ob sie ein Testament geschrieben haben?", frage ich.

„Nein, keine Ahnung, wir müssen erstmal alles herausfinden, was gemacht wurde, und was nicht. Was gebraucht wird …"

„Lass es meine Sorge sein, ich kenne gute Anwälte in dem Bereich, ich kümmere mich darum", unterbreche ich ihn.

Wir sind schon da, es ging aber schnell, oder kommt es mir nur so vor?

Das Wochenende erscheint mir so unwirklich, ich habe Mühe, wieder ins Hier und Jetzt zurückzukehren. Daran zu denken, dass ich morgen in den Alltag zurück gehen muss. Am Dienstagnachmittag habe ich eine Verhandlung, es scheint mir meilenweit entfernt zu sein, unvorstellbar.

Ich gehe schnell in mein ‚noch'-Zimmer, will mir was anderes anziehen, als ich das Foto in meiner Hosentasche fühle, ich hole es hervor, schaue es mir nochmal an und erschaudere dabei.

„Wo bist du, Lara?", sage ich laut, wie zu mir selbst.

Ich weiß jetzt, dass ich nicht eher ruhen werde, bis ich Gewissheit über ihr Verschwinden habe. Ich weiß nur noch nicht, wie ich es anstellen soll. Ich lege das Foto auf den Nachttisch und ziehe mich um.

Kapitel 19

Lara

(Sommer 1979)

Meine Brüder sind wieder sauer auf mich! Ich kann aber nichts dafür, dass Mama und Papa erneut für ein paar Stunden weg mussten. Es ist so warm im Haus und wir dürfen nicht raus. Die Sonne scheint so schön, ich langweile mich hier und will endlich spielen gehen ...

„Wann sind sie wieder da?", frage ich zum hundertsten Mal. Robby antwortet genervt.

„Lara, hör auf, jede fünf Minuten danach zu fragen! Es ist erst halb elf Uhr! Komm, wir spielen Karten."

Ich habe keine Ahnung, was halb elf Uhr bedeutet, ich will wissen, wann sie zurückkommen. Beziehungsweise ich will raus.

„Ich will aber nicht Karten spielen, ich will raus, es ist langweilig hier ...!", jammere ich.

„Hör auf zu quengeln, Lara, es macht uns auch keinen Spaß, komm jetzt! Wir dürfen eh nicht raus ...", sagt Stefan drohend.

„Ich will aber, ich will!" Ich fange an zu schreien und zu weinen.

Mir ist heiß, ich fühle mich unwohl. Sie liegen einfach nur herum und tun nichts ... Ich laufe Richtung Terrassenfenster und will es aufmachen.

„Lara, komm zurück!", schreit Stefan, völlig genervt.

Robert sagt dann ergeben: „Lass sie, was soll im Garten schon passieren? Vielleicht beruhigt sie sich dann etwas."

Also gehen wir alle zu meiner Freude in den Garten. Unsere Eltern haben vor ein paar Jahren eine Schaukel aufgebaut, ich laufe direkt darauf zu und fange an hin- und herzuschaukeln. Stefan bringt eine Flasche Wasser und Gläser mit raus, es ist so heiß draußen, ich bin schon völlig verschwitzt. Ich rufe meine Brüder rüber, damit sie mich anschubsen, sie haben aber keine

Lust, sie liegen auf der Liege und lesen ein Buch. Ich höre in der Ferne Kindergeschrei von dem Spielplatz, der sich unweit befindet.

Ich mag diesen Spielplatz! Er hat ein Sandbecken, da kann ich schön backen! Wir sind fast jeden Tag dort, mit Mama oder mit Papa, wir waren sogar schon einmal allein da, aber nicht für sehr lange, dann kam Mama, um uns abzuholen. Ich kann mich erinnern, dass ich mit Karin an dem Tag gespielt habe. Vielleicht ist sie heute auch da! Oh ja! Dann könnte ich mit ihr einen leckeren Kuchen backen! Keinen echten, natürlich, ich bin doch kein Baby mehr, ich weiß doch, dass man den Kuchen nicht essen kann ... Ich laufe rüber zu meinen Brüdern und stelle wieder die Frage: „Wann sind sie wieder da?"

„Nicht schon wieder!", sagt Robby böse. „Geh jetzt wieder rüber und lass uns damit in Ruhe, du nervst mit deiner Frage! Ich gehe wieder rein, mir ist echt zu warm hier draußen ...!"

Er steht von der Liege auf und geht ins Wohnzimmer.

„Warte, ich komme mit rein, wir können doch den Fernseher anmachen ...", schlägt Stefan vor.

Stefan guckt zu mir herüber „Und, Lara, willst du auch fernsehen?"

„Nein! Ich will zum Spielplatz, ich will zu Karin!", platze ich heraus.

„Hä?! Wer ist Karin?!", fragt er verblüfft.

„Meine Freundin im Sandkasten ... Ich will jetzt zu ihr!", schreie ich trotzig.

„Robert!", ruft Stefan. „Robert! Komm bitte ..."

„Was ist denn jetzt schon wieder?", will Robert wissen.

„Lara will nicht rein, wir können sie nicht allein draußen lassen, sonst kriegen wir Ärger!", stellt mein Bruder Stefan fest.

„Oh Mann, Lara, komm endlich, es ist zu heiß draußen!", versucht Robert mich umzustimmen.

„Nicht wahr! Die anderen Kinder sind auch draußen, hör doch! Ich will auch auf den Spielplatz!" Ich setze mich auf den Boden, mit gekreuzten Armen vor der Brust.

Ich weiß genau, wie ich meine Brüder dazu bringen kann, das zu tun, was ich will.

„Was machen wir denn jetzt?“, fragt Stefan planlos.

Robert guckt auf seine Uhr und sagt: „Sie sind erst in einer Stunde wieder da, so lange halt ich es nicht aus … Lasst uns zum Spielplatz gehen, aber in spätestens einer Stunde sind wir wieder hier, Lara!“

Ich höre aber schon nicht mehr zu, ich jubele herum, ich bin froh, dass wir endlich rausgehen, damit ich Karin sehen kann.

Als wir beim Spielplatz ankommen, laufe ich direkt zum Sandkasten, nur leider ist Karin nicht da, ich schaue mich um, kann sie aber nirgends entdecken. Meine Brüder kommen zu mir und erzählen mir, wie wichtig es ist, dass ich hierbleibe, ich solle nicht allein weggehen …

Ich bin doch kein kleines Kind mehr! Ich setze mich hin, tue so, als ob ich alles verstanden hätte, und sehe, wie sie beide zum Gerüst laufen, sie wollen wahrscheinlich auf die Rutsche. Ist Robby nicht zu alt dafür? Na ja, wen interessiert das schon. Bald bin ich wieder in meinem Element und versuche schöne Sandkuchen zu backen. Da ist ein kleiner Junge, von dem kann ich mir verschiedene Formen leihen.

Die Sonne steht hoch am Himmel und im Sandkasten ist leider kein Schatten, mir ist so heiß, zudem muss ich jetzt noch Pipi! Ich blicke zu meinen Brüdern, aber sie sind zu weit weg, ich kann sie nicht rufen, ich traue mich auch nicht rüberzugehen, da ich nicht weiß, wie lange ich noch halten kann. Deshalb entscheide ich, hinter mir ins Gebüsch zu gehen, es ist nicht weit und ich kann mich gut dahinter verstecken. Also laufe ich dahin, suche mir ein Plätzchen und gehe in die Hocke, da höre ich ein Rascheln hinter mir, ich kann aber nicht hingucken, ich würde sonst das Gleichgewicht verlieren. Aufstehen geht jetzt auch nicht, es läuft gerade.

Das Rascheln kommt näher, ich fange an ein bisschen Angst zu bekommen, dabei versuche ich mich zu beeilen. Als ich fertig bin, stehe ich auf und will schnell zurück zum Spielplatz, aber dann werde ich plötzlich am Arm festgehalten.

Erschrocken schaue ich hoch und lasse dabei einen kurzen Schrei heraus, vor mir steht ein Mann, er hält immer noch meinen Arm fest ... Ich versuche mich zu befreien, aber er ist zu stark für mich, ich will wieder schreien ...

„Sch ..., sch ...", sagt er zu mir. „Du brauchst keine Angst zu haben, ich tue dir nichts."

„Lassen Sie mich los, ich will zu meinen Brüdern!", erwidere ich laut und ziehe an meinem Arm.

„Oh, wie schade, ich wollte dir meinen Welpen zeigen, er ist gerade da um die Ecke, deine Mama sagte mir, du würdest dich freuen!", sagt er eilig.

Er schaut sich dabei nervös um.

„Mama! Ist Mama wieder zurück?", frage ich glücklich.

„Ja, ich habe gerade mit ihr gesprochen und sie sagte mir, du wärst hier auf dem Spielplatz. Möchtest du ihn sehen?", fragt er mich leise.

Ich bin etwas verdutzt, aber wenn Mama diesen Mann kennt, dann ist es doch in Ordnung, oder?

„Ist Mama auch da? Vielleicht sollte ich meine Brüder auch fragen?"

Er hat mich losgelassen, ich will schon losrennen zu meinen Brüdern, um ihnen das zu sagen, aber dann hält er mich an.

„Lieber nicht, Kleines. Ich kann nicht so lange bleiben, ich muss gleich wieder zu ihm herüber. Es dauert nur einen Moment, dann kannst du wieder zu deinen Brüdern. Wenn dir der Welpe gefällt, dann kannst du ihn mitnehmen. Na, wie wäre es?", fragt er.

„Oh ja, wie schön!"

So folge ich dem Mann, aber nicht ohne vorher ein letztes Mal in Richtung Robby und Stefan zu schauen. Sie sind gerade auf der Rutsche und versuchen von unten nach oben zu robben. Der Mann hält meine Hand fest und führt mich in die entgegengesetzte Richtung.

Als wir an die Straße am Waldweg ankommen, glaube ich noch, meine Mutter gleich sehen zu können, und so frage ich den Mann, als ich sie nirgendwo entdecken kann.

„Wo ist denn Mama?"

„Gleich drüben."

Er zeigt dabei auf einen kleinen Lastwagen, der auf der anderen Straßenseite parkt.

„Sie ist in dem Wagen und passt auf den Welpen auf, komm, wir müssen uns beeilen ...", er zieht kurz an meiner Hand. Wir laufen über die leere Straße.

Ich bin so gespannt auf den kleinen Hund, so neugierig darauf! Am Wagen angekommen, macht er ruckartig die Schiebetür der Seite auf. Mir wird in dem Moment etwas mulmig, im inneren des Wagens kann ich nichts erkennen, nur ganz hinten kann ich eine Bewegung erspähen und denke dann sofort, dass es meine Mutter mit dem Hund sein soll.

„Mama?", frage ich etwas unsicher.

„Ja!", sagt eine Frauenstimme, die mir allerdings fremd ist. Es ist nicht Mutti. Ich will den Mann zur Rede stellen, als ich brutal in den Rücken gestoßen werde und vornüber in den Wagen falle, er schiebt meine Beine noch weiter rein und macht die Tür schnell hinter mir zu.

Es geht alles so schnell, ich kann gar nicht realisieren, was passiert ist, nur, dass mein Rücken höllisch wehtut ... Ich bekomme Panik, hier liegend im Dunkeln.

„Mama! Mama?", schreie ich lauthals.

Der Wagen bewegt sich, ich werde hin- und hergeschaukelt. Die Frau, die vorhin geantwortet hatte, kommt mir jetzt näher, so dass ich ihre Silhouette erkennen kann.

„Sch..., mein Kind, nicht weinen, sch... Marie, komm her zu mir", sagt sie.

Sie spricht so komisch.

„Ich heiße Lara!", schluchze ich laut. „Ich will zu Mama, lassen Sie mich wieder heraus!" Ich stehe völlig unter Schock.

„Du musst nicht weinen, es wird alles gut! Jetzt bist du wieder bei uns. Wir fahren nach Hause, du hast bestimmt Durst und Hunger, nicht? Ich mache dir was Leckeres zum Essen."

Sie fängt an meine Haare zu streicheln und in einer Sprache zu singen, die ich nicht verstehen kann ... Die Fahrt scheint mir eine Ewigkeit zu dauern, mir ist schlecht, die Luft ist stickig im Wagen.

Ich will nur noch weg, ich bin verzweifelt, kann nicht mehr aufhören zu weinen. Wie dumm bin ich überhaupt. Mama hat uns schon so oft gewarnt, nicht mit Fremden zu gehen ... Nur meinte er, Mama zu kennen, deshalb dachte ich ... Ich denke so sehr an sie, an meine Brüder, sie suchen mich bestimmt überall.

„Ich will nach Hause!", schreie ich, so laut ich kann. Die Frau neben mir erschrickt sich. Ich scharre mit meinen Füßen, ich will ihr wehtun, sie hält mich aber fest in ihrem Schoß, sie ist zu stark für mich, ich habe keine Chance gegen sie.

„Sei jetzt ruhig, Marie, sonst muss ich dir den Mund zukleben! Wir sind gleich da, sei doch nicht so ungezogen!", murrt sie. „Hier, trink das."

Sie holt eine kleine Trinkflasche aus ihrer Tasche, ich will zuerst nicht, aber da ich starken Durst habe, nehme ich sie ihr aus der Hand und trinke daraus.

Das Wasser schmeckt komisch, ich denke mir aber nichts dabei. Erst ein paar Minuten später merke ich, wie ich richtig müde werde, ich kann kaum noch die Augen aufhalten und gleite langsam in die Tiefe, höre nur noch den Singsang ihrer Stimme. Sie wiegt mich dabei in ihren Armen.

„Mein Baby, mein kleines Mädchen", höre ich sie mit einem komischen Akzent sagen, ich will erwidern, dass ich nicht ihr Mädchen bin, aber es fällt mir alles so schwer ... Ich gleite in den Schlaf und träume erregt.

* * *

Ich befinde mich auf der Wiese, im Garten, zu Hause, Robby und Stefan sind bei mir und spielen Karten. Es ist sehr hell draußen, ich höre Mama lachen und summen, sie ist glücklich. Papa bastelt in dem Schuppen neben der Garage. Alle sind da!

Ich fühle mich gut und sicher ...

* * *

Stunden später wache ich auf, mein Kopf tut weh, ich kann die Augen schwer aufmachen. Ich erkenne das Zimmer nicht, auch nicht das Bett, in dem ich liege. Die Wände sind in Rosa gestrichen worden, auf der linken Seite ist eine weiße Kommode mit einem Spiegel darauf, sowie eine kleine Bürste, eine Puppe und ein paar Bücher. Auf der anderen Seite ist ein Kleiderschrank, ebenfalls weiß.

Das Bett ist aus Metall, weiß lackiert, die Decke ist flauschig, rosa, auf dem Nachttisch rechts neben dem Bett ist eine kleine Lampe in Form einer Biene und ein kleiner Wecker! Ich kann leider die Uhr nicht lesen und weiß somit nicht, wie spät es ist.

Es kommt mir alles so surreal vor, ich denke, ich träume noch, und reibe mir deshalb die Augen. Als ich sie wieder aufmache und immer noch das gleiche Bild vor Augen habe, fällt mir wieder alles ein und ich schreie!

Kapitel 20

Lisy

(Januar 2022)

Die Feiertage liefen einigermaßen reibungslos. Die Kinder haben sich richtig auf ihre Geschenke gefreut, denn wir sind auf ihre Wünsche eingegangen, als Belohnung für ihre guten Noten. Ich hatte mir zwischen den Tagen zwar freigenommen, musste aber trotzdem zweimal zur Firma, ein paar Sachen klären beziehungsweise erledigen. Emilie ist nicht da, sie hat kurzfristig Urlaub eingereicht, denn sie ist tatsächlich mit ihrem Freund nach Kanada geflogen, die Glückliche! Ich freue mich ehrlich für sie und konnte natürlich nicht ‚nein‘ sagen.

Jedenfalls konnte ich das Projekt ‚Natursteine und Elemente‘ abschließen. Frau Schmitt war begeistert, nun das neue Jahr mit einem ‚neu renovierten‘ Laden anzufangen!

Es ist immer wieder schön, Bestätigung für seine Arbeit zu bekommen. Vor allem, wenn es in anderen Bereichen nicht so ganz rund läuft ...

Ich beneide Emilie etwas für diese Leichtigkeit, diese Vertrautheit in ihrer Beziehung. Sie scheinen perfekt zueinander zu passen. Ich habe ihren Freund kurz kennenlernen dürfen, als er sie vor zwei Wochen auf der Arbeit abgeholt hat. Mittlere Größe, dunkle Haare, schwarze Augen, ein Südländer! Wie Emilie sagt, er hat Feuer und ist sehr spontan. Er strahlt eine Energie aus, die sofort spürbar ist. Trotzdem scheint er mir sehr ruhig und bodenständig zu sein, genau das, was Emilie braucht.

Meine Beziehung zu Tom ist momentan schwierig und zäh. Wir streiten nicht, aber es ist nicht mehr wie früher. Irgendwie ist das Feuer zwischen uns erloschen. Ich glaube, wir beide wollen es nicht wirklich wahrhaben und versuchen es hin und wieder zu entfachen, aber es ist jedes Mal eine Enttäuschung. Die

Tage vergehen und wir schaffen es nicht miteinander zu sprechen. Ich habe Angst, ihm meine Gefühle zu offenbaren, denn ich befürchte, dass, sobald ich dieses Unbehagen laut ausspreche, alles um mich herum zerspringt. Deshalb mache ich einfach weiter, wie immer. Ich funktioniere nur noch, seit ein paar Tagen schlafe ich auch schlecht. Ich fresse den ganzen Frust in mich hinein, nur, wie lange kann ich so weitermachen?

Silvester war Adrian wieder bei seiner Freundin und Tim bei einem Freund. Wir hätten also einen schönen Abend zu zweit verbringen können. Ich hatte auch alles so weit vorbereitet, die Speisen, den Tisch mit Kerzen für ein romantisches Essen dekoriert. Er kam aber, wie so oft, sehr spät von der Arbeit zurück, einundzwanzig Uhr war schon durch. Ich habe ihm deswegen keine Szene gemacht, das hatte ich ihm versprochen. Nur war das Essen nicht mehr genießbar, dazu kommt, dass die Stimmung sehr verhalten war. Er hat schnell gegessen, dabei kaum ein Wort gesagt, meinte nur, wir könnten mal rausgehen, was trinken. Einer seiner Kumpel schmeiße eine Party, es wäre doch nett. Obwohl ich mir eigentlich gewünscht hätte, mit ihm einen schönen gemütlichen Abend zu verbringen, habe ich zugestimmt, und so sind wir bei diesem Carsten gelandet.

Die Party war schon in vollem Gange, als wir ankamen. Tom meinte nur, er würde gern trinken, ob ich dann nach Hause fahren könnte … Wunderbar, besser hätte ich es mir nicht gewünscht!

Ich habe mich zu Tode gelangweilt, denn ich kannte keinen. Nach den üblichen Floskeln haben sich alle der Party gewidmet, sich amüsiert, sogar getanzt! Nur ich nicht. Ich war nicht in Stimmung, ich war sauer.

Tom hatte Spaß, endlich konnte ich ihn wieder lachen sehen, aber nicht meinetwegen und das tat weh, festzustellen, dass er offensichtlich mit mir nicht mehr glücklich war. Das fiel mir in dem Moment wie Schuppen von den Augen und machte mich sehr traurig. Vier Tage sind vergangen und ich kann darüber immer noch nicht mit ihm sprechen.

***

Emilie ist zurück, sie kommt aus dem Schwärmen nicht mehr heraus! Wie schön es in Kanada war, trotz Kälte. Wie großartig Lorenzo ist, wie romantisch, und dann kommt sie mit der Nachricht.

„Er hat um meine Hand gebeten!" Sie strahlt und sieht so glücklich aus!

„Oh, Emilie, was für gute Nachrichten, ich freue mich so für dich!" Ich fühle mich so elend und fange tatsächlich an zu weinen.

„Lisy, was ist los, warum weinst du?" Sie schaut mich bedrückt an.

„Das tut mir leid, ich freue mich wirklich für dich, ich dachte es würde niemals kommen, aber he! Jetzt hast du mich doch überrascht!" Ich lache und weine gleichzeitig.

„Ja, ist das zu glauben? Ich bin so glücklich, aber ich wollte dich nicht zum Weinen bringen!", sagt sie, sie scheint sich etwas unwohl zu fühlen.

„Ach! Alles gut, ich bin etwas nah am Wasser gebaut in letzter Zeit. Das ist bestimmt der Schlafmangel!", gebe ich kurz zurück.

„Schlafmangel? Hast du so viel gefeiert neuerdings oder warum?" Sie schaut mich an mit zur Seite geneigtem Kopf.

„Es wäre schön, wenn es so wäre … alles gut Emilie, lass uns über was anderes sprechen, ja?"

„Ich glaube, es wird Zeit, dass wir uns wieder abends auf einen Drink treffen! Hast du heute Abend schon was vor?", fragt sie freundlich.

Ich zögere, ich will sie nicht mit meinen Sorgen behelligen, aber anders herum brauche ich auch jemanden zum Reden, ich werde sonst verrückt. Sie merkt meine Unsicherheit: „Na los, komm schon, gib dir einen Ruck!"

„Ist in Ordnung, ich habe heute nichts vor. Ich muss nur erstmal die Jungs versorgen, können wir uns so gegen zwanzig Uhr in unserem Café treffen?", schlage ich dann vor.

„Perfekt! Dann bis später!"

„Bis später, Emilie! Ich fahre jetzt, ich muss noch einkaufen …"

„Alles klar!"

Schnell nehme ich dann meine Sachen, ziehe meinen Mantel an und gehe durch die Tür. Im Auto angekommen, klingelt mein Telefon. Hastig versuche ich, es aus der Handtasche zu ziehen. Da ist es! Ich schaue darauf und erstarre erstmal kurz bei dem Namen, der angezeigt wird, ‚Stefan‘, mit ihm hatte ich gar nicht gerechnet, ein Adrenalinschub geht durch meine Adern. Es klingelt immer noch in meiner Hand, ich gehe ran: „Hallo!"

„Lisy? Hallo! Frohes neues Jahr!", sagt er heiter.

„Ja, hi, Stefan, Frohes Neues! Wie geht es dir?" Floskeln, denke ich ... ich rolle mit den Augen.

„Wenn ich dich höre, immer gut!", sagt er und schon habe ich sein Gesicht vor Augen.

Ich habe ihn schon so lange nicht mehr gesehen! Ich bin voller Sehnsucht nach ihm.

„Und bei dir? Was macht das Geschäft?"

„Oh, es läuft sehr gut im Moment, danke der Nachfrage. Ich kann mich nicht beschweren, ich habe viel zu tun." Ein ungefährliches Terrain ...

„Schön, das freut mich, ich hoffe, aber nicht zu viel zu tun?!"

„He, wie meinst du das jetzt?"

„Ich bräuchte deine Hilfe!"

„Wobei?", frage ich überrascht.

„Ich habe jetzt eine neue Wohnung und es wäre mir eine Ehre, wenn du mir bei der Einrichtung helfen könntest?!", sagt er enthusiastisch.

Ich bin so erstaunt, ich kann erstmal nichts erwidern. Mein Magen schlägt gerade Purzelbäume bei dem Gedanken ihn wiederzusehen. Ich versuche mich wieder zu fangen.

„Hm, danke, dass du an mich gedacht hast ... Ich weiß nicht, ob es eine gute Idee ist, Stefan."

Was sagst du da? Spinnst du? Du brennst dafür ihn wieder zu sehen und jetzt willst du ihm eine Abfuhr geben ...?

Die Leitung scheint tot zu sein, hat er aufgelegt?

„Lisy, ich brauche wirklich deine Hilfe dabei. Ich dachte nach deiner letzten Nachricht, dass du mich auch gern wiedersehen würdest?", meint er nun ernst und ich kann hören, dass er sehr enttäuscht ist.

„Ja, das ist richtig, aber es ist im Moment so schwierig ...“, sage ich unschlüssig.

„Ist das denn nicht immer so? Schwierig, meine ich“, fragt er ernst.

„Du hast recht, zudem bin ich schon neugierig auf deine neue Wohnung. Wo liegt sie denn?“, besinne ich mich wieder.

„Ich wohne nicht weit weg von meinem Bruder. Es würde mich freuen, wenn wir für diese Woche einen Termin vereinbaren könnten. Es sieht ziemlich ungemütlich aus hier.“ Er lacht, mein Herz geht auf.

„Warte mal kurz, ich schaue in meinen Kalender ...“ Ich höre nur, wie er am anderen Ende kichert. „Stefan! Ich könnte diesen Freitag um vierzehn Uhr“, sage ich dann.

„Wunderbar, es passt bei mir auch, dann sehen wir uns am Freitag, Lisy. Ich freue mich!“, flüstert er, es lässt mein Körper erschaudern.

„Ich mich auch ...“, antworte ich stockend, wie außer Atem.

Er legt auf, eine Minute später schaue ich immer noch auf mein Handy, als ich ein Klopfen am Fenster höre, das mich hochschrecken lässt. Emilie steht vor dem Fenster, ich lasse es herunter, da fragt sie besorgt:

„Alles klar bei dir?“

„Ja, warum fragst du?“

„Weil du vor einer Viertelstunde sagtest, du müsstest schnell einkaufen ...“

„Was? Vor einer Viertelstunde schon? Oh Gott! Ich habe telefoniert und habe dabei nicht auf die Uhr geschaut.“

„Hmm, okay, dann bis später.“

Sie geht weiter, ich starte den Wagen und fahre los. Ich bin schon total hibbelig, wie soll ich jetzt die nächsten zwei Tage durchstehen?

***

Auf dem Weg zum Einkaufen rufe ich noch meine Jungs an, so kann ich direkt abklären, was sie zum Abendessen haben möchten, und wie so oft fällt die Wahl auf Nudeln! Wir haben uns nun für Spaghetti Bolognese entschieden.

Zuhause angekommen, werde ich schon von den Kindern belagert, die nach Essen schreien.

„Also, Leute! Lasst mich erstmal hereinkommen!"

„Ich habe Hunger ...!", fleht Tim mich an.

„Ja, hast du schon die Spaghetti gekocht?", frage ich, obwohl ich schon die Antwort kenne.

„Nö, Adrian sollte es machen", kontert Tim.

„He, warum ich?!", fragt Adrian konsterniert.

„Weil du der Ältere von uns beiden bist ...", sagt Tim zu seinem Bruder.

„Was ist das für eine Logik?", frage ich in die Runde, erwarte aber keine Antwort. „So, dann lass mich mal machen, ihr könnt aber schon den Tisch decken. Ist Papa schon zu Hause?"

„Nein!", antworten sie unisono.

Es hätte mich auch gewundert.

„Gut, ich bin heute Abend auch wieder weg, ich treffe mich mit Emilie, werde also wahrscheinlich erst so gegen zweiundzwanzig Uhr wieder zurück sein. Sagt Papa Bescheid, wenn er nach Hause kommt, ja?"

Ich habe keine Lust, ihm das selbst zu sagen, er soll sich ruhig Gedanken machen, wo ich bin, wenn er zurück ist. Ich habe ihn diese Woche kaum gesehen, aber ich will mich heute nicht damit auseinandersetzen, weshalb ich die Gedanken beiseiteschiebe.

Die Zubereitung geht relativ schnell, so, dass ich auch mitessen kann, wir erzählen von unserem Tag und jeder hilft beim Abräumen mit. Kurz nach neunzehn Uhr gehe ich ins Bad, um mich fertigzumachen. Ich gehe den Tag auch noch einmal in Gedanken durch, mein Magen zieht sich kurz zusammen, als ich an das Telefonat mit Stefan denke. Es war so schön, seine Stimme zu hören.

Um Viertel vor acht Uhr verabschiede ich mich von den Jungs und gehe aus dem Haus. Heute ist es etwas milder. Der Himmel ist pechschwarz, es fängt an zu regnen. Zum Glück finde ich einen Parkplatz direkt vor dem Café, denn aus ein paar Tropfen ist nun

Starkregen geworden, und ich bin froh, nicht viel laufen zu müssen ... Am Eingang des Cafés werde ich kontrolliert, von da aus kann ich schon Emilie erspähen, die hinten an unserem Lieblingsplatz sitzt. Sie winkt mich zu sich. Das Café ist voll, obwohl es mitten in der Woche ist. Ich bin überrascht, so viele Leute zu sehen. Hier und da erkenne ich ein Gesicht und grüße kurz im Vorbeigehen, um dann endlich gegenüber von Emilie Platz zu nehmen.

„Hi, Lisy!", empfängt sie mich, sie hat schon ein Glas vor sich stehen.

„Hi, Emilie! Was hast du denn da?" Ich zeige auf ihr volles Glas.

„Erstmal nur eine Limo, ich wollte auf dich warten, wir können gleich ein Glas Sekt trinken, was denkst du?"

„Stimmt, wir haben was zu feiern! Jetzt in Ruhe, zeig mir deinen Ring!", sage ich neugierig.

Sie hält mir ihre linke Hand hin, ihr Ringfinger trägt einen schönen, gut verarbeiteten Ring, mit einem Diamanten in der Mitte verziert.

„Wow! Er sieht fantastisch aus!" Ich bin beeindruckt.

„Ja, ich kann es noch gar nicht fassen, dass er mich gefragt hat, ich muss immerzu schmunzeln, wenn ich mir den Ring anschaue, das passiert gefühlt hundert Mal am Tag!" Sie lacht glücklich.

„Habt ihr schon ein Datum ausgemacht?"

„Nein, noch nicht, wir wollten erstmal unsere Familien informieren und ein Treffen organisieren. Sie kennen sich noch alle gar nicht ..."

„Oh echt?!" Aber dann wird mir klar, dass sie noch nicht so lange zusammen sind, und da seine Eltern anscheinend noch in Italien leben, ist ein Treffen gar nicht so einfach zu organisieren.

„Ich habe seine Eltern nur über Skype gesehen, es war schwierig, denn ich spreche kein Italienisch, aber sie können etwas Englisch, also konnten wir doch ein paar Worte austauschen. Es war echt seltsam ...", erzählt sie.

„Das kann ich mir denken. Können deine Eltern auch Englisch?", frage ich sie.

„Mein Vater ja, durch seine Arbeit halt, aber meine Mutter gar nicht ... Da muss Lorenzo den Übersetzer spielen ...", sie kichert.

„Auf jeden Fall, wenn es so weit ist, bist du die Erste, die es erfährt, ich will dich und Tom dabei haben ... Vielleicht könntest du meine Trauzeugin werden?!", fragt sie mich gespannt.

Als ich traurig dreinschaue und mir die Tränen wieder in die Augen schießen, sagt sie zu mir: „Tut mir leid, ich wollte nicht ... Ich dachte, du würdest dich freuen ..." Sie legt verlegen ihre Hand auf meine.

Reiß dich zusammen, Lisy, was ist mit dir los? „Ich muss mich bei dir entschuldigen, Emilie, natürlich bin ich glücklich, dass du mich fragst, sehr, sehr gerne würde ich deine Trauzeugin werden!", sage ich schließlich.

„Warum weinst du dann?!", fragt sie alarmiert.

„Keine Ahnung, warum ich im Moment so emotional bin. Es läuft im Moment nicht so gut bei mir ..."

„Warte, wie meinst du das jetzt?"

„Es ist eine sehr lange Geschichte, Emilie." Ich schaue sie traurig an.

„Ich habe alle Zeit der Welt!", proklamiert sie.

Sie bringt mich zum Lachen ... Sobald ich mich wieder gefangen habe, erzähle ich ihr alles, das mit Stefan, wie wir uns getroffen haben, dann der Kuss, wie ich mich dabei gefühlt habe. Wie ich mich immer noch dabei fühle, wenn ich an ihn denke und dann auch das mit Tom, unsere Schwierigkeiten, unsere Intimität, ich lasse nichts aus. Wie ein Damm, der gerade gebrochen wurde, es fließt aus mir heraus, ich kann es nicht mehr aufhalten. Sie unterbricht mich nicht, sie hört aufmerksam zu, hält meine Hand, wenn ich anfange zu stottern und zu zittern, weil mir alles so nahe geht. Als ich fertig bin, fühle ich mich wie ausgelaugt, aber erleichtert, der Druck in meiner Brust ist nicht mehr so stark, ich kann wieder atmen ...

Sie schaut mich erstmal still an, es waren viele Informationen und sie muss wahrscheinlich einiges verarbeiten.

„Wow! Wow!" Sie atmet hörbar aus. „Sorry! Ich weiß erstmal gar nicht, was ich sagen soll. Es hat sich einiges angestaut bei dir, es war mir nicht so bewusst ...", sagt sie fassungslos.

„Na ja, wie auch? Ich meine, ich hatte auch bisher noch nichts erzählt ...", sage ich etwas schuldbewusst.

„Richtig, aber ich hatte schon bemerkt, dass es dir in letzter Zeit nicht so gut ging, ich hätte mehr für dich da sein sollen, es tut mir leid."

„Bitte nicht, du brauchst dich dafür nicht bei mir zu entschuldigen, ich musste selbst das Ganze für mich verdauen, und ich muss mir auch klarwerden, was ich will … Das weiß ich bis heute noch nicht", denke ich laut.

„Wollt ihr euch wiedersehen? Stefan und du, meine ich. Ich habe von vornherein gesehen, dass zwischen euch was Starkes ist", teilt sie mir mit.

„Ja, du hast recht", gebe ich zu, „ich fühle mich so gut bei ihm, wir verstehen uns ohne Worte, er ist so einfühlsam und er sieht mich an, weißt du, was ich meine? Er sieht mich richtig an. Wie eine Frau! Nicht wie eine Mutter, eine Freundin oder so, nein, wie eine begehrenswerte Frau! Das tut so gut …"

„Ja, das verstehe ich, das ist die Bürde, wenn man so lange zusammen ist, dass man dem anderen nicht mehr so viel Aufmerksamkeit schenkt, dass dieser Teil der Beziehung flöten geht … An einer Beziehung muss man ständig arbeiten, das ist nicht immer einfach, vielleicht habe ich deswegen lange gebraucht, um den Richtigen zu finden", sagt sie mitfühlend.

„Ja, vielleicht hast du recht, bestimmt sogar, aber ich weiß nicht, ob ich noch dazu bereit bin, daran zu arbeiten …"

Ich hebe den Kopf und schaue sie direkt an. Sie sieht überrascht aus.

„Ich wusste nicht, dass es so schlimm ist, Lisy. Du hast noch vor ein paar Wochen gesagt, wie sehr du Tom liebst …"

„Tue ich auch, ich liebe Tom, nur bin ich müde. Müde, mir ständig Gedanken zu machen, müde, die Fehler bei mir zu suchen. Ich versuche zu verstehen, was passiert ist, aber ich kriege es allein nicht hin, und er hilft mir nicht dabei. Er entzieht sich mir. Er hat mir klargemacht, dass er seine Freiheit braucht, beziehungsweise will. Ich würde zu sehr klammern!"

„Das ist hart! Habt ihr über eine Beziehungspause nachgedacht, damit jeder von euch für sich die Situation abschätzen kann?", fragt sie direkt.

„Ich habe schon mit dem Gedanken gespielt, ich weiß es noch nicht ... Um auf deine ursprüngliche Frage zurückzukommen, ob ich Stefan wiedersehen werde: Ja, er hat eine neue Wohnung gefunden und möchte, dass ich ihm bei der Einrichtung helfe ...“

„Du weißt aber schon, dass du dabei selbst auf den Löwenkäfig zusteuerst? So, wie es zwischen euch knistert, das war das erste Mal schon nicht zu übersehen, wird es nicht bei einer Freundschaft bleiben ...“

„Wir wollen es aber beide nicht so weit kommen lassen. In meiner Situation kann ich es mir nicht leisten. Und er ... Oh Mann! Ich weiß es nicht, Emilie, was soll ich tun? Ich habe schon zugesagt, ich freue mich auch, ihn wiederzusehen, kannst du dir das vorstellen? Gilt das schon als fremdgehen?“, frage ich besorgt.

„Quatsch, nein!“, sagt sie empört. „Ich mache mir nur Sorgen um dich, ich bin auch nicht da, um dich zu verurteilen. Du sollst das tun, was dir guttut und dich glücklich macht. So, wie du es mir erzählt hast, macht Tom genau das, er denkt wohl an sich, meinst du, er geht fremd?“, fragt sie plump.

Ich komme kurz ins Stocken.

„Ich bin mir nicht sicher, aber vieles spricht dafür. Wie er sich benimmt, das Spät-nach-Hause-Kommen, dann die Telefonate ... Der Zettel! Er hat mir gestern auch wieder berichtet, dass er am Wochenende zu einem Seminar muss ... Ich weiß nicht, ob ich ihm glauben kann. Das ist das Schlimmste dabei, ich traue ihm nicht mehr“, vertraue ich ihr an.

„Na ja, zu Recht, ich meine, er hat dir ins Gesicht gelogen, wenn ich das richtig verstanden habe, da kann man schon misstrauisch werden.“

„Wir werden nicht drum herum kommen miteinander zu sprechen, fürchte ich. Wir haben zwar Weihnachten ein paar Gespräche geführt, ich dachte, es hätte einiges geklärt aber ... Ich meine, er war plötzlich präsenter, aufmerksamer. War das nur eine Täuschung?“, frage ich, wie an mich selbst gerichtet.

„Ich glaube, er ist wahrscheinlich genauso gefangen in der Situation wie du, und weiß nicht recht, wie er reagieren soll, deshalb flüchtet er. Die Menschen reagieren alle anders, du gehst mehr auf Konfrontation, aber es behagt ihm nicht, er mag anscheinend lieber auf Abstand gehen und sich das alles von außen anschauen. Es ist nicht schlecht oder gut, es ist nur anders."

So hatte ich die Situation noch nicht erfasst. Emilie bringt es genau auf den Punkt.

„Ja, nur wie soll ich mit jemandem sprechen, der nie da ist? Ach, komm, genug über Probleme geredet, lass uns lieber über was fröhliches sprechen … Hast du dir schon Gedanken gemacht, wie du deine Hochzeit feiern möchtest?", versuche ich das Gespräch zu lenken.

Es funktioniert … Sie brabbelt wieder fröhlich und unbekümmert über ihre neue Liebe und ich vergesse für einen Moment meine Sorgen …

***

Als ich die Tür unseres Hauses passiere, ist der Druck in meiner Brust wieder da. Ich mache das Licht im Flur an, es ist still im Haus. Es ist schon nach dreiundzwanzig Uhr., doch später geworden als gedacht. Keine Spur von Tom im Erdgeschoss, auf Zehenspitzen, um die Kinder nicht zu wecken, laufe ich nach oben direkt ins Bad und mache mich bettfertig. Ich gehe aus dem Bad heraus, da stoße ich auf Tom.

Ich lasse einen kurzen überraschenden Schrei heraus. Er hat mich erschreckt.

„Hi!", sagt er. „Wo warst du?"

„Hi!", flüstere ich zurück und gehe zur gegenüberliegenden Tür, die zu unserem Schlafzimmer führt. Ich will nicht im Flur eine Diskussion anfangen, die Kinder schlafen. Er folgt mir und macht die Tür hinter uns zu.

„Und?", blafft er mich an.

Was ist denn jetzt wieder los?

„Was, und?", blaffe ich zurück. „Was ist dein Problem? Merkst du, wie du mit mir redest?"

„Ich komme nach Hause und du bist nicht da! Du schleichst dich rein, so spät in der Nacht. Ich habe mir Sorgen gemacht!", sagt er aufgeregt.

„Du hast dir Sorgen gemacht? Warum? Ich habe den Jungs Bescheid gegeben, du hättest sie fragen können!", erwidere ich.

„Sie haben schon geschlafen, als ich zurückkam! Aber du weichst meiner Frage aus, Lisy!"

„Aha! Dann bist du schon wieder so spät nach Hause gekommen, ja?"

„Ich musste arbeiten, ich treibe mich nicht herum!", sagt er genervt.

Das hat gesessen, wie ein Schlag ins Gesicht. Ich gucke ihn ungläubig an, so unverschämt war er bisher noch nie zu mir. Er merkt, dass er zu weit gegangen ist, und versucht noch die Kurve hinzubekommen.

„Sorry, Lisy, das wollte ich nicht sagen. Wir sagen uns normalerweise immer Bescheid, wenn wir ausgehen oder später nach Hause kommen ..."

„Merkst du überhaupt, was du da redest?", sage ich zu ihm, kurz vor der Hysterie. „Wer kommt regelmäßig spät nach Hause, ohne sich zu melden?"

„Ach, jetzt kommst du damit! Das ist nicht fair, ich werde doch nicht jedes Mal sagen, dass ich arbeiten muss. Das müsste jetzt langsam klar sein ...", sagt er patzig.

„Ganz ehrlich, Tom, ich erkenne dich nicht wieder. Das macht mir alles ein bisschen Angst. Kriegst du überhaupt mit, was wir für Gespräche in letzter Zeit führen? Wir machen uns kaputt, es ist nichts Konstruktives dabei. Weihnachten, da dachte ich, wir hätten eine neue Basis geschaffen, aber nach heute Abend ... Ich bin sprachlos ..." Ich drehe mich im Kreis, ich kann nicht ruhig stehen.

„Lass uns damit einfach aufhören, komm ins Bett, es ist spät und ich muss morgen wieder früh raus ... Wenn du dich beruhigt hast, sieht alles wieder ganz anders aus." Er geht einen Schritt auf mich zu.

„Wenn ich mich beruhigt habe? Du gibst mir die Schuld daran?", jetzt schreie ich.

„Ach komm, du reagierst einfach überempfindlich neuerdings, das musst du zugeben. Dann stelle ich dir eine ganz normale logische Frage und du flippst aus!"

Ich glaube meinen Ohren nicht, was ich gerade gehört habe.

„Ich glaube, du leidest an einer Wahrnehmungsstörung, Tom, ehrlich!"

Ich gehe an ihm vorbei, um aus dem Zimmer zu gehen. Es ist mir zu eng geworden, ich brauche Luft.

„Wo gehst du denn hin? Jedes Mal, wenn es nicht so läuft, wie du es willst, läufst du weg ...", sagt er in meinem Rücken.

Ehrlich jetzt? Spinnt er völlig?

Ich drehe mich um, schaue ihm direkt in die Augen und sage bestimmt: „Nun, du hast es mir seit Monaten schön vorgemacht!"

Ich lasse die Tür hinter mir offenstehen.

Ich bin völlig entsetzt, meine Hände zittern, mein Hals ist zugeschnürt, ich kriege kaum Luft. Am liebsten würde ich jetzt raus laufen, es wäre aber nicht vernünftig und auch in diesem Moment, wo alles den Anschein hat, unterzugehen, regiert mein Kopf immer noch meine Handlungen. Ich will schreien, um mich werfen, aber nichts davon geschieht. Ich stehe in der Küche, fühle mich verloren, erst jetzt merke ich, dass ich bitter weine, ich lasse mich an der Kücheninsel auf den Boden gleiten.

Ich versuche mir das Gespräch ins Gedächtnis zu rufen. Habe ich ihn provoziert? Überreagiert? Möglicherweise ... Ich weiß es nicht. Ich bin so zermürbt. Wie sollen wir das wieder hinbekommen, es wird immer schlimmer! Ich höre Schritte ... bitte nicht, ich will einfach in Ruhe gelassen werden, keine Konfrontation mehr, ich habe nicht mehr die Kraft dazu.

„Mama?!" Panik, es ist Adrians Stimme, woher weiß er, dass ich hier bin?

Schnell stehe ich auf, versuche, es so aussehen zu lassen, als ob ich was suchen würde.

„Hi, Schatz! Was machst du denn hier?"

Ich sehe bestimmt schrecklich aus.

„Ich habe euch streiten gehört, Mama. Was ist denn los mit dir und Papa? Ihr streitet nur noch!"

Ich habe keine Lust, mitten in der Nacht ein Gespräch mit meinem Sohn anzufangen.

„Adrian, Erwachsene streiten nun mal hin und wieder. Es ist nur eine Phase, sie geht irgendwann vorbei … Es ist sehr spät, du solltest wieder ins Bett gehen", sage ich etwas ungeduldig.

„Ich habe morgen noch frei … Mama, ich mache mir Sorgen um euch."

Oh Gott, es tut mir so leid, mir war es nicht bewusst wie viel die Kinder mitkriegen, ich laufe zu ihm und nehme ihn einfach in den Arm.

„Es tut mir leid, Schatz, dass du dir Sorgen machst. Es ist nicht immer einfach, eine Beziehung zu führen, Papa und ich sind im Moment oft anderer Meinung, weshalb es hin und wieder kracht zwischen uns. Sicher ist aber, dass wir euch beide sehr liebhaben, und das wird sich nie ändern, egal, was passiert", sage ich mit Nachdruck.

„Du redest so, als wenn ihr euch bald trennen würdet!", sagt er verwirrt.

Der Kloß in meinem Hals wird größer und schnürt mir die Luft ab, ich kann kaum sprechen, entscheide aber, bei der Wahrheit zu bleiben.

„Ehrlich gesagt, ich weiß es nicht … Ich weiß nicht, wie es sich entwickeln wird. Ich habe mir darüber auch keine Gedanken gemacht", sage ich kleinlaut.

„Also nur eine Phase, ja?" Er schaut hoffnungsvoll zu mir.

„Ja, ich denke schon. Aber du solltest dir in deinem Alter kein Kopf um uns machen. Egal wie, es wird sich für euch nichts ändern. Geh jetzt ins Bett, ok?"

„Ist gut." Er dreht sich zum Gehen um und sagt dann über seine Schulter: „Ich habe dich lieb, Mama." Er verschwindet nach oben.

Ich muss mich an der Insel festklammern, meine Beine tragen mich kaum. Als ich meinen Körper wieder beherrsche, gehe ich Richtung Wohnzimmer und lege mich auf das Sofa. Der Abend kommt mir surreal vor, meine kleine Welt geht in die Brüche … Es kann so nicht weitergehen, wir müssen eine Lösung finden. Ich zerbreche mir den Kopf darüber, wie ich mich morgen Tom gegenüber verhalten soll, ich habe absolut keine Ahnung. Ich bin gespalten zwischen mich zu entschuldigen und mich von ihm abzuwenden, wobei die zweite Option nicht zur Beruhigung der Situation beitragen würde. Aber will ich das? Wieder nachgeben? Warum kann er sich nicht mal entschuldigen? Den ersten Schritt machen?

Er ist übers Wochenende weg, es ist vielleicht die Möglichkeit, über alles nochmal in Ruhe nachzudenken ... Meine Augenlider werden schwer, ich liege im Dunkeln auf der Couch, sehe nur durch das Terrassenfenster unseren Weihnachtsbaum, er glitzert im Mondlicht. Wir haben ihn alle zusammen am Heiligabend geschmückt, es war ein schöner Moment gewesen, aber schon da ging zwischen Tom und mir etwas schief. Bevor ich mir noch mehr Erinnerungen ins Gedächtnis rufen kann, gleite ich ein in eine traumlose Nacht.

***

Am nächsten Morgen werde ich von einer Berührung am Arm geweckt. Ich mache die Augen auf, kann aber noch nichts erkennen, es ist alles verschwommen.

„Wach auf, Lisy! Es ist schon acht Uhr." Toms Stimme!

Ich richte mich sofort auf.

„Was? So spät schon? Mist, ich habe mein Telefon anscheinend im Schlafzimmer liegen lassen ..."

Er geht Richtung Küche.

„Ich mache mir einen Kaffee, willst du auch einen?", fragt er mich ruhig.

Ich bin überrascht, dass er mich fragt und schaue ihn an, er sieht müde und abgekämpft aus. Unsere Blicke treffen sich, aber keiner traut sich irgendetwas zu sagen.

„Gern, ja, danke." Ich husche Richtung Bad, ich brauche unbedingt eine Dusche.

Als ich wieder runterkomme, ist Tom schon weg, meine Tasse steht neben der Kaffeemaschine, die Kanne ist noch halb voll, ich gieße mir die warme Flüssigkeit ein, führe die Tasse an meine Lippen, der Geruch strömt in meine Nase und weckt dabei meine Lebensgeister.

Ich genieße für einen Moment die Ruhe im Haus, schaue aus dem Küchenfenster. Die Sonne scheint heute, grell und durchdringend. Mein Handy meldet sich, die Ruhe ist vorbei, ich schaue darauf, Emilie! Ich gehe ran.

„Hallo, Schlafmütze!", höre ich sie gut gelaunt laut sagen, ein Lächeln wischt über meine Lippen.

„Hi, Emilie! Erwischt! Die Nacht war kurz, sorry. Ich mache mich sofort auf den Weg."

„Lisy, du kannst dir freinehmen", sagt sie nun ernst in den Hörer, ich kann sie bildlich vor mir sehen.

„Wir haben heute keine Termine, ich glaube, es würde dir guttun", setzt sie fort.

Ich wäge die Optionen ab, aber ich bin überzeugt, dass es nur schlimmer werden kann, wenn ich Zeit zum Grübeln habe.

„Nein, alles gut, ich bin gleich da. Wir müssen noch das Anwaltsprojekt durchgehen, zudem brauche ich etwas Ablenkung!", versuche ich mit Überzeugung zu sagen.

„In Ordnung, dann bis gleich. Lass dir Zeit, es läuft dir nichts weg hier!", höre ich sie kichern.

Ich habe mir in der Tat Zeit gelassen und komme erst um zehn Uhr ins Büro. Emilie stellt keine Fragen, ich bin erleichtert darüber. Wir stecken die Köpfe zusammen, um bei dem einen Projekt weiterzukommen, es läuft ohne Vorkommnisse, wir sind meistens einer Meinung, deshalb sind wir nach ein paar Stunden fertig und zufrieden mit unserer Arbeit. Kurz vor Feierabend sagt sie mir dann:

„Viel Spaß morgen!"

Ich verstehe nicht recht, was sie meint.

„Wie meinst du?"

„Lisy, dein Ernst? Hast du vergessen, dass du morgen einen Termin mit Prince Charming hast?"

So nennt sie mittlerweile Stefan, da muss ich immer lachen. Tatsächlich, ich hatte es komplett vergessen.

„Oh Gott, stimmt!"

Er hatte mir seine Adresse geschickt, aber ich habe noch nicht geschaut, wo sich das Haus befindet, beziehungsweise wie ich dahin fahren soll. Das muss ich unbedingt nachholen!

„Ich muss noch ein bisschen recherchieren, ich habe noch gar nichts gemacht!"

„Alles klar, dann bis nächste Woche, wenn was ist, melde dich, ja? Oder brauchst du mich noch hier?"

„Nö, nö, alles gut. Ich mache das jetzt, es dauert nicht lange, und dann fahre ich auch nach Hause. Ich melde mich morgen im Laufe des Tages bei dir", sage ich dann.

„So machen wir das!" Schwupp, ist sie weg.

Ich setze mich an den Computer und rufe das Kartenprogramm auf. Ich gebe seine Adresse ein, es kribbelt in meinem Bauch. Enter! Da sehe ich, wo sich das Haus befindet, da ich von zu Hause aus hinfahren wollte, gebe ich auch meine Adresse mit ein und schaue mir den Weg an. Es sind nur dreizehn Minuten, die uns voneinander trennen! Er ist so nah! Ich schaue mir in Liveview noch die Gegend an und sehe, wo er früher gewohnt hat, es ist nur ein paar Straßen weiter. Er meinte aber, in der Nähe seines Bruders zu sein, also wohnt dieser anscheinend auch direkt da. Ich bin sehr gespannt, dies wirkt sich auf meine Nerven aus, ich bin wie elektrisiert.

Kapitel 21

Stefan

(Januar 2022)

Es ist Freitag und ich bin so aufgeregt! Ich habe kaum geschlafen, wie ein Jugendlicher vor seinem ersten Date! Ich frage mich, wie ich den Vormittag überstehen soll ... Ich bin jetzt im Büro und bekomme keine klaren Gedanken, ich muss immerzu an sie denken. Wir haben uns seit Wochen nicht mehr gesehen, ich freue mich so, aber gleichzeitig habe ich ein mulmiges Gefühl. Was ist, wenn das, was zwischen uns war, nun weg ist? Was ist, wenn es nur alles erfunden war? Ich weiß, wie ich mich in ihrer Gegenwart gefühlt habe, aber plötzlich bin ich mir unsicher ... Ich zermürbe mir schon den ganzen Vormittag damit den Kopf.

Ich sollte es einfach auf mich zukommen lassen, wenn der Zauber noch da ist, ist das fantastisch, und wenn nicht, dann..., dann können wir vielleicht Freunde werden. Es hört sich albern an. Schluss jetzt, ich muss mich konzentrieren, ich wollte diesen Fall noch mit meinem Kollegen besprechen, denn er ist etwas komplexer als gedacht, und ich brauche eine zweite Meinung. Deshalb mache ich noch ein paar Korrekturen an meinem Bericht.

Später laufe ich aus meinem Büro, den Flur entlang, auf der anderen Seite des Gebäudes hat er sein Büro, im Vorzimmer sitzt seine Sekretärin. Ich gehe einfach an ihr vorbei. „Guten Morgen, Magalie!", begrüße ich sie kurz.

„Guten Morgen, Herr van der Falk! Herr Dumont erwartet Sie schon bereits, Sie können eintreten", sagt sie in ihrem professionellen Ton.

„Vielen Dank!" Ich klopfe kurz an seine Tür und trete ein.

Er sitzt an seinem großen massiven Schreibtisch, mitten im Raum platziert. Davor liegt ein persischer Teppich und zwei Besuchersessel aus Leder stehen dahinter. Er gibt mir das Zeichen mich hinzusetzen, er telefoniert noch. Marcel ist älter als ich, kommt ursprünglich aus Frankreich, kam aber vor dreißig Jahren nach Deutschland. Er spricht perfekt Deutsch, hat aber einen schwachen Akzent behalten. Er steht quasi kurz vor der Rente, erweckt aber nicht den Anschein, gehen zu wollen, noch wird nicht nach Ersatz gesucht, ich hätte sonst schon Wind davon bekommen. Wir haben junge Anwälte im Haus, die sich freuen würden, seinen Platz einzunehmen.

Er legt auf.

„Stefan, guten Morgen, tut mir leid, dass du warten musstest. Ich konnte es aber nicht verschieben. Du weißt, wie es ist … Was führt dich denn zu mir?", fragt er neugierig.

„Guten Morgen, Marcel, kein Problem. Ich wollte mit dir über den Fall ‚Becker & Johnsons' sprechen. Ich bräuchte deine Meinung dazu."

„Hm, eine riesige Sache, wenn ich gut informiert bin!"

„Ja, in der Tat!" Ich gebe ihm dabei meinen Bericht und alle Unterlagen zu dem Fall.

Er liest sich das Ganze in Ruhe durch und macht hier und da Kommentare, die ich mir notiere. Wir besprechen noch ein paar Sachen, seine Erfahrung ist Gold wert und ich freue mich immer, wenn ich davon profitieren kann. Nach fast zwei Stunden sind wir durch. Es ist schon Mittag, weshalb er mich fragt, ob ich mit ihm Essen gehe. Ich kann jetzt nicht nein sagen, also hole ich meine Sachen und wir gehen zum Restaurant unweit von der Kanzlei entfernt.

Beim Mittagessen sprechen wir über die Familie, die Kinder und so weiter. Als es Zeit für mich ist zu verschwinden, teilt er mir mit, dass wir über die Zukunft der Kanzlei reden sollten. Ich bin überrascht, damit hatte ich nicht gerechnet. Ich wusste nicht, dass er mit dem Gedanken spielt, doch zu gehen. Er meint, ich würde mit meinen Vermutungen richtig liegen, nur hätten wir so viel zu tun, deshalb sollten wir die Möglichkeit überdenken, einen dritten Partner aufzunehmen. Leider bin ich in Eile und kann darauf erstmal nichts entgegnen, deswegen bitte ich ihn, nächste Woche in Ruhe darüber zu sprechen, und mache mich im gleichen Zuge auf den Weg nach Hause.

Es ist schon fast vierzehn Uhr. Ich ärgere mich, nicht schon früher zu Hause gewesen zu sein. Ich hatte heute Morgen keine Zeit aufzuräumen! Als ich in die Einfahrt einbiege, sehe ich, dass ihr Auto an der Straße parkt. Mist! Sie ist schon da, die Nervosität macht sich in meinem Magen breit, als ich sie aus dem Auto steigen sehe. Sie hat einen roten Mantel an, die Haare liegen ihr frei über dem Rücken, sie beugt sich, um ihre Tasche zu nehmen, und dann dreht sie sich zu mir um. In diesem Moment treffen sich unsere Blicke. Sie lassen sich nicht mehr los. Es ist um mich geschehen, wie konnte ich einen Moment denken, dass diese Magie, die zwischen uns herrscht, verschwunden ist. Wie konnte ich so lange ohne sie funktionieren, ohne ihren Duft, ihre Stimme. Sie spürt das Gleiche wie ich, ich kann es in ihrem Blick erkennen. Sie zögert etwas, kommt aber dann in meine Richtung, anmutig wie sie ist, mit einem leichten Lächeln auf den Lippen. Sie ist so schön, es raubt mir den Atem.

„Hallo, Stefan!", sagt sie mit ihrer so weiblichen, sexy Stimme, ich muss hart schlucken, sie steht vor mir.

„Hallo, Lisy!" Es kommt wie ein Flüstern aus mir heraus und ich muss mich räuspern. „Sorry, ich war bis gerade eben noch auf der Arbeit, konnte mich nicht früher befreien", sage ich noch.

„Kein Problem, ich bin etwas zu früh hier gewesen! Schöne Gegend! Ich freue mich, dich zu sehen! Sie schaut mich direkt an und lacht, es klingt wie ein leichtes Klirren, eine sanfte Melodie. Weiß sie überhaupt, was sie mir antut, wie mein Körper auf sie reagiert? Ich kann mich kaum beherrschen, am liebsten würde ich ihre Wange berühren, sie in meine Arme nehmen und sie zärtlich küssen! Ja, küssen, ihre rosa Lippen mit meiner Zunge anfeuchten, ihren Mund erkunden, ihren Duft in mich hineinsaugen, mich in ihren Haaren verlieren ... Nur nichts von alldem wird geschehen, denn ich habe ihr versprochen, mich zusammenzureißen. Ich löse mich mit aller Kraft aus diesen heißen Gedanken und bitte sie in meine Wohnung.

„Es ist noch chaotisch, ich konnte noch nicht alles wegräumen. Zudem fehlen noch Möbel."

„Du brauchst dich nicht zu rechtfertigen, sie ist sehr groß! Gut geschnitten, sie gefällt mir!", sagt sie begeistert.

Wir stehen mitten im Wohnzimmer.

„Kann ich dir was zum Trinken anbieten? Einen Kaffee vielleicht?", frage ich sie höflich.

„Ja, sehr gern, einen Kaffee, danke!" Sie legt ihre Sachen auf das Sofa und kommt dann zu mir in die Küche. „Oh, schöne große Küche, hast du sie gekauft?", fragt sie aufmerksam.

„Nein, sie war schon drinnen, als ich die Wohnung übernommen habe."

Ich erzähle ihr alles, was ich über das Objekt und den Vermieter weiß, damit sie sich ein Bild machen kann.

„Du meinst es also wirklich ernst?", fragt sie frech.

„Bitte? Womit?" Ich bin überrumpelt.

„Mit der Scheidung, meine ich! Ihr wollt euch also wirklich nach so vielen Jahren scheiden lassen?!"

„Ja, es ist das Beste so, wir haben es beide eingesehen, wir haben gemeinsam keine Zukunft mehr. Wie ist es bei dir zu Hause, Lisy? Wie geht es den Kindern? Und vor allem, wie geht es dir?" Mir ist aufgefallen, wie müde sie aussieht und ich meine, sie hat abgenommen.

„Oh, den Kindern geht es gut, danke, nett, dass du fragst. Uns geht es allen gut ..." Sie weicht meinen Blick aus.

„Hm, das soll ich dir glauben? Wenn du nicht darüber sprechen möchtest, dann sag es, aber bitte lüg mich nicht an", sage ich ernst.

Sie schaut mich verdutzt an, ich kann sehen, wie sie mit sich ringt.

„Du hast recht!" Sie stößt hörbar die Luft aus. „Es ist nicht so, dass ich nicht darüber sprechen will, es ist nur so kompliziert im Moment, ich weiß selbst nicht, woran ich bin."

„Nun, vielleicht hilft es ja, darüber zu reden, manchmal sieht man danach die Sachen etwas klarer. Ich kenne dich zwar noch nicht so lange, aber ich kann sehen, dass es dir nicht gut geht."

Es überrascht sie scheinbar, sie sagt aber erstmal nichts. Jedoch kurzer Zeit später.

„Ich glaube nicht, dass du die richtige Person dafür bist, Stefan ...“

Es versetzt mir einen kleinen Stich ins Herz, dass sie so über mich denkt. Sie nimmt die Tasse, die ich ihr reiche, und dabei berühren sich unsere Finger, ein kleiner Stromschlag lässt mich etwas schauern und es entgeht mir nicht, dass sie es auch bemerkt hat. Wir schauen uns beide erstaunt an.

Sie wendet sich von mir ab.

„Kannst du mich durch deine Wohnung führen, Stefan? Immerhin bin ich extra dafür hierher gekommen!“ Sie schmunzelt und legt dabei ihre Hand auf meinen Arm, mir wird ganz heiß.

„Ist das so?“ Ich will ihre Hand mit meiner bedecken, aber sie nimmt ihre im gleichen Moment weg und geht weiter Richtung Wohnzimmer.

Ich muss kurz lachen, flirtet sie gerade mit mir?

„Ja, dann lass uns anfangen, Lisy.“ Sie kichert und mein Magen zieht sich bei diesem Klang zusammen.

Ich zeige ihr das Wohnzimmer und die anliegende Terrasse, das Büro sowie das Gästezimmer, sie macht sich dabei Notizen und stellt Fragen zu meinem Geschmack, meinen Vorlieben, zu allem, was sie braucht, um die Räume für mich gemütlich zu gestalten.

Das Schlafzimmer wollte ich ihr eigentlich nicht zeigen, da ich unangenehme Situationen vermeiden wollte. Nun bleibt sie vor der geschlossenen Tür stehen und schaut mich fragend an.

„Es ist das Schlafzimmer ...“, sage ich unangenehm berührt.

„Darf ich?“

Ernsthaft, will sie es sich anschauen? Ich zögere einen Moment.

„Bitte schön.“ Meine Stimme hört sich etwas rau an.

Ich schließe die Tür auf und lasse sie hineintreten. Gott sei Dank, der Raum ist ordentlich. Sie geht an mir vorbei, da nehme ich wieder ihren Duft wahr, eine Mischung aus Rosen, Vanille und ihrem eigenen Geruch. Mir stockt der Atem, es regt sich was in meiner Hose. Ich brauche eigentlich nur die Hand auszustrecken, um ihre Haare zu streicheln.

„Da ist sie!", höre ich sie sagen. „Die Kommode, die ich das letzte Mal schon bewundert habe, ich hatte mich schon gefragt, ob du sie mitgenommen hast … Sie ist so schön!"

Sie fährt mit den Fingern sanft über die Oberfläche des alten Holzes. Wie gern wäre ich gerade die Kommode unter ihrer Berührung, bei dem Gedanken merke ich, wie die Wölbung in meiner Hose größer wird.

Lisy schweift durch das Zimmer und schaut mir dabei zu. Ich lehne am Türrahmen, bewusst möchte ich nicht in das Zimmer eintreten.

Ich kann meinen Blick nicht von ihr abwenden, wie sie mit ihrer Präsenz den Raum einnimmt. Egal welches Spiel sie gerade mit mir treibt, ich mache mit. Mein Glied fühlt sich so hart an, er drückt gegen meine Hose. Ich bin etwas verlegen und versuche es zu vertuschen indem ich mich von ihr abwende, es ist aber schon zu spät, sie hat es schon gesehen. Mein Herz pocht in meiner Brust, meine Handflächen sind feucht.

Die Röte steigt ihr in die Wangen, ihre Augen leuchten. Sie sieht so feminin, so sexy aus. Am liebsten würde ich sie jetzt auf das Bett schmeißen und ihr die Klamotten vom Leib reißen.

Ich muss mich beherrschen.

„Lis, bitte schau mich nicht so an", schaffe ich noch kurz zu sagen, meine Stimme ist von der Hitze so rau und mein Hals so trocken.

„Wie schaue ich dich denn an, Stefan?" Sie kommt lasziv auf mich zu, mit einem unschuldigen Ausdruck im Gesicht, ihre Augen sind weit offen und voller Sehnsucht.

Will sie mich jetzt provozieren? Es ist echt nicht der richtige Zeitpunkt dafür!

„Lis, ich möchte jetzt nichts anfangen, was du später bereuen würdest."

„Wer sagt, dass ich es bereuen würde?"

Argh! Sie kommt langsam zu mir, wie eine Wildkatze kurz vor dem Sprung auf ihre Beute. Ich will nicht, dass es so passiert, wenn, dann will ich sie ganz, ich will sie nicht teilen. Sie steht jetzt direkt vor mir und schaut mich erwartungsvoll an.

„Was ist passiert, Lis?", frage ich berührt.

„Was meinst du damit?"

Ihre Wangen sind etwas gerötet und sie schaut mich fragend an. Ich lege meine Hand auf ihre Wange, ihre Haut ist so weich.

„Lisy, zu gern würde ich dich in meine Arme nehmen, dich küssen, liebkosen. Ich habe mich über beide Ohren in dich verliebt. Nur, solange du dir deiner Gefühle nicht sicher bist, wäre es unklug etwas anzufangen. Ich bin frei, aber du eben nicht. Ich kann und will nicht schuld an eurer Ehekrise sein", sage ich zurückhaltend.

„Keine Sorge, du bist es nicht", sagt sie bitter und geht einen Schritt zurück. „Er hat scheinbar eine andere." Das ist es! „Zwischen uns läuft es schon seit Monaten nicht mehr rund. Ich bin verzweifelt, ich weiß nicht, was ich tun soll! Ich weiß nicht, ob ich ihm noch trauen kann und, noch wichtiger, überhaupt trauen will. Wir streiten nur noch, ich mache mir auch Sorgen um die Kinder. Dann bist da du! Mit dir fühle ich mich so lebendig, so begehrt. Du gibst mir das Gefühl, wichtig zu sein, geliebt zu werden. Meine Gefühle für dich sind … kompliziert, und wiederum auch nicht. Ich habe Angst es zuzulassen, denn dann weiß ich, dass ich nicht mehr aufhören kann. Aber wenn ich in deiner Nähe bin, ist das schwierig, denn am liebsten würde ich dich berühren …"

Weiter kommt sie nicht, ich ziehe sie zu mir, nehme sie in den Arm, sie lehnt ihren Kopf an meine Schulter.

„Es tut mir leid mit deinem Mann, den Kindern. Es ist alles nicht einfach, aber vergiss nicht, ich bin für dich da. Was ich für dich empfinde, macht mir auch Angst, denn es ist für mich neu. Ich habe noch nie so gefühlt. Es ist echt, Lisy, ich spiele dir nichts vor. Es freut mich, dass du Ähnliches für mich spürst, ich fühle mich geschmeichelt!" Ich hauche ihr einen Kuss auf den Kopf und nehme dabei ihren Duft wahr, wie sie mich erregt!

Mein Penis meldet sich. Ich will sie von mir schieben, aber sie hält mich fest und dreht ihren Kopf zu mir, so dass unsere Blicke sich treffen. Sie sieht so zerbrechlich und so schön aus.

„Küss mich, küss mich, Stefan! Ich brauche das jetzt", fleht sie mich an.

Sie braucht es nicht zu wiederholen, auch wenn es ein Fehler ist, das riskiere ich, ich will sie schmecken. Ich nehme ihr Kinn in meine Hand, damit sie mich anguckt, streichle mit meinem Daumen ihre untere Lippe, ihr Mund öffnet sich leicht. Ich senke meinen Kopf, unsere Lippen treffen aufeinander, es fühlt sich fantastisch an, ich spüre, wie ihr Puls sich beschleunigt, als ich mit meiner Hand an ihrem Hals entlang gleite. Meine Zunge bahnt sich ihren Weg zwischen ihre Lippen und trifft auf ihre Zunge, die hungrig meine sofort umhüllt.

Ihr Geschmack, ihre Leidenschaft sind fast zu viel für mich. Mein Herz hämmert wie wild in meiner Brust, mein Penis schwillt an und drückt gegen ihren Bauch. Unser Kuss wird immer wilder, ich höre sie stöhnen und es macht mich so an, sie drückt sich an mich, ich halte sie fest in meinen Armen. Ihre Hände sind eifrig, sie wandern auf meinem Rücken. Ich spüre, wie sie versuchen unter meinen Pulli zu kriechen. Mein Verstand meldet sich für einen Bruchteil einer Sekunde, aber es reicht, um mich aus ihrem Griff zu befreien. Ich bin völlig außer Atem und verwirrt, sie schaut mich überrascht an.

„Lisy, es tut mir leid … Ich würde gern, aber es geht nicht, wir sollten nichts überstürzen. Du weißt, dass ich dich begehre", sage ich kurzatmig.

Sie ist enttäuscht, das kann ich ihr ansehen. „Versteh mich bitte, ich will dich ganz, und nicht, weil du gerade über die Situation mit deinem Mann verärgert bist …!", füge ich noch hinzu.

„So war das nicht gemeint! Tut mir leid, du hast recht, ich sollte mir vorher klar werden, was ich wirklich will." Sie geht aus dem Zimmer.

„Ich sollte gehen, ich melde mich dann bei dir, wenn ich mit den Plänen fertig bin. Es kann eine Weile dauern, wir haben momentan sehr viel zu tun!", sagt sie noch und versucht dabei wieder neutral zu sein.

„Halt, nicht so schnell!" Ich nehme ihre Hand, damit sie mir nicht weiter wegläuft. „Lis, schau mich an …" Sie dreht sich zu mir hin. „Ich liebe dich!" Sie sieht etwas schockiert aus. „Es ist wahr, es wird sich auch nichts ändern, ich kann nichts für meine

Gefühle, sie sind einfach da. Du bist das Beste, was mir je passieren konnte. Ich will es nicht vermasseln, verstehst du? Bitte lauf nicht vor mir weg, ich würde es nicht ertragen."

Sie nimmt mich in den Arm und gibt mir einen leichten Kuss auf den Mund.

„Ich melde mich ..." Sie nimmt ihre Sachen und geht hinaus, ohne ein weiteres Wort.

Mir fällt es schwer, nicht hinterherzulaufen, wie blöd bin ich denn eigentlich?! Warum habe ich ihr meine Gefühle offenbart, ich habe sie bestimmt verschreckt.

Ich habe die Gelegenheit, die sich anbot, nicht ergriffen, obwohl ich es wollte. Hätte ich es aber getan, hätte ich es mir nie verzeihen können. Ich bin nicht so einer, ich kann auf sie warten.

Kapitel 22

Lara

(Sommer 1984)

Heute feiern wir meinen zehnten Geburtstag! Mama sagt, ich darf Freundinnen einladen. Es ist Samstag, der zwanzigste Juni neunzehnhundertvierundachtzig. Wie jedes Jahr, an meinem Geburtstag, fühle ich mich komisch. Als ob irgendetwas nicht stimmen würde. Ich habe mit niemanden darüber gesprochen, es gehört zu den Sachen, die ich verschweige. Wer sollte das verstehen, wenn ich es selbst nicht tue?

Draußen scheint die Sonne, es ist warm, bald haben wir Sommerferien. Mama und Papa wollen mit mir dieses Jahr nach Marseille fahren. Es ist zwar weit weg von zu Hause, aber es stört Papa nicht, nachts zu fahren.

Jedenfalls, heute wird gefeiert, jetzt bin ich groß! Mama hat den Tisch draußen schön gedeckt und ich habe ihr gestern beim Backen geholfen. Geraldine und Morgane kommen gleich, ich bin gespannt, was sie als Geschenk für mich mitbringen. Ich liebe Geschenke! Papa und Mama haben nicht so viel Geld, sie sparen immer, damit wir zumindest einmal im Jahr in den Urlaub fahren können, aber den Rest des Jahres müssen wir aufpassen, nicht zu viel auszugeben. Deshalb habe ich nie so schöne Sachen an wie Geraldine, sie trägt immer das, was gerade in Mode ist, und sieht dabei umwerfend aus. Es freut mich, sie als Freundin zu haben, mit Morgane sind wir ein unzertrennliches Trio geworden. Wir gehen alle drei in die gleiche Klasse und wohnen in der gleichen Straße!

Wir sind an der Westküste Frankreichs in der Nähe von Quimper, aber ich habe nicht immer hier gewohnt, früher war ich in Deutschland, soviel weiß ich noch, auch wenn Mama ungern darüber spricht und immer mit mir schimpft, wenn ich Fragen zu dieser Zeit stelle.

Sie meint, ich sollte die Vergangenheit ruhen lassen. Ich habe vieles vergessen, es ist alles ziemlich vage und chaotisch in meinem Kopf, aber ich habe den Eindruck, dass mir irgendetwas verschwiegen wird. Ich habe immer wieder diese bösen Träume, sie kommen regelmäßig und lassen mich nicht in Ruhe.

Da sehe ich mich im Sandkasten sitzen, wenn ich hochschaue, erblicke ich zwei Jungen in der Ferne, sie kommen mir so bekannt vor! Danach befinde ich mich in einem Wagen, es ist sehr warm und so dunkel darin, ich kann nichts erkennen. Ich bekomme große Angst, dabei rufe ich laut nach Robert und Stefan!

Meistens wache ich danach auf, nass geschwitzt, es ist auch öfter vorgekommen, dass ich in mein Bett genässt habe. Mama schimpft dann heftig mit mir. Ich habe mich aber nie getraut, mit ihr oder mit meinem Vater über meine Träume zu sprechen.

Ich weiß nicht warum, aber eine Eingebung hält mich davon ab. Deshalb habe ich mir ein Tagebuch von meinem Taschengeld gekauft, in das ich alles schreibe, was so passiert oder mich beschäftigt. Das Buch habe ich in meinem Schrank ganz unten, hinter dem Spielzeug und anderen Sachen versteckt, damit meine Eltern nicht daran kommen. Mama kontrolliert immer wieder mein Zimmer sehr akribisch. Sie meint, sie schaut nur, ob ich alles schön und vernünftig aufräume.

„Marie! Kommst du herunter?", ruft meine Mutter auf Französisch.

Ja, sie ist Französin und mein Papa ist Deutscher, deshalb kann ich beide Sprachen fließend sprechen. Wir haben schon des Öfteren Diskussionen gehabt, warum es so wichtig ist, zweisprachig aufzuwachsen. Ich könnte zum Beispiel später einen besseren Beruf ausüben. Daher spreche ich mit Mama immer französisch und mit Papa immer deutsch.

„Ja, Mama! Ich komme sofort!" Ich laufe schon aus meinem Zimmer, als ich unten ankomme, sehe ich meine Freundinnen an der Tür.

„Wie schön! Ihr seid schon da! Kommt herein!" Ich umarme sie, lasse sie dabei ins Haus eintreten, führe sie dann in den Garten, wo alles schon vorbereitet ist.

„Bonjour, Marie, alles Gute zum Geburtstag!", sagen sie unisono und geben mir ihre Geschenke.

Ich lege sie zu denen meiner Eltern. Eigentlich habe ich mir ein Fahrrad gewünscht, nur ist Mama strikt dagegen, sie findet es zu gefährlich, ich bin etwas traurig darüber, denn alle Kinder in der Gegend haben ein Fahrrad. Ich würde so gern mit ihnen zum Strand fahren. Ich kann gut schwimmen! Mama lässt mich aber selten mit Freunden was unternehmen, allein schon gar nicht! Sie hat immer Angst, dass mir was passiert!

Das ist nervig! Manchmal gehe ich aber trotzdem. Wenn wir in der Schule eine Stunde früher Schluss haben, dann gehe ich den extra langen Weg über den Strand zurück nach Hause und wenn das Wetter schön ist, ziehe ich meine Schuhe aus, um das Wasser an meinen Füßen zu spüren, ich lasse es sogar bis zu den Waden kommen. Es macht mir Spaß, das Meer zu sehen. Das beruhigt mich irgendwie. Diese Weite, die schöne raue Küste. Der Wind, der den Duft des Meeres mit sich trägt. Ich sammle seit einiger Zeit Muscheln aller Art, nachdem ich sie gereinigt habe, bewahre ich sie in einer Dose auf.

Alle am Tisch warten auf den Kuchen, meine Mutter kommt gerade mit ihm, zehn leuchtende Kerzen thronen darauf. Sie fängt an zu singen, alle stimmen mit ein. Ich kann nicht anders, ich muss grinsen, ich bin in diesem Moment glücklich. Sie stellt den Kuchen direkt vor mich und gib mir einen Kuss auf die Wange.

„Alles Gute zum Geburtstag, mein Schatz, ich liebe dich!", sagt sie sanft.

„Danke, Mama, es sieht toll aus, darf ich jetzt auspusten?", frage ich übermütig.

„Du musst dir erst was wünschen", sagt sie, lacht dabei kurz über meinem Eifer.

Ich wünsche mir, noch viele solche Tage verbringen zu dürfen, wo meine Mutter fröhlich singt und mein Vater sie glücklich anschaut. Tage, an denen die Sorgen und die Depressionen meiner Mutter nicht den Alltag beherrschen. Es ist mir schon vor ein paar Jahren klar geworden, dass mit meiner Mutter irgendetwas nicht stimmt. An einem Tag läuft sie gut gelaunt und voller Energie durch die Gegend und am nächsten Tag ist sie nur noch der Schatten ihrer selbst. Ich habe nie verstanden, was sie so bedrückt, nur ist es während dieser Tiefphasen sehr anstrengend. Niemand kann es ihr recht machen. Aber an meinem Geburtstag ist sie immer fröhlich!

Ich puste meine Kerzen aus, meinen Wunsch im Herzen laufe ich zu den Geschenken. Meine Freundinnen haben mir jeweils ein Panini-Buch mit meinen Lieblingsstickern und ein Gesellschaftsspiel geschenkt. Meine Eltern haben mir einen Puppenkopf zum Schminken und Frisieren gekauft. Ein bisschen enttäuscht bin ich schon, denn ich hatte trotzdem gehofft, sie würden mir ein Fahrrad kaufen. Nach einem kurzen Moment schiebe ich die Gedanken beiseite und widme mich meinen Freundinnen. Es ist warm, deshalb entscheiden wir, ins Schwimmbecken zu gehen. Es ist zwar klein, aber perfekt, um sich abzukühlen! Wir planschen fast den ganzen Nachmittag im Wasser. Meine Mutter beobachtet uns stets wachsam.

So gegen achtzehn Uhr werden meine Freundinnen wieder abgeholt und ich bleibe dann allein zurück mit meinen Eltern. Mama hat schon das Abendessen vorbereitet. Obwohl ich keinen Appetit habe, zwinge ich mich, etwas zu mir zu nehmen. Meine Eltern hassen es, wenn ich nicht esse. Nach dem Abwasch gehe ich in mein Zimmer, um mich bettfertig zu machen.

Draußen ist es zwar noch hell, aber da die Jalousien zu sind, ist es bei mir im Zimmer stockdunkel. Ich schalte die kleine Lampe auf meinem Nachttisch an und bringe meine Geschenke zum Schreibtisch. Ich kann sie morgen aufräumen. Ich drehe mich zum Spiegel, schaue mich einen Moment darin an, plötzlich nehme ich eine Gestalt hinter mir wahr. Sie ist doch gekommen.

„Lara! Wo hast du den ganzen Tag gesteckt? Ich habe auf dich gewartet!", sage ich leise zu ihr.

Sie ist klein, ihre Haare, ganz blond, fallen an den Seiten ihres Gesichts herunter. Sie sieht mir so ähnlich, gleichzeitig ist sie mir so fremd. Ihre Augen leuchten, ich kann aber ihre Farbe nicht erkennen, sie sagte mir irgendwann, sie wäre im Jahr neunzehnhundertfünfundsiebzig geboren. Sie kam das erste

Mal vor drei Jahren zu mir. Einfach so! Es ist unser Geheimnis, weshalb ich mit niemandem darüber reden darf, sonst wäre sie für immer weg. Hat sie mir gesagt!

„Alles Gute zum Geburtstag! Ich wollte dich an deinem Ehrentag nicht stören ..." Sie lächelt mich schüchtern an. „Wie war es? Erzähl mir alles!" Sie ist immer so neugierig und will alles bis ins kleinste Detail wissen. Also fange ich an, ihr alles zu erzählen.

„Marie! Alles klar bei dir? Mit wem sprichst du da?"

Mutter! Ohne anzuklopfen, stürmt sie ins Zimmer.

„Hallo Mama ...", sage ich etwas verlegen.

Sie guckt hektisch im Zimmer umher.

„Mit wem hast du gesprochen?", fragt sie aufgeregt.

„Mit Lara!" Ich zeige dabei auf die Puppe, die in der Ecke meines Zimmers auf dem Stuhl neben dem Spiegel sitzt.

Sie schaut entgeistert auf die Puppe. Ich sehe, wie ihre Schulter sich entspannen.

„Oh! Ok, Liebes, aber jetzt ist es Zeit ins Bett zu gehen, du hast morgen wieder Schule!", sagt sie, wieder beruhigt.

„Ja, Mama ..." Ich ziehe mich dann schnell um und klettere ins Bett.

„Hast du einen schönen Tag gehabt, mein Kleines?", fragt sie mich, während sie sich neben mir auf das Bett setzt.

„Ich bin kein Kleines mehr, ich bin jetzt zehn! Und ja, es war schön, danke!" Ich lächle sie an, sie hat heute einen guten Tag gehabt.

Sie gibt mir einen Kuss auf die Stirn und geht aus dem Zimmer. Ich warte noch etwas und schleiche mich langsam aus meinem Bett, gehe zum Schrank und greife nach meinem Tagebuch.

Auf dem Weg zurück zum Bett höre ich ein Flüstern. Ich lausche, das Flüstern wird etwas lauter.

„Wir haben wieder mal Glück gehabt, Marie!", sagt die junge Stimme.

Ich habe Angst, dass meine Mutter zurückkommt, deshalb, ganz leise, wie zu mir selbst, antworte ich Lara: „Sch ...! Wir sprechen morgen weiter!"

Ich habe eine kleine Taschenlampe in der Nachttischschublade, ich mache sie an und krieche ganz unter die Decke. Ich mache das Buch auf, das ich in den Händen halte, es ist schon fast vollgeschrieben. Ich blättere bis zum letzten Eintrag. Schreibe auf die gegenüberliegende Seite das heutige Datum, 20.06.1984, auf. Ich will anfangen zu schreiben, da spüre ich, wie Lara hinter mir in die Hocke geht und über meine Schulter schaut, was ich erzählen möchte. Ihre Präsenz tut mir gut, es macht mir Mut.

‚Liebes Tagebuch, ...'

Kapitel 23

Lisy

(Anfang Januar 2022)

Oh Gott! Meine Hände am Steuer zittern noch leicht. Ich brauche noch einen Moment, um mich zu sammeln. Bin ich völlig von Sinnen, was fällt mir ein, ihn dermaßen zu provozieren? Fast wären wir zu weit gegangen, und dann? Mein kleiner Teufel meldet sich, *dann hättest du den besten Sex seit Jahren bekommen!* Ich merke, wie die Schmetterlinge in meinem Bauch noch herumtanzen. Ich bin vollgepumpt mit Adrenalin und Endorphinen. Mein Gehirn ist noch ganz benebelt von den Eindrücken und Gefühlen.

Tatsächlich hat es mir sehr gefallen und am liebsten würde ich nochmal reingehen, um das zu Ende zu bringen, was wir angefangen haben. So gut und lebendig habe ich mich schon lange nicht mehr gefühlt. Ich schaue zu seiner Tür herüber, was denkt er gerade? Ich erinnere mich wieder, was er zu mir gesagt hat. Er liebt mich?! Wir kennen uns kaum! Einerseits freue ich mich darüber, ich fühle mich sogar sehr geschmeichelt, andererseits erschreckt es mich.

Ich habe keine Ahnung, was ich für ihn empfinde, ich weiß nur, dass die Anziehungskraft zwischen uns extrem ist, fast unerträglich. Aber Liebe? Ich bin mir nicht sicher, ob ich dieses Gefühl erwidern könnte. Vielleicht ist er wirklich nur ein Objekt meiner Begierde. Es ist so kompliziert … Je mehr ich darüber nachdenke, desto schwieriger kommt mir die Situation vor.

Ich will erstmal einfach nach Hause fahren, die Kinder warten bestimmt schon auf mich. Wir sind allein am Wochenende, da Tom mal wieder weg muss, nach Hamburg diesmal. Er meinte, es ginge um ein renommiertes Unternehmen, sie haben am Samstagabend eine Firmenfeier, zu der er mit eingeladen worden ist. Er konnte natürlich nicht absagen, vor allem, weil am Montag eben diese Leute einen Vertrag unterschreiben sollen. Warum er allerdings schon Freitag abreisen musste, bleibt offen ... Ob ich ihn jetzt noch treffe? Am liebsten wäre es mir, wenn nicht. Ich bin zu durcheinander.

Es ist jetzt schon halb fünf Uhr, ich mache mich auf den Weg und merke nicht, wie ich ankomme. Ich parke meinen Wagen in die Einfahrt, so wie es aussieht, ist Tom schon weg.

Allein schon der Gedanke, ihn zu sehen, hat mich gestresst, unglaublich! Ich atme einmal tief ein und aus, versuche, mich dabei zu beruhigen. Das Gewicht auf meiner Brust ist nun nicht mehr so drückend.

Das Erdgeschoss liegt im Dunkeln, obwohl wir schon Mitte Januar haben, sind die Tage immer noch sehr kurz, und die Nacht schreitet schnell voran. Adrian und Tim haben mich aber gehört und kommen die Treppe heruntergelaufen.

„Hallo, Mama!", empfangen sie mich.

„Hallo, na, alles klar bei euch? Ist Papa schon weg?"

Adrian antwortet: „Er ist vor einer Stunde etwa weggefahren. Wann gibt es denn zu essen?"

„Ja, was gibt es denn überhaupt?", fragt Tim noch hinterher.

„Moment, ich bin gerade hereingekommen. Worauf habt ihr denn Appetit?", frage ich, naiv wie ich bin.

„Nudeln!", antworten sie unisono und schauen mich mit einem breiten Lächeln auf den Gesichtern an. Ich kann nur grinsen, ich liebe meine Kinder! Ich freue mich, heute Abend nur Mutter zu sein und all die Probleme weit weg von mir zu schieben.

„Alles klar! Dann mache ich Spaghetti carbonara, ok?"

„Ja! Klasse, wann ist es fertig?", fragt Tim.

Ich muss lachen: „Na ja, wenn ich das allein machen muss, dauert es um die vierzig Minuten, wenn ihr aber helft, vielleicht nur zwanzig Minuten."

Sie gucken sich an und sagen dann:

„Okay, wie können wir denn helfen?"

***

Nach dem Essen gehen die Jungs wieder in ihre Zimmer. Wir haben aber ausgemacht, dass wir morgen Nachmittag zusammen ins Kino gehen. Die Jungs sollen sich das Programm im Internet anschauen und mir Bescheid geben.

Wenn es nicht zu spät wird, könnten wir dann bei McDonald noch vorbeifahren und was holen. Das habe ich ihnen aber noch nicht verraten, denn sonst wären sie ausgeflippt vor Freude. Ich will, dass es eine Überraschung bleibt, beziehungsweise sollte was dazwischenkommen, möchte ich nicht, dass sie enttäuscht werden.

Jedenfalls, es ist noch sehr früh am Abend, deshalb entscheide ich mich noch, nachdem ich alles weggeräumt habe, etwas am Computer zu arbeiten. Ich möchte meine Notizen von heute Nachmittag sortieren, zudem mir hier und da noch ein paar Sachen aufschreiben, die mir im Kopf herumschwirren. Der Nachmittag war extrem reich an Gefühlen, weshalb ich kurz innehalten möchte.

Es prasselt alles auf mich ein, Sehnsucht, Angst, Freude und Schuldgefühle. Mein Magen zieht sich zusammen und mein Herz klopft wie nach einem Langlauf.

Ich muss mich bewusst dazu zwingen langsam zu atmen, um nicht zu hyperventilieren. In dem Moment komme ich auf eine Idee, was wäre, wenn ich eine Pro- und Kontraliste mache? Alles aufzuschreiben, was mir durch den Kopf geht? Vielleicht geht es mir danach besser! Bevor ich die Idee zu Ende gedacht habe, habe ich schon Excel auf dem PC aufgerufen und kreiere eine Tabelle mit zwei Spalten.

Nach einer guten Stunde lehne ich mich zurück in meinem Stuhl und schaue mir den Bildschirm an, die Spalten vor mir sind voll. Links Tom, rechts ist Stefan. In der Tat fühle ich mich jetzt besser, ruhiger. Ich lese mir das Ganze nochmal durch und stelle zu meiner Überraschung fest, dass die Kontraseite bei Tom etwas länger als die Pro Seite ist, wobei ich sagen muss, dadurch, dass ich so lange mit ihm zusammen lebe, kenne ich alle seine Macken. Das fällt in diesem Fall bei Stefan komplett weg, da er sich nur von seiner guten Seite gezeigt hat.

Also stehe ich wieder am Anfang. Es ist auch keine Kopfsache, das merke ich schon, deshalb werde ich mit Theorie nicht weiter kommen. Es ist eine Herzensangelegenheit, und das macht es so schwierig, denn ich kann und will mich nicht für einen von beiden entscheiden müssen. Das ist es, was mir am meisten Angst macht.

Ich kriege Bauchschmerzen, wenn ich daran denke, Tom nach so vielen Jahren zu verlassen. Aber es schmerzt mich auch, wenn ich mich gegen Stefan entscheiden müsste, er hat mir in so kurzer Zeit so viel gebracht. Ich fühle mich bei ihm auch so wohl, ich möchte es nicht missen. Es bringt mich also nicht weiter. Ich muss Stefan einfach besser kennenlernen, damit ich mehr Vergleichspunkte habe und ich mich dann entscheiden kann. Denn eins ist klar, ich will und kann definitiv nicht mit beiden zusammen sein. Ich würde es mir niemals verzeihen, wenn ich Tom so dermaßen hintergehen würde. Es wäre auch für mich die Hölle, ständig Angst zu haben, dass er was mitkriegt! Nein, das ist keine Lösung. Ich bin ihm immer treu gewesen, es gab zwar hier und da mal Gelegenheiten, aber es hatte mich bis jetzt nie interessiert.

Was hat sich also geändert? Er hat sich verändert, das ist, glaube ich, der Hauptgrund, ich war bisher unserer Beziehung immer sicher, wie ein Fels in der Brandung. Aber seit ein paar Wochen wackelt es an mehreren Stellen. Das macht mich unsicher, ich verliere den Halt.

Ich analysiere meine Lage noch eine Weile, denn ich weiß, nur, wenn ich verstehe, was geschieht, komme ich irgendwann auf die Lösung. Es ist bei mir immer so gewesen, ich muss immer die Probleme analysieren, bis sich die Lösung mir offenbart. Es betrifft nicht nur mein Privatleben, sondern auch die Arbeit. Ich gehe immer gleich vor, es gibt mir auch ein Gefühl der Sicherheit.

Ich kann die Dateien vielleicht irgendwann noch brauchen, wer weiß … Ich versehe sie mit einem Passwort und schalte den Computer aus.

***

Frisch geduscht fühle ich mich etwas besser. Ich gehe nochmal kurz bei den Jungs vorbei, beide haben das Licht ausgemacht und träumen schon. Ich gehe ins Schlafzimmer, ich will nur noch schlafen und für einen Moment alles vergessen. Tom hat mir eine kurze Nachricht geschickt, dass er gut angekommen ist, seine Worte hinterlassen einen bitteren Geschmack auf meiner Zunge. Ich bin unruhig, unzufrieden und ja, etwas verzweifelt. Ich befinde mich in einer Zwickmühle, es gefällt mir überhaupt nicht!

Von Stefan habe ich heute nichts mehr gehört, ich kann ihn verstehen. Er hat mir seine Gefühle anvertraut, wenn ich daran denke, dreht sich mein Magen nervös um. Ich kann sehr gut nachvollziehen, dass er mir den Rahmen und die Zeit gibt, mich zu entscheiden ...

Nur, kann ich das? Mir schwirrt der Kopf, ich liege im Dunkeln, im Bett unter meiner kuscheligen Decke, ich kann wieder nicht einschlafen. Ich starre in die Luft, nun, da meine Augen sich an die Dunkelheit gewöhnt haben, kann ich Formen ausmachen. Ich versuche mich abzulenken, indem ich mir was Schönes ausmale, fröhliche Momente aufrufe, nur schweifen meine Gedanken immer wieder zu Stefan und Tom. Es geht hin und her. Mir wird dabei ganz schlecht, mein Magen verknotet sich, ich habe den Eindruck, auf einem Drahtseil zu laufen, eine falsche Bewegung, und ich bin verloren.

***

Als ich auf die Uhr schaue, ist es schon weit über Mitternacht. Diese Grübelei macht mich wahnsinnig, es hat einfach keinen Sinn. Ich knipse die Nachttischlampe an und setze mich ins Bett. Wäre ich bloß weiter zum Yogakurs gegangen, könnte ich vielleicht meditieren, um runterzukommen. Ich muss innerlich lachen, ich komme auf komische Ideen ... Ich stehe auf, gehe aus dem Zimmer, leise laufe ich die Stufen zum Wohnzimmer herunter. Ein Glück, dass gerade Wochenende ist, es wäre sonst eine Katastrophe, mit Schlafmangel zu arbeiten, liegt mir gar nicht, die Jahre sind vorbei, wo ich nachts feiern gegangen bin, um dann ohne Schlaf arbeiten zu gehen.

Ich gehe schnurstracks zum Sekretär, wo ich ein kleines Büchlein mit leeren Blättern heraushole. Ich bin überrascht, es in den Händen zu halten, denn ich habe gar nicht bewusst daran gedacht, aber meine Schritte haben mich dahin geführt. Es ist lange her, seit ich ein Tagebuch geführt habe. Ich liebe aber solche Bücher für Notizen, Erinnerungen, deswegen habe ich immer welche vorrätig.

Ich hole einen Stift aus der Schublade heraus, mache die Leselampe neben der Couch an und setze mich. Langsam schlage ich die erste Seite auf, das Papier zwischen meinen Fingern fühlt sich gut an, weich und rau zugleich, es ist nicht weiß, sondern beige, ich streiche darüber und fange an zu schreiben. Es ist faszinierend, meine Hand führt den Stift so schnell über das Papier, als ob sie nur darauf gewartet hätte. Es sprudelt aus mir heraus, ich kann es nicht aufhalten. Ich merke, wie mit jedem Wort eine innere Ruhe sich in mir ausbreitet.

Ich weiß nicht, wie lange ich hier sitze und meine Seele zu Papier bringe, aber als ich den Kopf wieder hebe und mir meinen Nacken massiere, ist es schon drei Uhr in der Nacht. Ich blättere die geschriebenen Seiten einmal durch. Es sind dreißig Seiten! Ich fühle mich leer, dennoch zufrieden.

Ich mache das Büchlein zu, lege es sanft auf den Tisch vor mir und kuschele mich auf die Couch, in die Decke eingewickelt denke ich kurz über das, was ich geschrieben habe, nach. In dieser Nacht habe ich so viele verwirrte Träume, die Emotionen darin sind so intensiv, dass ich mehrmals schweißgebadet aufwache. Das Morgengrau bringt keine Ruhe in mein Herz. Mein Problem besteht nach wie vor.

Kapitel 24

Stefan

(Anfang Januar 2022)

Ich fühle mich heute Morgen völlig fertig, ich habe kaum geschlafen, noch aufgewühlt von gestern Nachmittag. Ich musste richtig an mich halten, um sie nicht anzurufen oder eine Nachricht zu schicken. Es ist schlimm! Ich hätte niemals gedacht, dass ich mich in so kurzer Zeit so sehr nach jemandem sehnen würde wie bei ihr. Es erschreckt mich, meine Gefühle fahren Achterbahn von Euphorie bis hin zur gänzlichen Verzweiflung. In dieser Phase bin ich jetzt, ich habe ihr eine Art Ultimatum gestellt und stelle jetzt fest, wie dumm es von mir war. Ich wollte integer bleiben, dabei habe ich alles aufs Spiel gesetzt. Am liebsten würde ich wieder unter die Decke kriechen und mich für den Rest des Tages abmelden, nur habe ich meiner Mutter versprochen, heute zum Mittagessen zu kommen. Sie wollte auch noch ein paar Sachen mit mir besprechen.

Robert hat jemanden gefunden, die im Haushalt helfen könnte, es ist die Cousine eines Kollegen. Ich selbst kenne sie nicht, wir haben mit ihr und meiner Mutter einen Termin ausgemacht, um sie erstmal kennenzulernen. Der Termin ist auf nächste Woche Mittwoch gesetzt worden, bei meinen Eltern soll er stattfinden.

Ich stehe im Bad vor dem Spiegel und schaue mein Gesicht an. Meine Augen sind vom Schlafmangel gerötet, meine Haut ist blass. Zeit, unter die Dusche zu gehen!

***

Jetzt fühle ich mich halbwegs wach und hoffe, dass eine Tasse Kaffee mich wieder auf Trab bringen kann. Es ist schon spät, ich muss gleich los.

Mir fällt auch wieder ein, dass mein Anwalt mir eine Nachricht geschickt hatte, deshalb gehe ich meine E-Mails auf dem Handy durch, bis ich auf die besagte E-Mail stoße. Ich lese sie mir durch, so wie es aussieht, müssen wir uns alle nochmal treffen, um zu klären, was mit dem Haus passiert. Ich habe immer gedacht, Elena würde das Haus verkaufen und wir würden dann den Erlös zu fünfzig Prozent teilen, aber anscheinend wird es nicht so einfach.

Es ist in letzter Zeit so viel geschehen, ich darf gar nicht darüber nachdenken. Ich hatte auch noch keine Zeit das Ganze aufzunehmen, da alles so nah nacheinander kam. Meine Trennung von Elena, auch wenn ich sie verursacht habe, heißt es nicht, dass es mir nichts bedeutet hat. Wir waren immerhin über zwanzig Jahre zusammen, und auch wenn es nicht immer rund gelaufen ist, hatten wir auch viele schöne Momente. Nicht, dass ich bereue, was ich getan habe, nur denke ich hin und wieder schon an die Zeit zurück, wo wir glücklich waren.

Dann kam die Nachricht von meinem Vater, ich kann es bis heute immer noch nicht glauben. Das letzte Mal, als ich ihn gesehen habe, wirkte er zwar schwach, seine Stimme aber war wieder fest, energisch, er war gut gelaunt. Er hatte wohl eine gute Phase, die Ärzte hatten schon erwähnt, dass es passieren wird. Was ich aber merke, ist seine Willenskraft, er hat noch nicht aufgegeben, auch wenn er die Chemotherapie abgelehnt hat, er kämpft für sein Leben. Es tut mir weh und sticht jedes Mal in mein Herz, wenn ich ihn sehe, da ich weiß, dass seine Tage auf Erden nun gezählt sind. Ich dachte, meine Mutter würde zusammenbrechen, Robert und ich hatten schon über einen Plan gesprochen, wie wir alles organisiert bekommen, im Fall der Fälle. Deshalb sind wir beide überrascht zu sehen, mit welcher Kraft und wie viel Mut, vor allem, sie das Ganze meistert.

Das Gespräch, das wir Weihnachten mit ihr geführt haben, hat wohl Früchte getragen. Sie spricht tatsächlich auch davon, im März nach Holland an die Küste mit meinem Vater zu fahren. Die Ärzte haben auch nichts dagegen, solange mein Vater sich noch ‚gut‘ genug fühlt und sich nicht überanstrengt. Es freut mich für die beiden, dass sie sich endlich mal was gönnen, sie hätten schon viel früher damit anfangen sollen. Das ist es, was mir schwer auf dem Herzen liegt. Sie haben ihr ganzes Leben gearbeitet, haben ihr eigenes Häuschen gepflegt und behütet, haben uns großgezogen, aber niemals haben sie sich beschwert. Sie sind nie in den Urlaub gefahren, haben andere Länder besichtigt, sich was richtig gegönnt. Sie waren immer mit dem zufrieden, was sie hatten, und zwar sich. Die Liebe zwischen meinen Eltern ist nie erloschen, klar, es gab auch Male, wo es zwischen den beiden richtig gekracht hat, dennoch haben sie sich immer versöhnen können. Sie lieben sich heute wie am ersten Tag, man kann es in ihren Augen und ihren Gesten sehen. So eine Liebe ist heute selten geworden, in unserer Zeit trennt sich jeder irgendwann. Wir wissen nicht mehr, wie es ist, Kompromisse zu schließen, jeder verteidigt seine Sicht krampfhaft und lässt keine andere Meinung zu, es endet oft wie bei mir, mit einer Scheidung. Meine Scheidung ist für mich wie ein Scheitern, ich habe jahrelang an meiner Beziehung mit Elena gearbeitet, ich habe versucht, so viel Verständnis aufzubringen wie möglich, meine Eltern haben mich in dieser Hinsicht geprägt. Nur es war hier einseitig, deshalb hat es irgendwann nicht mehr funktioniert, ich wurde einfach müde.

Nun ist Lisy da. Meine Gedanken schweifen wieder zu dem gestrigen Nachmittag, als ich sie in meinen Armen gehalten und sie leidenschaftlich geküsst habe. Sie wühlt mich auf, an ihrer Seite fühle ich mich lebhaft, glücklich und voller Hoffnung. Ich kann immer noch nicht verstehen, wie es passieren konnte, sie hat mich wie ein Sturm erwischt. Sie lässt mich nicht mehr los, mein Leben kreist nur noch um sie. Wenn ich sie sehe, ist mir alles andere egal.

* * *

Elf Uhr! Ich muss los, ich komme sonst zu spät. Ich stelle die Tasse in die Spüle und mache mich auf den Weg zu meinem Elternhaus.

Die Straßen sind so gut wie leer, weshalb komme ich gut durch und pünktlich an. Während der Fahrt habe ich laut nachgedacht, was für ein Glück ich habe, einen Menschen wie Lisy getroffen zu haben. Auch wenn alles andere ein einziges Chaos ist, ist sie mein Hafen, davon bin ich überzeugt. Mein Herz sagt mir, dass sie die Richtige für mich ist. Deswegen hatte ich keine Angst, gestern ihr zu sagen, was ich empfinde. Sie braucht Zeit, das ist mir klar. Ich will sie nicht brüskieren, nur überzeugen, dass ich der Richtige für sie bin!

***

Seit Weihnachten versuche ich so oft es geht meine Eltern zu besuchen, ich will so viel nachholen, wie es nun geht. Jedes Mal jedoch habe ich ein mulmiges Gefühl, wenn ich ankomme, da ich nie weiß, wie ich meinen Vater vorfinden werde. Ich lasse langsam die Luft aus meinen Lungen heraus und steige aus dem Auto, setze ein Lächeln auf mein Gesicht und versuche, meine Sorgen zu ignorieren. Los geht's!

***

Ich bin jetzt zurück in meinen vier Wänden … Mein Vater hatte heute keinen guten Tag. Ihn so zu erleben lässt mein Herz bluten. Zu wissen, dass nichts helfen kann, um sein Leid zu lindern, ist unerträglich. Ich fühle mich machtlos. Ich konnte es mir nicht länger antun, deshalb habe ich unter einem Vorwand das Haus nach dem Mittagessen verlassen. Ich werde nun von Schuldgefühlen geplagt, ich habe meine Mutter mit ihren Problemen und mit meinem Vater allein gelassen. Ich weiß, dass sie Verständnis dafür hat, deshalb würde sie mich nie zwingen zu bleiben oder überhaupt zu kommen, trotzdem wir sind ihre Söhne und sollten sie unterstützen. Wie macht sie das? Jeden Tag aufzustehen, in dem Wissen, dass heute vielleicht der letzte Tag sein könnte. Tag für Tag weiterzumachen, immer präsent, gut gelaunt und hilfsbereit zu sein!

Wir haben am Tisch noch schnell die Punkte klären können, die meine Mutter noch hatte. Dem Termin am Mittwoch steht somit nichts mehr im Weg. Ich habe ihr versprochen, auch dabei zu sein, ich möchte sowieso die Person, die sich demnächst um den Haushalt kümmern soll, kennenlernen.

Ich bin noch auf der Rückfahrt einkaufen gegangen und entscheide nun spontan einen Freund anzurufen, vielleicht können wir uns heute Abend treffen. Ich brauche etwas Abwechslung und Jeff ist genau der Richtige dafür. Er hat mir meine Wohnung besorgt, er ist ein klasse Typ, wir kennen uns schon seit der Uni, wo wir beide unser Jurastudium angefangen haben, nur, dass er vorher aufgehört und sich für eine Karriere in der Immobilienbranche entschieden hat, mit Erfolg, wie man heute sehen kann. Auch wenn wir uns nicht mehr so oft gesehen haben, ist der Kontakt geblieben. Ich wähle seine Nummer und warte, dass er abnimmt. Es klingelt ein paar Mal.

„Morani!", sagt er förmlich.

Sofort hebt sich meine Laune!

„Hi, Jeff! Stefan hier. Störe ich dich gerade?"

Es ist laut bei ihm im Hintergrund, weshalb ich etwas schreien muss.

„He, Stefan, nein, kein Ding. Ich bin gerade im Einkaufszentrum. Es ist so voll hier und das trotz Corona! Verrückt. Wie geht es dir? Was macht die Wohnung?", fragt er gutgelaunt.

„Ich kann dich später nochmal anrufen, wenn es dir besser passt?!", rufe ich in das Telefon.

„Heute Abend bin ich auf einer Party, deshalb muss ich noch was besorgen. Melanie hat Geburtstag! Du weißt schon?!"

„Melanie? Du meinst doch nicht die Melanie aus unserem Semester?", frage ich ungläubig.

„Ja, genau sie meine ich, du kannst dich noch an sie erinnern?"

„Und ob! Wie kommt es, dass du noch Kontakt mit ihr hast, du warst nur ein paar Monate dabei?!"

„Na ja, wir haben den Kontakt behalten und ..."

Ich merke, wie er gerade herumeiert.

„Erzähl!", sage ich.

Ich kann mir schon denken, was kommt, er war scharf auf sie … Er räuspert sich.

„Wir waren mal eine Zeit lang zusammen."

Habe ich es doch geahnt, trotzdem trifft es mich, dass er es mir nicht vorher mitgeteilt hat.

„Oha! Warum hast du es mir nie gesagt, wir haben uns zwar hin und wieder aus den Augen verloren, aber so eine Geschichte hättest du mir erzählen können!"

„Es war schwierig und ich bin nicht stolz darauf. Es ist lange her, ich war jung und habe es vermasselt."

Das Bedauern in seiner Stimme ist nicht zu überhören, es macht mich neugierig.

„Da will ich aber mehr wissen, Kumpel! So schlimm scheint es auch nicht gewesen zu sein, wenn sie dich heute noch zu ihrem Geburtstag einlädt!"

„Ja, mittlerweile haben wir uns ausgesprochen. Wir haben eine gute freundschaftliche Basis erschaffen. Aber hör mal, komm doch mit heute Abend, sie wird sich bestimmt freuen, dich wieder zu sehen."

Es kommt so unerwartet. Ich weiß gar nicht, ob sie sich an mich erinnern wird, denn auch wenn wir zusammen das Examen abgeschlossen haben, nachdem Jeff weg war, war es nicht mehr das Gleiche. Wir sind uns dann kaum noch über den Weg gelaufen und soweit ich weiß, hat sie ein ganz anderes Fachgebiet genommen als ich. Ich vertrete Unternehmen. Sie hat sich mehr in die soziale Schiene begeben.

„Ich weiß nicht, Jeff, wir haben uns seit der Uni nicht mehr gesehen …", sage ich unsicher.

„Papperlapapp! Ich hole dich heute Abend um neunzehn Uhr ab." Er legt auf.

Ich schaue auf mein Telefon, aber da tut sich nichts mehr. Ok, dann bin ich heute Abend auf einer Party! Es macht mich etwas nervös, ich war schon lange nicht mehr aus, unter Menschen, nicht nur wegen Corona, ich hatte einfach keine Zeit und … keine Lust. Ich habe aber nichts, was ich mitbringen kann, stelle ich mit Horror fest! Vielleicht kann ich nochmal los, einen Strauß

Blumen holen oder eine Flasche Wein? Oh Gott, ich bin schon überfordert! Um solche Sachen habe ich mich nie gekümmert, das hat immer Elena erledigt. Auf jeden Fall ist mein Abend gerettet, ich werde kein Trübsal blasen und das ist gut so.

Kapitel 25

Lisy

(Anfang März 2022)

Sechs Wochen sind vergangen, seitdem ich zum ersten Mal seit Jahrzehnten in mein Tagebuch geschrieben habe, ich bewahre es immer bei mir auf, in meiner Handtasche, im Fach an der Seite. Tom ist nie an meine Handtasche gegangen, deshalb denke ich, ist es der beste Ort dafür.

Mittlerweile haben wir März, die Tage werden immer länger, das Wetter ist nicht mehr so rau, die Temperaturen werden etwas milder.

Ich liebe den Frühling, wenn alles nach dem Winter wieder zum Leben erwacht, das Licht der Sonne intensiver wird und die Strahlen meine Haut wärmen. Nächste Woche haben Tom und ich unseren fünfundzwanzigsten Hochzeitstag, es macht mich nachdenklich, denn in letzter Zeit war Tom sehr beschäftigt, wir haben kaum Zeit füreinander gehabt. Wir haben nicht mal überlegt, was wir an diesem besonderen Tag machen möchten. Ich erinnere mich, dass wir uns für unseren zwanzigsten Hochzeitstag ein Wellnesswochenende gegönnt haben, fantastische drei Tage in einem Vier-Sterne-Hotel in Österreich. Es war über Pfingsten und die Kinder hatten vier Tage frei, die sie bei Toms Eltern verbracht haben. Somit konnten wir schon Donnerstag in der Früh fliegen. Jetzt hat sich die Situation geändert, innerhalb von fünf Jahren hat sich so viel verändert, irgendwo dazwischen haben wir uns verloren und finden irgendwie nicht mehr zueinander. Deshalb weiß ich nicht, ob wir überhaupt feiern werden, geschweige denn eine Reise planen. Ich kann mich nur erinnern, dass er irgendwann im Dezember gesagt hatte, dass er ein Geschenk für mich, zu diesem besonderen Anlass, besorgt hatte. Es war sogar ein heftiger Streit gewesen, da ich ihm vorgeworfen hatte, mich anzulügen.

Jedenfalls habe ich kein gutes Gefühl, unser Zusammensein ist schwierig geworden. Ich habe aufgehört, ihm Vorwürfe zu machen, dass er zu spät nach Hause kommt oder dass er mir zu wenig Aufmerksamkeit schenkt.

Ich habe irgendwie aufgegeben, etwas kitten zu wollen, was anscheinend nicht mehr da ist. Er lebt sein Leben, ich lebe meins. Ich weiß, dass es so nicht weitergehen kann, denn es zermürbt mich jeden Tag etwas mehr. Ich war immer gut gelaunt und fröhlich, jetzt bin ich ein Schatten meiner selbst und kann mich nicht mehr ausstehen.

Emilie ist sehr mitfühlend, sie hat immer ein offenes Ohr für mich parat. Ich will sie aber nicht ständig mit meinen Problemen behelligen. Es wäre nicht richtig. Sie hat ihr Leben, wird bald heiraten, darum sollte sie sich kümmern, und nicht um mich!

Zudem habe ich Angst, laut auszusprechen, was so offensichtlich ist. Deshalb akzeptiere ich die jetzige Situation, da sie, denke ich, immer noch besser zu ertragen ist, als uns zu trennen. Schon allein der Gedanke lässt mich erzittern. Ich fürchte mich davor, ich habe so viel Energie in diese Beziehung investiert, so viel gekämpft! Denn es war am Anfang nicht einfach, meine Eltern mochten Tom nicht besonders, er war jung, zwar älter als ich, aber immer noch sehr unreif und ziemlich frivol. Ich habe ihn sofort geliebt, ich wusste, er wird der Vater meiner Kinder werden. Seine Affären waren mir egal, ich war immer an seiner Seite, die Konstante in seinem Leben und wollte es bleiben. Als ich nicht mehr daran geglaubt habe, hat er um meine Hand angehalten, mein Traum wurde wahr.

Ich habe ihm ein Ultimatum gestellt, ich heirate ihn, er musste mir aber versprechen, immer ehrlich und treu zu bleiben. Ich weiß noch, dass ich ihm Zeit gegeben habe, damit er es sich gut überlegt, dies war die schlimmste Zeit meines Lebens, da ich gefürchtet hatte, er würde seinen Antrag widerrufen.

Er kam jedoch ein paar Tage später mit dem schönsten Blumenstrauß, den ich je gesehen habe und einem Ring, den ich heute noch trage. Er fiel vor mir auf die Knie und machte seinen Antrag offiziell. Meine Eltern waren damals geschockt gewesen, aber im Nachhinein haben sie ihn schätzen und lieben gelernt.

Jedenfalls bin ich mal gespannt, was mich nächste Woche erwartet. Ich muss ehrlich sagen, ich habe ihm noch nichts gekauft, ich bin nicht wirklich dazu gekommen, und wollte es am Wochenende nachholen, morgen ist Samstag, ich gehe immer samstags für die Woche einkaufen, also wird er keinen Verdacht schöpfen, wenn ich für ein paar Stunden mal weg bin. Ich habe schon eine Idee, bin mir aber nicht sicher, ob ich so schnell finde, was mir vorschwebt.

Ich entscheide spontan, heute etwas früher Feierabend zu machen. Als ich meinen Schreibtisch aufräume, sehe ich die Mappe für Stefans Wohnung. Ich bin schon seit ein paar Tagen damit fertig, konnte mich aber noch nicht dazu bringen, einen Termin mit ihm auszumachen.

Mir ist es klar, dass es unfair ihm gegenüber ist, weshalb ich ihn jetzt anrufe. Nach einmal klingeln hebt er ab, ich höre seine Stimme so nah, als ob er direkt vor mir stehen würde.

„Van der Falk!" Oh, so förmlich, mein Hals schnürt sich zu.

„Hallo, Stefan! Ich bin es, Lisy." Schaffe ich noch zu sagen, obwohl mir die Luft, wegen des Kloßes im Hals, wegbleibt.

„Hallo, Lisy, wie geht es dir?" Seine Stimme ist jetzt weicher und ich schöpfe wieder Hoffnung.

„Ich hoffe, ich störe dich nicht, ich wollte nur einen Termin mit dir ausmachen, ich bin mit der Planung deiner Wohnung fertig."

Einen Augenblick lang höre ich am anderen Ende nichts mehr.

„Schön, dass du anrufst, gern können wir uns nächste Woche treffen, ich könnte Dienstagabend, so gegen siebzehn Uhr?", schlägt er vor.

Rasch schaue ich in meinen Kalender, es würde passen, ich bin etwas durcheinander, ich habe nicht erwartet, dass er so distanziert ist, meine Finger zittern leicht. Ich räuspere mich.

„Es passt wunderbar! Stefan ... ich ..."

„Tut mir leid, Lisy, aber ich muss weiter, wir sehen uns dann am Dienstag. Ich wünsche dir ein schönes Wochenende, tschüss!" Er legt auf ...!

Ich bin verblüfft, was ist los? Warum ist er so abweisend? Ich brauche nur kurz zu überlegen, denn wenn ich ehrlich bin, kann ich mir schon vorstellen, warum er so kühl reagiert hat. Es sind fast zwei Monate vergangen, seitdem er mir sein Herz ausgeschüttet hat, und ich habe ihn nicht einmal angerufen geschweige denn eine Nachricht geschickt!

Mist! Wie konnte ich so gefühllos sein? Ich war so mit meinen Problemen beschäftigt, dass ich alles um mich herum vergessen habe. Er muss denken, ich habe mit ihm gespielt, ihn veräppelt, auf seinen Gefühlen getrampelt. Was für ein Mensch bin ich?! Ich verabscheue mich gerade, wie kann ich es wieder gut machen?

Ich habe Glück, dass er überhaupt noch mit mir spricht. Als ich angerufen habe, hat er sich vielleicht sogar Hoffnung gemacht.

Oh Gott! Ich bin so unsensibel! Soll ich ihn jetzt nochmal anrufen? Nein, das ist unmöglich, wie sieht das dann aus? Ich kann ihm aber eine Nachricht schicken, so habe ich Zeit, die richtigen Worte zu finden, und muss nicht babbeln, weil ich jedes Mal so nervös bin, wenn ich mit ihm telefonieren muss. Er hat diese Wirkung auf mich, wenn ich seine Stimme höre, tanzen die Schmetterlinge in meinem Bauch, meine Hände werden feucht und ich kann kaum atmen. Eigentlich absurd, in meinem Alter, aber ich glaube, dafür ist man nie zu alt, oder?

Ich zücke mein Telefon, das ich in die Hosentasche geschoben hatte und rufe WhatsApp auf. In dem Moment höre ich die Eingangstür aufgehen. Schnell schiebe ich das Telefon wieder weg und gehe zur Tür.

Kapitel 26

Stefan

(Anfang März 2022)

Lisy! Als ich ihren Namen auf dem Display des Telefons gesehen habe, war ich kurz davor, in Jubel auszubrechen, endlich ruft sie mich an! Sie hat mich aber so lange zappeln lassen, ich wollte ihr nicht die Genugtuung geben, auf sie gewartet zu haben. Dabei habe ich sofort an ihrer Stimme bemerkt, dass ich sie etwas verwirrt habe.

Ihre Stimme zu hören, brachte mich zum Schmelzen, ich hatte solche Sehnsucht nach ihr, diese letzten Wochen waren die längsten meines Lebens.

Als sie aber dann sagte, sie wollte nur einen Termin wegen der Wohnung ausmachen, war die Enttäuschung bei mir groß, ich hätte ihr so viel Rücksichtslosigkeit nicht zugetraut. Das Warten, die Sehnsucht, meine Liebe für sie, es war auf einmal zu viel. Ich muss mich jetzt beruhigen.

Es wäre besser, sie ein für alle Mal zu vergessen. Anscheinend hat sie sich entschieden, ich finde es nicht fair, wie sie mit mir umgeht, ich bin immer ehrlich zu ihr gewesen. Ich habe mir in letzter Zeit zu viele Vorwürfe gemacht, da ich dachte, sie mit meinem Überfluss an Gefühlen vertrieben zu haben. Anscheinend hat sie nicht mal darüber nachgedacht.

Besser wäre es, wenn ich sie nicht mehr sehen würde, aber ich habe es nicht übers Herz gebracht, ihr abzusagen. Jetzt bin ich mir nicht mehr sicher, ob es eine gute Idee war. Wir laufen in eine Sackgasse.

Ich habe nicht gelogen, als ich sagte, ich hätte zu tun, auch wenn, zugegebenermaßen, mein Ziel mehr war, sie zu unterbrechen. Ich hatte Angst, sie würde mir aus Mitleid irgendwelche Floskeln an den Kopf werfen, die ich im Moment absolut nicht gebrauchen kann. Deshalb war es mir plötzlich wichtig, das Telefonat schnell zu beenden.

Ich muss mich jetzt tatsächlich auf diesen Fall, der vor mir liegt, konzentrieren. Am Montag ist die Verhandlung. Ich wollte mein Plädoyer noch einmal durchgehen. Marcel hat mir ein paar Tipps gegeben, wo ich noch ansetzen könnte, um meinen Beweisen noch mehr Kraft zu verleihen. Dieser Termin ist sehr wichtig für mich, für meine Karriere, es könnte den Durchbruch bedeuten, da es sich um eine sehr bedeutungsvolle Firma handelt, die ich vertrete. Sie sind per Mundpropaganda auf mich aufmerksam geworden. Ich habe in den letzten Wochen, Monaten sogar, alles gegeben, wir haben gute Chancen zu gewinnen. Deshalb möchte ich mich nicht auf der Zielgeraden ablenken lassen.

Als ich mich wieder an den Schreibtisch setze und die erste Seite aufschlage, klopft es an der Tür. Genervt schlage ich die Mappe wieder zu.

„Herein!", sage ich etwas lauter. Meine Sekretärin, Nina, steckt ihren Kopf hinein und sieht mich verlegen an.

„Nina, was ist, ich bin beschäftigt!" Sie kommt ins Zimmer und macht die Tür hinter sich zu.

„Herr van der Falk …"

Sie räuspert sich, hier scheint irgendetwas nicht in Ordnung zu sein, denn sie war noch nie so nervös. Ich gucke sie entgeistert an.

„Ihre Frau … Verzeihung, Ex-Frau, ist hier." Sie senkt die Augen zu Boden.

Ich stehe abrupt auf und stoße dabei meinen Stuhl an, der an die Wand hinter mir knallt.

„Was soll das heißen, sie ist hier!" Ich bin schockiert.

Was will sie hier, wir hatten vor zwei Wochen gemeinsam mit unseren Anwälten einen Termin, der in einem Fiasko geendet ist. Mein Anwalt riet mir, nicht mehr persönlich mit ihr zu sprechen, sondern nur noch über ihn.

„Sie wartet draußen vor der Tür … soll ich …" In dem Moment geht die Tür in einem Schwung auf und sie kommt herein. Perfekt gestylt, bis ins kleinste Detail, sie ist immer schön anzuschauen! Ihr Blick ruht dunkel auf mir, sie mustert mich von oben herab.

„Stefan! Was dauert denn so lange?" Sie schaut dabei missbilligend auf meine Sekretärin herunter, diese macht sich ganz klein und verschwindet durch die noch offene Tür. „Ich muss mit dir sprechen." Sie blickt mich dabei direkt an.

„Elena! Man muss es dir lassen, dein Auftritt ist bühnenreif, wie immer!", sage ich zynisch.

„Sei nicht so sarkastisch, Stefan, das steht dir nicht!", sagt sie schnippisch. „Ich habe einen Brief von deinem Anwalt bekommen, deshalb bin ich hier. Es muss irgendeinen Weg geben, uns einig zu werden, findest du nicht?", fragt sie nun unverschämt freundlich.

Ich weiß, worum es geht, sie will das Haus jetzt unbedingt behalten, dafür müsste sie mir aber die Hälfte des ermittelten Wertes zahlen. Das Haus wurde auf eineinhalb Millionen geschätzt. So viel Geld hat sie nicht, deshalb versucht sie, den Preis zu drücken, indem sie vorgibt, irgendwelche Sanierungsmaßnahmen vornehmen zu müssen. Die Experten sagen aber, dass mit dem Haus alles in Ordnung sei, alles andere wären Verschönerungsaktionen, also für unseren Fall nicht relevant. Das muss sie wütend gemacht haben.

„Das tut mir leid, Elena, aber ich kann dir nicht helfen. Wenn du Fragen hast, kann dein Anwalt jeder Zeit mit meinem Kontakt aufnehmen. Ich habe dir nichts mehr zu sagen, wenn du mich entschuldigen würdest, ich habe zu tun", sage ich sachlich.

Sie guckt mich so böse an, dass ich einen Augenblick lang denke, sie könnte mir jetzt an die Gurgel gehen. Sie behält aber Contenance.

„Du wirst es bitter bereuen, Stefan, Armleuchter!" Sie macht auf dem Absatz kehrt und geht durch die Tür, nicht ohne diese noch zu zuzuknallen.

Ich muss mich erstmal setzen, sie macht mich fertig, wie konnte ich sie lieben und mit ihr zusammen über so viele Jahre leben. Ein leichtes Klopfen an der Tür lässt mich kurz zusammenzucken, meine Güte, kriegt man heute keine Ruhe hier?!

Ich laufe zur Tür und mache diese sperrangelweit auf, Nina steht davor und schaut mich erschrocken an.

„Nina?"

„Herr van der Falk, es tut mir leid, das mit Ihrer Frau, ich wusste nicht … ich meine, ich dachte nicht …", stottert sie.

„Schon gut, machen Sie sich keine Sorgen, aber jetzt brauche ich meine Ruhe, bitte lassen Sie keinen mehr durch und auch keine Telefonate. Danke."

Ich lasse die Tür wieder ins Schloss fallen und gehe zu meinem Schreibtisch, auf dem die Mappe liegt, die ich heute noch bearbeiten muss. Es wird ein langer Abend werden …

***

Endlich bin ich wieder zu Hause, es ist spät in der Nacht. Ich bin erledigt, die Fahrt bis hierhin war sehr schleppend, da mir ständig die Augen zufielen. Ich war sogar kurz davor, anzuhalten, um etwas zu schlafen.

Ich hatte mir etwas zum Essen in die Firma liefern lassen, weshalb ich jetzt nur noch unter die Dusche gehe und dann ins Bett, ich freue mich darauf, für morgen nichts geplant zu haben, ich kann also ausschlafen!

Meine Gedanken schweifen noch um den Fall, den ich nun so gut kenne, dass ich mein Plädoyer auswendig vorführen kann, dann zu Elena, die sich mal wieder aufgeführt hat wie eine Furie. Ich muss kurz lachen, als ich mich erinnere, wie sie in mein Büro hereingestürmt ist.

Letztendlich kommt Lisy, mein Herz tut weh, wenn ich an sie denke, ich fühle mich von ihr verstoßen. Ich würde sie gern verstehen, am liebsten in ihrem schönen Kopf schauen. Warum hat sie so reagiert? Meine Gedanken benebeln sich, kurze Zeit später falle ich in einen unruhigen Schlaf, wo sich alles miteinander vermischt.

Kapitel 27

Lisy

(März 2022)

Tom kommt gerade nach Hause, ich wundere mich, ihn so früh zu sehen. Er sieht müde aus und genervt, ich kann die Schatten in seinem Gesicht sehen.

„Hallo, Tom!", sage ich und gehe zu ihm, um ihn zu empfangen.

„Hallo, Lisy!" Er schaut mich komisch an, ich kann es gerade nicht definieren.

Er geht an mir vorbei, um seine Sachen abzulegen und seine Schuhe auszuziehen.

„Sind die Jungs schon zu Hause?", fragt er.

„Ja, sie sind in ihren Zimmern. Alles okay bei dir?", traue ich mich zu fragen, obwohl es offensichtlich ist, dass nicht alles in Ordnung ist.

„Ich bin müde und habe Hunger", antwortet er nur. „Musst du hier stehen bleiben, Lisy?", blafft er mich plötzlich an.

„Bitte?!", sage ich empört. „Ich wohne hier!", antworte ich schnippisch.

Er atmet hörbar aus: „Das meine ich nicht, aber ich fühle mich gerade von dir beengt ... Ich gehe jetzt duschen!" Kurz vor der Treppe dreht er sich um „Wann gibt es zu essen?"

Ich bin immer noch verblüfft davon, wie er mich angefahren hat, weswegen ich gerade nicht antworten kann.

„Lisy?", ruft er noch mal, ungeduldig.

Ich werde richtig wütend, ich komme mit seiner Art nicht mehr zurecht, er ist einfach unverschämt!

„Ich finde es unmöglich, wie du mit mir umgehst, Tom! Ich bin nicht dein Dienstmädchen! Ich bin auch gerade mit der Arbeit fertig geworden, wenn du Hunger hast, dann mach dir selbst was!", antworte ich genervt und gehe aus seinem Blickfeld.

Was ist ihm über die Leber gelaufen? Kaum zu Hause, fängt er an, auf mich loszugehen? Es geht so nicht weiter, ich bin es leid, dass wir uns mittlerweile fast täglich streiten.

Einige Zeit später kommt er wieder herunter, frisch geduscht, die Haare sind noch nass, er hat abgenommen, stelle ich fest, und sieht sehr gut in seinem Sportshirt aus.

Meine Wut verfliegt etwas, ich hoffe auf einen harmonischen Abend zu viert. Er sieht mich an und scheint irgendetwas abzuwägen, ich kann es in seinem Blick erkennen, dass er was sagen will, dennoch entscheidet er sich dagegen.

Stattdessen geht er zum Schrank und holt sich eine Tasse. Am Kaffee-Automat zieht er sich seinen üblichen Cappuccino. Erst dann dreht er sich zu mir.

„Es tut mir leid!", sagt er nur und sieht mich dabei schuldbewusst an.

„Tom ...", sage ich vorsichtig, er hebt seine Augen. „Ich würde gern verstehen, was in dir vorgeht."

„Was meinst du damit?" Seine Stimme ist wieder einen Tick lauter geworden.

Er fühlt sich anscheinend von mir bedroht, aber warum?

„Es ist nicht böse gemeint, du musst mich nicht direkt anspringen. Nur, du musst zugeben, dass wir in letzter Zeit nicht mehr miteinander kommunizieren können, weshalb ich verstehen möchte, was los ist?!"

Ich sehe es ihm an, wie er sich innerlich windet und wendet, irgendetwas ist da.

„Warum glaubst du, dass ich es bin, der unsere Beziehung kaputt macht? Zudem passieren solche Phasen in jeder Ehe mal, da muss man nicht sofort alles hinterfragen!"

„Nun ja, ich finde schon, dass wir darüber sprechen sollten, denn meiner Meinung nach wird es nicht besser. Ich habe nie gesagt, dass du unsere Ehe kaputt machst, ich will nur, ich will ... Ja, dass wir wie früher sind, zusammen lachen, miteinander sprechen und das alles."

„Lisy, nicht jetzt, ich bin zu kaputt dafür. Ich arbeite viel im Moment, wie du weißt, damit wir uns den Urlaub gönnen können, und das alles."

Er macht dabei eine umfangreiche Handbewegung. Ich finde es nicht fair.

„Ich trage auch dazu bei, du bist nicht allein! Soweit ich weiß, haben wir keine finanziellen Probleme, oder habe ich was verpasst?", frage ich jetzt etwas unsicher.

Ist es das, was ihn so beunruhigt?

„Ich weiß, dass du auch arbeitest, das wollte ich damit nicht sagen, und nein, wir haben keine Probleme, nur wird das Haus nicht jünger und hier und da müssen Sachen renoviert beziehungsweise verbessert werden. Im Haus ist immer was zu tun, das weißt du!"

Worum geht es hier überhaupt? Wir sprechen jetzt über Sachen, die eigentlich bisher nie ein Problem waren. Ich habe den Eindruck, er lenkt vom eigentlichen Thema ab!

„Ich verstehe es nicht! Wenn es das ist, was dich so beschäftigt, dann hättest du schon längst mit mir darüber reden können?!" Ich gucke ihn ungläubig an.

„Was soll denn sonst noch sein? Zudem fand ich das nicht so wichtig, um es anzusprechen. Bitte lass uns jetzt das Essen vorbereiten, ich habe einen Mordshunger!" Für ihn ist das Thema erledigt, ich kann es nicht fassen.

Er verschweigt mir doch irgendetwas!

Ich erwidere nichts, ich habe viel zu viele Fragen im Kopf, die ich loswerden möchte, und habe keine Lust mehr, jedes Mal vertröstet zu werden. Zumindest hat er sich diesmal etwas geöffnet, aber nach wie vor denke ich, dass es mehr zu klären gibt, als er es vorgibt.

Ich hole Töpfe und Pfanne aus dem Schrank heraus, schaue dann in den Kühlschrank, was ich für das Abendessen verwenden könnte, es ist leider nicht viel da. Nachdem ich alle Zutaten zusammen habe, fange ich an zu schnibbeln. Tom ist immer noch in der Küche, mit seiner leeren Tasse in der Hand.

„Soll ich den Tisch decken?", fragt er dann.

„Ja."

„Wie lange braucht das Essen noch?"

„Eine halbe Stunde."

„Ok." Leise geht er aus der Küche.

Das Abendessen verläuft dank der Kinder einigermaßen harmonisch, obwohl sehr schweigsam seitens Tom. Sie erzählen uns ihre Woche und was sie am Wochenende vorhaben. Danach helfen sie mir, den Tisch abzudecken und das Geschirr in die Spülmaschine zu räumen. Tom ist im Wohnzimmer, wo er es sich auf der Couch gemütlich gemacht hat, der Fernseher ist eingeschaltet. Ich sehne mich danach, zu ihm zu gehen, mich bei ihm einzukuscheln und wie früher zusammen verschlungen den Abend zu genießen.

Nur, die Zeiten sind irgendwie vorbei. Ich weiß schon jetzt, dass er mich nicht an sich herankommen lassen wird, und ich habe im Moment keine Kraft mehr für eine neue Abfuhr. Deswegen schiebe ich diese Wunschgedanken beiseite.

„Ich gehe jetzt nach oben, gute Nacht, Tom", verabschiede ich mich kurz.

Er dreht sein Gesicht langsam zu mir, schaut mich wieder mit einem seltsamen Ausdruck in den Augen an, ich warte auf irgendeine Antwort von ihm.

„Gute Nacht, Lisy."

Er wendet sich wieder dem Fernseher zu und nimmt nicht mehr Notiz von mir.

Ich stoße langsam die Luft, die ich, wie mir scheint, die ganze Zeit angehalten hatte, aus. Eine tiefe Traurigkeit legt sich um meine Seele, als ich die Stufen nach oben gehe.

Ich fühle mich auf einmal sehr einsam. Im Bad freue ich mich auf eine warme Dusche, als ich meine Hose ausziehe, fällt mein Handy zu Boden und mir fällt wieder ein, dass ich Stefan eine Nachricht schreiben wollte. Ich lege das Handy auf die kleine Kommode neben dem Waschbecken, erstmal duschen. Ich schlüpfe unter die Dusche, lasse das warme Wasser an meinem Körper entlang laufen, ich schließe die Augen und bleibe eine Weile so stehen. Meine Schultern fangen an sich zu entspannen, ich mache mit dem Kopf nach rechts und nach links Kreisbewegungen.

Ich nehme mir vor, bald mit dem Yoga wieder anzufangen. Es hat mir immer so gutgetan. Ich weiß eigentlich nicht mehr, warum ich aufgehört habe. Ach ja, wegen Corona und wegen der Familie. Ich war früher mindestens zwei Mal pro Woche beim Kurs, in unserem Sportcenter in der Nähe. Dann habe ich auf nur noch ein Mal pro Woche reduziert, damit ich für die Kinder da bin. Als Corona kam, habe ich dann komplett aufgehört, es ist jetzt zwei Jahre her. Es fehlt mir richtig. Die Coronalage hat sich durch die Impfungen etwas entspannt und die Kurse haben wieder angefangen. Die Kinder sind älter geworden, sie kommen mittlerweile ohne mich klar. Es steht also nichts mehr im Wege.

Ich habe mich abgetrocknet, meinen Schlafanzug angezogen, entspannter laufe ich ins Schlafzimmer. Die Vorhänge und Rollos sind noch auf, ich stelle mich vor das Fenster und schaue in die Nacht, von hier aus sehe ich die rechte Seite des Hauses. Unser Garten liegt im Dunkeln, ich kann aber die Werkzeughütte erahnen, da die Spitze des Daches, wegen des Lichts der Straßenlaternen, aufblitzt. Auf der Straßenseite ist alles ruhig, kein Verkehr. Die Nachbarn scheinen zu Hause zu sein, ich sehe blaues Licht flackern, weshalb ich mir ausmale, dass sie vor dem Fernseher sitzen. Die Nachbarin von gegenüber geht gerade mit einer Mülltüte in der Hand aus dem Haus, sie wirft sie dann in den Container vor ihrer Garage. Sie sind in unserem Alter etwa, ihr Mann ist oft unterwegs, Versicherungsvertreter, glaube ich mich zu erinnern. Wir sehen ihn kaum, sie allerdings scheint immer da zu sein. Sie haben zwei große Kinder, ich würde sagen um die achtzehn Jahre alt. Komischerweise haben wir nie mit ihnen angeknüpft. Außer den üblichen Floskeln haben wir nie wirklich versucht, mit ihnen eine Freundschaft aufzubauen. Ich finde es auf einmal sehr schade, gute Nachbarschaft ist wichtig, und direkt in der Nähe Freunde zu haben ebenso. Ich fühle gerade, wie mir Tränen über die Wangen kullern.

Ich wende mich vom Fenster ab und wische die Tränen mit dem Handrücken weg. Ich schlage meine Seite des Bettes auf und setze mich auf die Kante. Ich habe immer mehr den Eindruck, in einer Sackgasse zu stecken. Ich habe keine Lösung für meine Lage, ich weiß nicht, was ich tun soll.

Das Handy liegt neben mir auf dem Nachttisch, ich nehme es in die Hände. Die letzte benutzte Seite geht auf, WhatsApp, Chat: Stefan!

Zumindest hier kann ich versuchen, es wieder gut zu machen. ‚Lieber Stefan, ich fand es schön heute, deine Stimme zu hören. Es tut mir sehr leid, dass ich mich erst jetzt bei dir gemeldet habe, erst nach unserem Gespräch ist mir bewusst geworden, dass wir seit beinahe acht Wochen nichts mehr voneinander gehört hatten. Ich weiß, dass du mir Zeit geben wolltest, damit ich mich entscheide, und es tut mir leid, dass ich dich so lange habe zappeln lassen. Es ist nicht so, dass du mir nichts bedeutest oder dass deine Gefühle mir egal sind, im Gegenteil! Nur, alles macht mir im Moment Angst, mein Leben gleicht einem Kartenhaus, was kurz davor ist, zu stürzen, und ich mittendrin, versuche es, so gut es geht, wieder aufzubauen. Ich kann mich momentan nicht entscheiden, ich bin dir nicht böse, wenn du nichts mehr mit mir zu tun haben möchtest. Ich kann verstehen, dass du von mir enttäuscht, vielleicht sogar auf mich sauer bist. Ich habe keine Lösung. Ich weiß absolut nicht, was ich will, nur eins, ich will dir nicht wehtun oder dich hinhalten.‘ Es ist schwer für mich, diese paar Zeilen zu schreiben. Es wühlt mich auf, ich bin mittlerweile ein reines Nervenbündel! Ich überlege, ob es reicht. Kann ich ihm das so schicken? Ich entscheide aber, dass es an der Zeit ist, ihm mein Herz auszuschütten, zumindest einen Teil von meinem Inneren preiszugeben.

„Was ich machen kann, ist, zu versuchen dir zu beschreiben, wie es mir ergeht, wenn ich bei dir bin. Du bist ein wundervoller Mensch, Stefan, ich schätze dich sehr. In deiner Nähe fühle ich mich wie ein Teenager. Du machst mich einfach nervös, ich bekomme Schmetterlinge im Bauch, mir bleibt die Luft weg, sobald ich deine Stimme höre, und wenn ich dich sehe, wird mir ganz warm ums Herz! Das alles spüre ich. Nur, ich kann dir nicht sagen, ob es sich dabei um Liebe handelt, dafür kennen wir uns meiner Meinung nach viel zu wenig. Du machst was mit mir, es verunsichert mich, da ich sowas bisher noch nie empfunden habe, außer vielleicht für meinen Mann irgendwann. Zu gern würde ich der Sache auf den Grund gehen, es ist nur so, dass ich mich vor der Wahrheit fürchte, daher mein Zögern. Es steht so viel auf dem Spiel! Ich hoffe, du verstehst mich. Deine Lisy.' Ohne weiter zu grübeln, drücke ich auf ‚Absenden'.

Ich kann es kaum fassen, dass ich das gemacht habe, meine Finger zittern und mein Herz klopft bis zum Hals. Es gibt kein Zurück mehr, es ist zu spät, um Reue zu zeigen, einfach abwarten, was passiert.

***

Als ich aufwache, ist es ganz hell im Zimmer, die Sonne scheint durchs Fenster und lässt mich blinzeln. Mir fällt es wieder ein, dass ich gestern vergessen habe, die Vorhänge zuzumachen. Ich drehe mich auf die andere Seite des Bettes, sie ist leer. So wie es aussieht, hat Tom die Nacht auf der Couch verbracht. Ich stehe auf, strecke mich langsam und mache mich auf den Weg zum Bad. Ich fühle mich gerädert und würde am liebsten den ganzen Tag im Bett bleiben. Als ich mich im Spiegel anschaue, kriege ich einen Schreck, ich sehe einfach furchtbar aus, es ist nicht übertrieben! Meine Augen sind gerötet und geschwollen, meine Haare zerzaust, meine Haut ist fahl. Ich sehe ungelogen zehn Jahre älter aus! Es bedarf heute wohl mehr Make-up, um mich wieder menschlich zu fühlen.

Ich schaue kurz auf mein Handy, ich habe noch keine Antwort bekommen. Es macht mir Sorgen, aber ich will nicht weiter darüber nachdenken, ich habe genug Probleme, die auf mich warten. Als ich mit meinem Spiegelbild einigermaßen zufrieden bin, verlasse ich das Bad und laufe nach unten, dem Geruch des Kaffees nach. Tom steht in der Küche und schenkt sich gerade eine Tasse des braunen Gebräus ein. Sofort bildet sich in meinem Hals ein Kloß, als ich in die Küche eintrete.

„Guten Morgen, Tom!" Er zuckt kurz zusammen, er hat mich wohl nicht gehört.

Er dreht sich zu mir um.

„Guten Morgen, Lisy, du hast mich erschreckt, was schleichst du so herum?"

„Ich schleiche nicht. Warum bist du gestern nicht mehr ins Bett gekommen?"

„Ich bin wohl vor dem Fernseher eingeschlafen, es wurde dann so spät, ich wollte dich nicht wecken, deshalb habe ich auf der Couch geschlafen."

„Hm, okay." Ich hole ebenfalls eine Tasse aus dem Schrank und bediene mich an der Kaffee-Kanne. „Hast du heute was vor?", frage ich und hoffe, dabei lässig zu wirken.

Ich bin innerlich so angespannt wie Drahtseile, möchte es ihn aber nicht spüren lassen, da es sonst wahrscheinlich wieder zu Streit kommen würde.

„Nichts Besonderes, ich muss nur das Auto zur Reinigung bringen und ein, zwei Sachen erledigen? Und du?"

„Oh, was denn für Sachen?"

Sein Blick verdüstert sich, seine Stimme bleibt aber ruhig, als er sagt:

„Ich muss zur Bank und dann kurz Gil besuchen."

Mein Interesse ist geweckt, er will zu seiner Schwester?

„Oh, okay, alles klar bei ihr?"

Er wird bedrohlicher.

„Ja, alles klar! Soweit ich weiß. Hör mal, Lisy, bist du jetzt fertig mit deinem Verhör?", sagt er schroff.

Er hat es mir immer noch nicht verziehen, dass ich seine Schwester damals benutzt habe, um Informationen über ihn zu bekommen.

„Tut mir leid, ich wollte nicht neugierig sein, aber für mich gehört das zu einem normalen Gespräch dazu", antworte ich schuldbewusst. Ich bin so dumm, ich kann es nicht lassen, ich muss immer alles unter Kontrolle haben.

„Jedenfalls bin ich gleich unterwegs, bin wahrscheinlich erst am Nachmittag wieder hier."

Er schaut mich direkt an, wahrscheinlich um meine Reaktion darauf zu sehen. Aber diese Genugtuung will ich ihm nicht geben, deshalb versuche ich, gelassen zu wirken.

„Alles klar, dann bis später und viele Grüße an Gil und Eric."
Er verlässt die Küche ohne ein weiteres Wort. Ich höre ihn
nur nach einer Zeit durch die Eingangstür hinausgehen.
Aus dem Küchenfenster kann ich ihn beobachten, wie er ins
Auto steigt und losfährt, plötzlich bremst er, nimmt das Handy in die Hand und spricht. Er hat anscheinend einen Anruf
bekommen, seine Züge werden weicher, kurz darauf lacht er
lauthals. Ihn so zu sehen sticht mir ins Herz, es tut mir so weh,
nicht mehr diejenige zu sein, die ihn so zum Lachen bringt. Ich
möchte am liebsten weggucken, aber ich kann nicht, mein Körper reagiert nicht. Er steht immer noch in der Einfahrt. Er hebt
den Kopf und unsere Blicke treffen sich, was ich in dem Moment
darin lese, lässt mein Blut gefrieren. Ich kann mir das natürlich eingebildet haben, er stand nicht vor mir, sondern ein paar
Meter entfernt und im Auto! Ich drehe mich um, ich will seinen
eisigen Blicken entweichen. Kurz danach ist er weggefahren.

Die Jungs sind wach, es ist schon nach elf Uhr. Es wird Zeit,
dass sie herunterkommen. Ich versuche, mich zu beruhigen. Ich
sehe wahrscheinlich nur Gespenster und sollte aufhören, mich
wie eine psychisch kranke aufzuführen. Als meine Kinder in die
Küche eintreten, empfange ich sie mit einem Lächeln. Sie sind
mir das Wichtigste im Leben, meine Konstante, und solange ich
sie habe, ist alles andere nebensächlich. Mit dieser Erkenntnis
gehe ich auf sie zu und nehme sie neckend in den Arm. Sie sind
zwar überrascht, lassen es aber zu.

***

Wie geplant sind die Jungs am frühen Nachmittag rausgegan-
gen, sie wollten einen Freund treffen, und kommen dann erst
zur Abendzeit wieder heim. Es ist bei uns immer sehr getaktet,
schon von klein auf habe ich sie daran gewöhnt. Es war früher
für das Abendritual sehr wichtig und ist bis heute geblieben.

Heute Mittag habe ich ein paar Einkäufe erledigt und endlich
das Geschenk für Tom besorgt. Nach drei verschiedenen Geschäf-
ten habe ich es endlich gefunden. Deshalb nehme ich mir nun

eine Verschnaufpause, bevor ich mit dem Haushalt anfange. Was würde ich geben, um eine Putzfrau zu haben. Wenn ich sehe, was mich an Bügelwäsche erwartet, habe ich schon keine Lust mehr. Ich gehe in die Küche, um mir einen Kaffee zu kochen. Die Eingangstür geht in dem Moment auf, es kann ja nur Tom sein. Mir läuft es kalt über den Rücken, gern hätte ich noch ein paar Minuten für mich allein gehabt. Ich fürchte die Konfrontation mit ihm, ich würde ihm am liebsten aus dem Weg gehen. Er kommt gerade um die Ecke, als ich mir eine Tasse aus dem Schrank hole.

„Lisy, wir müssen reden", sagt er ohne Umschweife, was mich vor Schreck zucken lässt.

Seine Stimme ist so ernst, dass ich keinen Zweifel habe, dass das Gespräch alles andere als angenehm sein wird. Ich drehe mich um, meine Finger fangen schon an zu zittern, mein Herz rast. Ich verschlucke mich fast an meiner eigenen Spucke, so eng ist meine Kehle geworden.

Der Mann vor mir hat seine Selbstsicherheit von vorhin verloren, er ist blass um die Nase, sein Blick hält meinem nicht mehr stand. Er fährt sich mit der Hand nervös in die Haare. Ich versuche, souverän zu bleiben und bin überrascht, wie meine Stimme klingt als ich sage:

„Klar, worüber willst du reden?"

Er sieht mich immer noch nicht an, sondern schaut auf seine Füße, den Kopf geneigt. Ich kriege Panik.

„Tom, was ist passiert?" Meine Stimme bricht.

„Ich muss dir was sagen, aber lass mich ausreden, ja? Es ist schon schwer genug ..."

Was meint er damit, warum macht er das so spannend?

„Lisy, Mann, wo soll ich anfangen?"

Mir ist gerade schlecht, ich vermute absolut nichts Gutes.

„Ich habe jemanden getroffen! So, jetzt ist es raus ..."

Ich bin überrascht, er blickt mich etwas verängstigt an.

„Wie meinst du das, du hast jemanden getroffen? Ich verstehe nicht."

„Mein Gott, Lisy, kannst du es dir nicht denken, was ich dir zu sagen versuche? Muss ich es wirklich aussprechen?"

Mein Blut gefriert mir in den Adern, ich bin mir nicht sicher, was ich da höre beziehungsweise ob meine Vermutung richtig ist, deshalb ...

„Ich fürchte schon ...“, es kommt aus meinem Mund wie ein Flüstern.

Ich kann kaum atmen, mein Adrenalinpegel ist so hoch, dass ich befürchte, jede Minute umzukippen, mir dreht sich schon alles.

„Ich habe eine Frau kennengelernt, wir ... Wir treffen uns seit ein paar Monaten.“

Um mir das zu sagen, schaut er mir nicht mal ins Gesicht.

Die Tasse in meiner Hand fällt zu Boden, die Keramik zerspringt und die Teile fliegen in alle Richtungen, zum Glück war sie noch leer. Ich schaue auf die Scherben und dann auf Tom.

„Du hast was?“, bringe ich in einem Piepsen hervor.

Ich hatte recht, die ganze Zeit schon! Ich bin nicht verrückt gewesen, sondern hatte von Anfang an gewusst, dass da was nicht stimmte.

„Wer ist sie ...? Heißt sie Gina?“, frage ich hysterisch.

Er schaut mich schuldbewusst an: „Ja.“

Alle Puzzleteile passen nun zusammen! Ich kann nicht mehr an mich halten.

„Du hast mich angelogen?! Die ganze Zeit? Immer und immer wieder! Was bist du denn für ein Mensch?“, schreie ich ihn an.

Am liebsten würde ich um mich schlagen, ihn auf die Brust boxen, aber mein Körper steht unter Schock, ich kann mich nicht bewegen, nur schreien. Tränen der Wut laufen mir die Wangen herunter.

„Es tut mir leid, Lisy, ich wollte nicht, dass es so geschieht, aber es ist passiert. Ich wollte es dir viel früher sagen, aber ich hatte Angst. Zudem warst du in letzter Zeit so komisch, so unnahbar ... Da habe ich mich nicht getraut.“

„Du Arschloch! Willst du sagen, ich bin daran schuld, dass du woanders gebumst hast, ja? Es tut dir leid?!“

„Sei nicht so vulgär!“, sagt er forsch.

„Es kann dir egal sein, wie ich bin, es interessiert dich doch nicht mehr, nach so vielen Jahren, hast du nicht mal den Mumm, ehrlich mit mir zu sein! Nächste Woche ist unser fünfundzwanzigster Hochzeitstag ...", stelle ich mit Grauen fest.

Ich drehe mich zur Arbeitsfläche um, ich kann ihn nicht mehr anschauen.

„Wie konntest du nur? Du hast alles kaputt gemacht, ich hoffe, sie ist es wert!", jammere ich vorwurfsvoll.

Ich spüre seinen Blick in meinem Nacken, er sagt aber nichts mehr. Versucht auch nicht mehr, sich zu verteidigen oder irgendetwas hinzuzufügen. In meinem Gehirn rattert es wie wild, alles fügt sich nun zusammen und ergibt ein Bild. Ich fühle mich so veräppelt von ihm. Er hat mir in den Rücken gestochen, indem er mir seine Affäre monatelang verschwiegen hat, mich in dem Glauben gelassen, *ich* wäre das Problem! Ich habe mir den Kopf zerbrochen, wie ich unsere Ehe retten könnte und er, er hat sich mit dieser Gina vergnügt! Ich bin so sauer, so verflucht sauer und gleichzeitig so verloren.

Nur, jetzt weiß ich, was ich tun soll, zum ersten Mal seit Langem. Ich weiß nicht, wie lange ich regungslos dastehe, wie lange er stumm hinter mir steht. Aber als ich mich umdrehe, sehe ich alles klar vor mir.

„Ich möchte, dass du das Haus verlässt, ich will dich nicht mehr sehen. Du hast bis morgen früh Zeit, deine Sachen zu packen und den Kindern Bescheid zu geben, denn das übernehme ich nicht für dich", zische ich.

„Moment, Lisy, du wirfst mich hinaus? Das kannst du nicht tun, wo soll ich denn hin?", sagt er kleinlaut.

„Und ob ich das kann! Wo du hinsollst? Zur Hölle!" Ich laufe aus der Küche und lasse ihn zwischen den Scherben stehen.

Er hält mich auf.

„Warte!"

„Was willst du noch von mir? Hast du mir nicht genug wehgetan?", schreie ich mit schmerz-verzerrter Stimme.

„Ich weiß, ich kann es nicht mehr rückgängig machen. Ich war nicht korrekt zu dir, ich habe dich betrogen und belogen, aber wir müssen darüber sprechen. Was jetzt passiert, die Zukunft, die Kinder ..."

Will er mich auf den Arm nehmen? Was erwartet er von mir? „Jetzt willst du sprechen? Du lässt gerade eine Bombe platzen und erwartest schon jetzt von mir, dass ich eine Lösung parat habe? Du spinnst! Eins ist sicher, ich will dich nicht mehr sehen! Die Kinder kommen um achtzehn Uhr nach Hause. Ich bin jetzt weg. Du hast eine Nacht, Tom, um aus diesem Haus, aus diesem Leben, zu verschwinden!"

Ich mache auf meinem Absatz kehrt, nehme meine Jacke, Tasche und Schlüssel mit und bin weg, bevor er noch was erwidern kann.

***

Ich weiß nicht, wie ich noch die Kraft finde ins Auto zu steigen und loszufahren, ich habe nur einen Gedanken, weit weg von ihm! Ich fahre durch den Verkehr wie benebelt, ich nehme absolut nichts wahr um mich herum, ich bin wie in einem Kokon. Als ich anhalte, befinde ich mich überraschenderweise am Kaarster See. Hier waren wir oft mit den Kindern spazieren, als sie noch klein waren. Im Sommer kann man schwimmen und für die Kleinen sind noch Spielplätze vorhanden. So viele Erinnerungen zu viert, so viele schöne Momente zusammen. Mein Herz fühlt sich so schwer an, ich bin nicht mehr so wütend, sondern verzweifelt und zutiefst enttäuscht von seinem Verrat. Er hat unseren Schwur gebrochen. Mir laufen die Tränen ununterbrochen ins Gesicht, sie tropfen auf meine Hose und machen auf ihrem Weg alles nass.

Ich schluchze so stark, dass ich fast keine Luft mehr bekomme. Ich lasse alles heraus, alles, was sich in den letzten Monaten an Frust, Zweifeln, Wut angesammelt hat. Ich bleibe lange im Auto sitzen, bis endlich meine Tränen versiegt sind. Ich fühle mich vollkommen leer. Die Sonne geht schon langsam herunter, die Uhr zeigt nach halb sechs Uhr, bald sind die Kinder zurück. Am liebsten würde ich nach Hause fahren, um sie abzufangen, sie zu trösten, wenn ihr Vater ihnen die Nachricht beichtet. Aber ich muss stark bleiben, er muss das allein schaffen.

Also rufe ich Klara an, meine Freundin, in der Hoffnung, sie gleich sehen zu können. Das Telefon klingelt nur einmal, dann kommt ihre Stimme.

„Hallo …" Ich wollte schon lossprechen, aber dann: „Ich bin im Moment nicht zu erreichen, bitte hinterlasst eine Nachricht, ich melde mich, so schnell es geht …"

Mist! Ich lege wieder auf. Und jetzt? Wo soll ich hin? Emilie ist nicht da, sie verbringt ihr Wochenende mit ihrem Verlobten in der Eifel.

Auf meinem Handy leuchtet eine Nachricht auf, WhatsApp. Mein Herz fängt an, schneller zu schlagen, da ich befürchte, es könnten Tom oder die Kinder sein. Als ich es aufmache, sehe ich aber, dass es sich um Stefan handelt.

‚Hallo, Lisy, vielen Dank für deine Nachricht, sie hat mich wieder zum Lächeln gebracht. In der Tat war ich enttäuscht, dass du dich so lange nicht gemeldet hattest, aber nun, nach deiner Nachricht, verstehe ich auch, wie schwer es für dich ist und es tut mir leid, dir ein ‚Ultimatum' gestellt zu haben. Du hast alle Zeit der Welt, ich will dich nicht verlieren, Lisy. Jeder Moment mit dir ist ein Geschenk! Zu lesen, dass du Gefühle für mich hast, hat mich sehr gefreut und berührt. Ich vermisse dich, Lisy, und freue mich, dich Dienstag wieder zu sehen. In Liebe, dein Stefan.'

Mit einem Lächeln auf den Lippen klappe ich mein Handy wieder zu.

Ich fahre wieder los, ich kann nicht ewig hierbleiben. Ich denke wieder und wieder über meine Situation nach und merke nicht mal, dass ich erneut angefangen habe zu weinen, bis meine Augen so voll mit Tränen gefüllt sind, dass ich die Straße nicht mehr erkennen kann.

Als ich anhalte, überrasche ich mich selbst, denn nun stehe ich vor seiner Wohnung.

Kapitel 28

Lara

(April 2020)

Jetzt bin ich Waise! Als vor drei Jahren meine Mutter nach einer langen Krankheit an Brustkrebs starb, war mein Vater nicht mehr derselbe. Er hat sich immer mehr zurückgezogen, wollte nicht mehr rausgehen, hat kaum noch gegessen. Er war nur noch mürrisch, nichts und niemand konnte ihn aufmuntern. Sein Lebensinhalt ist meine Mutter gewesen. Um sie hat er sich immer liebevoll gekümmert, er hat sie bis zu ihrem letzten Atemzug geliebt. Es brach mir das Herz, ihn so am Boden zerstört zu sehen. Er, der mal groß, kräftig und voller Energie war.

Nun ist er auch gegangen, er hatte seit Jahren eine Herzschwäche. Er ist eingeschlafen und nicht mehr aufgewacht, das war vor zwei Wochen. Heute sitze ich wegen des Erbes beim Notar. Meine Eltern hatten zwar nicht viel, aber anscheinend doch genug, um mir etwas zu hinterlassen. Ich bin jetzt sechsundvierzig Jahre alt und habe eine wunderbare Tochter, Charlotte, die dieses Jahr fünfundzwanzig Jahre alt wird. Sie ist hier bei mir und hält meine Hand fest in ihrer. Sie weiß, wie schwer das hier für mich ist. Ich hasse Bürokratie und alles, was damit zu tun hat, es macht mich nervös. Meine Tochter und ich hatten es nicht leicht, wir mussten öfter umziehen, da ich als Ersatzlehrerin arbeite und ich somit überall in Frankreich eingesetzt werden kann, wo jemand gebraucht wird. Ich unterrichte die Fächer Deutsch und Mathematik. Charlotte kann auch fließend Deutsch, mein Vater war Deutscher und sprach mit uns nur in dieser Sprache, wobei meine Mutter nur Französisch mit uns gesprochen hat.

Ich war jung, als ich mit Charlotte schwanger wurde, der Junge, mit dem ich damals zusammen war, hat Panik bekommen und ist davongelaufen. Er hat Charlotte bis heute nie kennengelernt. Soweit ich weiß, ist er Arzt geworden, er hat selbst eine Familie gegründet. Ich hatte nie das Bedürfnis, ihm zu sagen, dass er eine Tochter hat. Wir sind uns, wenn ich bei meinen Eltern zu Besuch war, ein paar Mal über den Weg gelaufen, aber er hat immer so getan, als ob er mich nicht erkennen würde.

Na ja, jedenfalls sitzen wir hier in diesem Wartezimmer, auf diesen alten Stühlen aus dunklem Holz, die Tapete an der Wand ist schon gelblich, vor mir ein Bücherregal aus dem gleichen Holz wie die Stühle, voll bis obenhin mit Rechtsbüchern. Ich frage mich, was meinen Vater dazu gebracht hat, so einen Notar aufzusuchen, es sieht einfach nur schäbig aus.

Ich hoffe insgeheim, dass seine Kompetenzen seinen Geschmack übertreffen, denn seine Büroräume hinterlassen keinen schönen Eindruck.

Eine Dame mittleren Alter kommt durch die Tür.

„Madame Froment!"

Mein Name wird gerufen, ich bin und war nie verheiratet, deshalb habe ich immer noch den Namen meiner Eltern.

Ich schaue sie an.

„Folgen Sie mir bitte, Monsieur Meunier erwartet Sie", sagt sie höflich.

Wir stehen beide auf, aber nur ich darf herein.

Meine Tochter gibt mir ein Lächeln und setzt sich wieder hin. Ich folge der Sekretärin den Flur entlang bis ans Ende, wo sie vor einer Doppeltür Halt macht. Sie klopft drei Mal an der Tür und macht diese auf, ohne auf eine Antwort zu warten. Ein kleiner Mann sitzt an einem riesigen Schreibtisch, der Raum ist spatiös, hell erleuchtet, hier und da eine grüne Pflanze. Der Stil ist aus den Achtzigern, würde ich sagen, aber komfortabel. Er steht auf und kommt gemächlich zu uns herüber. Wir geben uns, wegen Corona, nicht mehr die Hand, aber begrüßen uns und nicken einander zu. So richtig sehen können wir uns nicht, da die Gesichter mit der Maske halb verdeckt sind. Die Sekretärin lässt uns dann allein und schließt die Tür hinter sich.

Wir haben im ganzen Land Lockdown und dürfen nur raus, wenn es absolut notwendig ist. Da der Notar eine Unterschrift von mir braucht und er mir den Erlass vorlesen muss, ging es hier nicht anders. Wir sind die Einzigen heute hier im Notariat.

„Zuallererst möchte ich Ihnen mein herzliches Beileid ausdrücken, bitte setzen Sie sich", sagt er mit einer ungewöhnlich hohen Stimme.

Er geht zurück zu seinem Schreibtisch und weist mir einen Stuhl vor ihm zu.

„Ich kannte Ihren Vater gut, ich war als Kind mit Ihrer Mutter in der Schule. Ich habe mich sehr gefreut, als sie wieder ins Dorf zurückkam."

Oh, so alt ist er schon! Hätte ich mir denken können, geht ein Notar nie in Rente? Ich muss ihn erstaunt angeschaut haben, denn er zwinkert mir zu und sagt:

„Ich weiß, man sieht mir mein Alter an, aber ich konnte mich nie dazu bringen, meine Karriere an den Nagel zu hängen. Ich liebe meine Arbeit und solange ich sie praktizieren kann, habe ich vor, es auch zu tun."

Ich lächle ihn an, bedanke mich dabei für seine freundlichen Worte.

Da führt er fort: „Sie hat es nicht leicht gehabt, Ihre Mutter, meine ich. Ich war so untröstlich, als diese Krankheit sie mitgenommen hat. Schrecklich."

Er hört sich mehr wie ein Verehrer meiner Mutter als ein Freund meines Vaters an. Mir wird dieses Gespräch etwas unangenehm. Als ob er das bemerkt hätte, fügt er hinzu:

„Entschuldigen Sie, wir sollten anfangen."

Er macht eine Mappe auf und schaut zu mir herüber.

„Frau Froment, Sie sollten wissen, dass ihr Vater Sie sehr geliebt hat, und Ihre Mutter nicht minder."

Ich wackele auf meinem Stuhl, denn ich weiß nicht, was er mir damit sagen will. Ich weiß, dass meine Eltern mich geliebt haben. Sie waren zwar streng, und manchmal hatte Mutter einen Hang zur Paranoia, aber ich habe mich immer von ihnen geliebt gefühlt. Er fängt an zu lesen.

„...Sie erben hiermit eine Summe von fünfzigtausend Euro, zudem bekommen Sie das Haus Ihrer Eltern und alles, was sich darin befindet. Ihr Vater wollte nicht für Sie entscheiden und lässt Ihnen deshalb die Wahl, Ihrer Tochter das zu vermachen, was Sie für angemessen halten. Dies zu dem Finanziellen. Es war ihm ebenfalls ein Anliegen höchster Wichtigkeit, Ihnen diesen Schlüssel zu übergeben." Er hält mir das Objekt hin und legt es vor mir auf dem Schreibtisch.

Ich bin etwas perplex, was soll das für ein Schlüssel sein? Ich erkenne ihn nicht. Ich bin noch ganz benebelt von der genannten Summe, ich hätte nie im Leben gedacht, dass sie so viel gespart haben.

„Dieser Schlüssel öffnet ein Schließfach bei der Bank, der ‚Société Générale'. Ich kann Ihnen nicht verraten, was sich darin befindet, das wollte er mir nicht sagen, nur so viel, Sie sollten mit dem Inhalt nach Hause, um ihn erst dann zu öffnen, es sind seine Bedingungen. Ich schätze, es handelt sich hier um einen Brief."

Was soll diese Geheimnistuerei? Ich verstehe es nicht ... Ich kann erstmal nichts entgegnen, ich habe mir alles angehört, aber es fließt an mir vorbei.

Er legt vor mich ein Dokument, das ich unterschreiben soll, das ist die Bestätigung dafür, dass er mich in aller Form informiert hat. Ich unterschreibe und gebe ihm die Unterlagen zurück, er händigt mir den Bankschlüssel aus sowie ein Duplikat von dem, was er vorgelesen hat, als offizielle Urkunde. Ich fühle mich wie in Watte gepackt, stehe unsicher von meinem Stuhl auf, er geht um den Schreibtisch Richtung Tür, bevor er diese aufmacht, schaut er mich an.

„Frau Froment, ich wünsche Ihnen viel Glück, für Sie und Ihre Familie. Auf Wiedersehen!", sagt er mitfühlend.

„Auf Wiedersehen!" Es ist das Einzige, was ich sagen kann. Ich husche aus dem Zimmer, laufe den langen Flur wieder herunter bis zum Wartezimmer, wo meine Tochter, die Hände im Schoß gefaltet, immer noch wartet. Als sie mich hört, hebt sie den Kopf. Sie sieht ihrem Vater so ähnlich! Ihre schönen dunklen Haare, die in Wellen ihr Gesicht einrahmen, und diese klugen braunen Augen, die mich mit Stolz erfüllen. Sie lächelt mich an, kommt zu mir, nimmt mich bei der Hand und führt mich hinaus auf die Straße.

Die Luft ist noch frisch und ich fülle meine Lungen damit auf, als ich die Maske endlich abmache.

Heute ist Freitag, deshalb kann ich nicht direkt zur Bank gehen. Sie hat schon geschlossen. Ich bitte meine Tochter, mit mir nach Hause zu fahren, ich möchte mit ihr über alles in Ruhe sprechen und planen, wie wir mit dem Erbe vorgehen sollen.

So wie ich es verstanden habe, werden die fünfzigtausend Euro in den nächsten Tagen auf mein Konto überwiesen. Herr Meunier hat mich schon informiert, dass ich bei meiner Steuer diese Summe deklarieren soll, da das Erbe steuerpflichtig ist. Das Haus aber nicht, außer, ich verkaufe es noch dieses Jahr. Habe ich aber nicht vor, ich wohne selbst in einer kleinen Wohnung mitten in der Stadt, damit ich zu Fuß zur Schule gehen kann. Vor Kurzem bekam ich in Quimper eine Stelle am Gymnasium, sie ist zwar erstmal befristet, aber ich habe gute Chancen, endlich übernommen zu werden, es war ein Glückstreffer, dass ich wieder hier eine Stelle bekam. Nach dem Tod meiner Mutter wollte ich unbedingt näher zu meinem Vater, damit ich ihm helfen kann. Deshalb habe ich mich sofort gemeldet, als mich eine Freundin anrief, um mir zu sagen, dass sie hier jemanden suchen. Eine deutsche Lehrerin wird zwar hier nicht wirklich gebraucht, aber im Laufe der Jahre habe ich mich ebenfalls auf Französisch und Geschichte spezialisiert.

Mit dem Erbe könnte ich mir jetzt ein Auto kaufen und so das Haus meiner Eltern beziehen, das im nächsten Dorf liegt. Ich bedanke mich in Gedanken bei meinem Vater, für das, was er mir hinterlassen hat. Es fügt sich alles, vielleicht kann ich jetzt die Vergangenheit ruhen lassen und anfangen zu leben. Mein Herz füllt sich mit Hoffnung und Zuversicht für die Zukunft. Mir schwirrt der Kopf von den ganzen Ereignissen, ich war auf so etwas definitiv nicht vorbereitet.

Die Sonne scheint heute und auch wenn es etwas frisch ist, freue ich mich, gleich auf dem Balkon zu sitzen!

„Was hat der Notar denn gesagt, Maman?", fragt Charlotte, sie fährt uns durch die Straßen von Quimper, wir haben kaum Verkehr, die Geschäfte sind alle zu, bis auf die Lebensmittelmärkte. Es ist furchtbar, sowas Desolates habe ich noch nie gesehen, und hoffe, dass dieser Spuk bald vorbei ist.

„Lass uns erstmal heim, Schatz. Es ist so viel zu sagen, ich möchte in Ruhe mit dir darüber sprechen."

„In Ordnung, ich kann das Wochenende bei dir bleiben, wenn du magst?"

„Oh, das wäre wundervoll, mein Liebling, wird dich dein Verlobter nicht vermissen?" Ich lächle sie belustigt an.

„Maman! Er kann doch drei Tage ohne mich sein!" Sie lacht.

Sie ist so wundervoll. Sie hat sich letztes Jahr mit Rémy verlobt, sie wohnen nun beide in Nantes. Er ist Bankdirektor und mein Baby ist Ärztin, wie ihr leiblicher Vater. Wenn sie das wüsste, dass sie sich so ähneln, nicht nur physisch, sondern auch vom Charakter. Charlotte und Rémy wollen dieses Jahr im Sommer heiraten, ich bin traurig, dass mein Vater es nicht mehr erleben kann.

Wir sind angekommen. Meine Wohnung ist zwar klein, aber dafür gemütlich. Ich fühle mich wohl hier. Es sind drei Zimmer auf einer Sechzig-Quadratmeter großen Fläche. Der dritte Raum war mir wichtig, ich brauche halt ein Büro, so kann ich die Tür zu machen und habe meine Arbeit nicht in meiner Freizeit vor mir liegen. Zudem habe ich dort ein Schlafsofa, damit Charlotte hier schlafen kann, wann immer sie es möchte. Ihr Verlobter war nur einmal hier, es war kurz nach der Verlobung, er ist sehr nett, ich mag ihn. Wichtiger ist mir, dass er meine Tochter glücklich macht. Sie sind zwar zehn Jahre auseinander, das war ein Gesprächsthema zwischen uns beiden, nun bin ich ebenfalls überzeugt, dass er der Richtige für sie ist.

Ich gehe direkt in die Küche, ich brauche einen Kaffee, lege dabei die Unterlagen auf den Küchentisch. Charlotte nimmt sie an sich und blättert sie durch. Als sie zu der Stelle mit den fünfzigtausend Euro kommt, höre ich, wie sie nach Luft schnappt.

„Maman, das ist fantastisch! So viel Geld, endlich wirst du dir deine Wünsche erfüllen können!" So, wie sie sich für mich freut, macht sie mich glücklich und stolz.

Als der Kaffee fertig ist und wir am Tisch sitzen, erzähle ich ihr alles, was mir der Notar gesagt hat, zumindest alles, woran ich mich erinnern kann. Ich zeige ihr auch den Schlüssel, den ich bekommen habe, der Rätsel aufkommen lässt. Ich muss am Montag einen Termin bei dieser Bank vereinbaren, ich werde immer neugieriger, was dieses Fach verbergen soll.

„Hat Opa nie was darüber gesagt?" Ich schüttle den Kopf.

Meine langen blonden Haare lösen sich aus der Spange und fallen mir ins Gesicht. Ich schiebe sie zurück hinter die Ohren. Charlotte nimmt meine Hand.

„Was glaubst du, was drinnen ist? Hast du eine Idee?" Erneut schüttle ich den Kopf.

„Nein, ich habe absolut keine Ahnung, aber es muss was Wichtiges sein. Es läge sonst nicht in einem Schließfach", stelle ich fest.

„Das ist wohl wahr. Du musst mich sofort informieren, sobald du es weißt, ok?", fragt sie gespannt.

„Versprochen! Und jetzt lass uns auf den Balkon gehen, die Sonne genießen!"

***

Das Wochenende ist sehr schön und warm. Charlotte und ich machen lange Spaziergänge am Meer. Zuhause bekochen wir uns und abends schauen wir Fern. Sie fährt Sonntag Nachmittag wieder zurück nach Nantes. Sie hinterlässt immer eine Leere, wenn sie weg ist, sie ist so voller Leben!

***

Heute Morgen habe ich bei der Bank angerufen und für heute Nachmittag einen Termin bekommen. Deshalb stehe ich da, an der Haltestelle unweit von der ‚Société Générale', ich kann das Gebäude von hier aus schon sehen.

Ein paar Minuten später gehe ich durch das Drehkreuz und befinde mich in einer riesigen Empfangshalle, ich laufe zum ersten freien Schalter und nenne meinen Namen sowie die Person, mit der ich einen Termin habe. Die Dame mustert mich kurz und bittet mich mit einem breiten Lächeln ihr zu folgen.

Wir schlängeln uns durch Schreibtische und gelangen vor ein Büro, das aussieht wie ein Glaskasten. Ein Herr sitzt am Schreibtisch. Die Dame vom Empfang klopft an und als er den Kopf hebt und unsere Blicke sich treffen, bin ich von seinem sympathischen und aufrichtigen Gesichtsausdruck berührt. Ich spüre, wie mir das Feuer in die Wangen schießt. Die Dame lässt mich eintreten und macht hinter mir die Tür wieder zu. Ich hoffe, er hat meine Verlegenheit durch die Maske nicht gesehen. Ich bin erleichtert, als er mir ein Lächeln schenkt und mich bittet, mich hinzusetzen. Ein Schild befindet sich auf seinem Schreibtisch: ‚Laurent Duval'. Sein Charisma macht mich nervös, ich bin überrascht von meiner Reaktion, so habe ich noch nie auf jemanden reagiert. Er scheint etwas amüsiert, schaut mich aber weiterhin freundlich an.

„Hallo, Frau Froment, schön, dass Sie da sind", sagt er höflich.

Ich räuspere mich.

„Hallo, Herr Duval!" Seine Augen erhellen sich, als ich seinen Namen ausspreche.

Er fährt fort.

„Sie haben einen Schlüssel zu einem unserer Schließfächer bekommen, ist das richtig?"

Ich nicke.

„Ja, das ist richtig", sage ich dann vorsichtig.

„Kann ich bitte erfahren, von wem Sie den Schlüssel bekommen haben?", fragt er.

„Von meinem Vater beziehungsweise vom Notar. Mein Vater ist vor zwei Wochen verstorben", sage ich etwas bedrückt.

„Oh, das tut mir leid. Mein Beileid, Frau Froment", sagt er aufrichtig. „Haben Sie vom Notar ein offizielles Schreiben erhalten, damit ich Ihre Identität vergleichen kann? Es tut mir leid, aber wir müssen aus Sicherheitsgründen jeden überprüfen."

„Alles gut, es ist selbstverständlich, hier ist das Dokument, das ich mit dem Schlüssel vom Notar bekommen habe."

Ich händige ihm das Dokument aus und dabei berühren sich unsere Finger.

Diese Berührung lässt mich innerlich brodeln, mein Magen spielt verrückt, wenn ich es nicht besser wüsste, würde ich sagen, es fühlt sich wie Schmetterlinge an! Absurd!

Schnell zieht er seine Hand weg und schaut mich seltsam an, als ob er das Gleiche empfunden hätte. Nachdem er sich das Dokument angeschaut hat, steht er auf. Ich tue es ihm gleich.

„Bitte folgen Sie mir, Frau Froment!"

Als ich an ihm vorbeilaufe, damit er seine Tür schließen kann, kann ich sein Parfüm riechen. Es ist so männlich, eine Mischung aus Moschus, Vanille und was anderem, was meine Sinne verrückt werden lässt. Mir dreht sich der Kopf. Er legt eine Hand an meinen Arm und macht eine Handbewegung in die Richtung, wo wir hingehen sollen. Dieser Mann ist betörend, alle meine Sinne reagieren auf ihn, es ist mir sichtlich unangenehm, weshalb ich mich von seiner Hand mit einer Schulterbewegung befreie.

„Entschuldigen Sie, ich wollte Ihnen nicht zu nahetreten!", sagt er, sichtlich verlegen.

Das ist mir jetzt so peinlich, ich werde rot und stottere.

„Tut mir leid, ich benehme mich gerade wie ein Schulmädchen." Ich fange an zu lachen, mehr wegen der Nervosität als wegen der verdrehten Situation.

„Sie haben ein sehr schönes Lachen, Frau Froment", sagt er dann.

„Marie, bitte nennen Sie mich Marie!"

Was? Wie komme ich dazu? Er schaut mich einen Augenblick lang überrascht an.

„Lassen Sie uns zu den Schließfächern gehen, Marie", sagt er nur.

Er lächelt mich dabei breit an. Mir ist schon aufgefallen, wie er auf meine Hände geguckt hat, ob er sich vergewissern wollte, dass ich nicht verheiratet bin? Übrigens, er trägt auch keinen Ring!

Ein paar Minuten später stehen wir vor dem besagten Fach, ich halte meinen Schlüssel in der Hand und er hat den anderen Schlüssel bei sich. Wir beide gehen auf das Fach zu und stecken beide Schlüssel in die jeweiligen Löcher. Ein Geräusch ertönt und das Fach öffnet sich. Er entnimmt die Schublade daraus und legt sie auf den Tisch in der Mitte des Raumes. Danach verlässt er ihn.

Ich befinde mich allein im Raum, vor mir dieser Kasten, ich mache ihn auf, darin liegt ein großer Umschlag, darauf in der Handschrift meines Vaters geschrieben: ‚Marie, Liebes, wenn du dies liest, heißt es, dass ich nicht mehr auf dieser Welt bin. Bitte nimm diesen Umschlag und mach ihn erst zu Hause auf. Dies wird dein Leben verändern, Marie. Eins musst du wissen, deine Mutter und ich haben dich sehr geliebt. Papa‘

Seltsam, das ist schon das zweite Mal in so kurzer Zeit, dass mir gesagt wird, dass meine Eltern mich sehr geliebt haben. Wusste der Notar vielleicht doch was und hat es mir verschwiegen? Ich nehme den Umschlag aus der Kassette heraus. Schiebe diese zurück ins Fach und mache es wieder zu, ein Klick ertönt. Das Fach ist wieder verschlossen.

Ich gehe aus dem Raum, den Umschlag habe ich in meiner Handtasche verstaut. Herr Duval ist nirgends zu sehen, deshalb gehe ich den Weg zurück und hoffe, mich in den Fluren nicht zu verirren, als er plötzlich vor mir auftaucht.

„Marie! Sie sind fertig? Darf ich Sie nach draußen begleiten?“

Er beobachtet mich und fragt dann: „Ist alles in Ordnung mit Ihnen, Sie sehen etwas blass aus. Möchten Sie etwas trinken?“

Eigentlich will ich nur weg, aber mir ist tatsächlich nicht so gut, mir dreht sich der Kopf, und als ich ihn anschaue, kann ich nicht anders als zuzusagen.

„Ja, gern, ich würde gern was trinken, mir ist etwas schwindelig!“

Ich weiß nicht, woran es liegt, ob an der Aufregung der letzten Tage oder an seiner Nähe. Er führt mich zurück zu seinem Büro und schenkt mir ein Glas Wasser ein, beobachtet mich dabei besorgt. Ich nehme das Glas direkt an meine Lippen, nachdem ich die Maske etwas hochgeschoben habe.

„Sie können sie gern abziehen, Marie, man kann mit diesem Ding so schlecht atmen. Geht es Ihnen besser?", fragt er zögernd.

Ich ziehe es vor die Maske anzulassen, mir geht es aber tatsächlich besser. Ich stehe schon wieder auf.

„Vielen Dank, Herr Duval, entschuldigen Sie die Unannehmlichkeiten."

„Bitte entschuldigen Sie sich nicht. Laurent, nenne Sie mich Laurent. Marie?"

Ich schaue ihn fragend an, er räuspert sich. „Es ist nicht meine Art, aber ich würde Sie gern wiedersehen."

Ich bin überrascht und verschlucke mich fast an dem Wasser, als ich noch daran nippen wollte, bevor ich gehe. Sofort eilt er zur Stelle, um mir zur Hilfe zu kommen.

„Sie sind aber direkt!", krächze ich.

„Tut mir leid, ich musste die Chance ergreifen, ich hätte mich sonst geohrfeigt, es nicht zu versuchen. In so kurzer Zeit bin ich so fasziniert von Ihnen ..."

Mir ist sowas noch nie passiert! Ist das ein Wink des Himmels, ich habe es mir immer gewünscht, dass ich irgendwann einen Mann treffe, der mir auf Anhieb gefällt und ich ihm gefalle, wie im Märchen! Nachdem der Vater von Charlotte mich hat fallen lassen, habe ich zwar Affären gehabt, aber nie eine richtige Beziehung. Deshalb gebe ich mir diesmal selbst einen Schubs. Mal schauen, wohin es uns bringt.

„Ich mag Ihre Art, Laurent. Ich würde Sie ebenfalls gern wiedersehen. Auf einen Spaziergang? Viel mehr kann man im Moment nicht machen." Ich lache etwas verlegen.

Alle Restaurants und Cafés sind geschlossen.

„Auf einen Spaziergang! Sehr gern. Wie kann ich Sie erreichen?", fragt er entschlossen.

„Sie haben alle Daten auf dem Dokument, Sie brauchen mich nur anzurufen. Ich muss jetzt gehen", sage ich jetzt eilig.

„Ich rufe Sie an, Marie, bis dann!"

„Bis dann, Laurent."

Als ich wieder draußen bin, bin ich völlig aus dem Häuschen. Kurze Zeit darauf lässt die Euphorie nach und macht Zweifeln

Platz. Er wird dich bestimmt nicht anrufen, was will er mit dir? Ich schiebe diese negativen Gedanken weit weg von mir und konzentriere mich nur auf den Umschlag, der sich in meiner Tasche befindet.

Zurück zu Hause mache ich den Umschlag auf und verteile den Inhalt auf dem Wohnzimmertisch, es sind Zeitungsausschnitte, eine Menge! So wie es aussieht, handeln sie alle von der gleichen Geschichte. Diese Ausschnitte sind zum größten Teil in Deutsch geschrieben worden, was nicht verwunderlich ist, da mein Vater Deutscher war, aber warum hat er sie aufbewahrt? Worum geht es denn überhaupt? Ganz tief in dem Umschlag liegt noch etwas, ich lasse es in meine Hand gleiten. Eine Kette! Scheinbar aus Gold. Der Name ‚Lara' erscheint auf dem Anhänger.

Mein Blut gefriert, mir wird schwarz vor Augen, weshalb ich mich schnell hinsetzen muss. Lara?! Der Name ist mir so bekannt wie mein Eigener. Lara war damals, als Kind, meine beste Freundin. Eine Fantasiefreundin! Zumindest dachte ich das, aber jetzt, wo ich den Namen sehe, bin ich mir nicht mehr so sicher. Sie muss dann gelebt haben, war sie einst meine Schwester gewesen? Ich fange an, die Titel auf den Zeitungsschnipseln zu lesen, ich ordne sie nach Datum, lese ein paar Artikel durch: „Spielplatz ... zwei Brüder, Robert und Stefan!"

Unerwartet fällt der Groschen! Mir wird schlecht, ich laufe ins Bad, mache den Klodeckel auf, ich muss mich übergeben.

Mir dreht sich alles, ich sitze auf dem Boden des Badezimmers und versuche, meinen Verstand arbeiten zu lassen. Es ist wie ein Spinnennetz, dass immer größer wird und eine neue Richtung annimmt. Ich kann mich an die Tagebücher entsinnen, die ich als kleines Mädchen geschrieben habe, an diese Träume, die mich jahrelang verfolgt haben. Es wird alles klarer in meinem Kopf, ich erinnere mich Stück für Stück. Robert und Stefan, meine Brüder! Wer um Himmels willen sind Gerhard und Camille in Wirklichkeit? Besser noch, wer sind meine leiblichen Eltern? Nur eins ist gewiss:

Ich bin Lara!

Kapitel 29

Stefan

(März 2022)

Ich habe mich heute Morgen so gefreut, als ich die Nachricht von Lisy gelesen habe. Sie hat sie mir gestern Abend geschickt, nur hatte ich schon geschlafen.

So kann der Tag immer beginnen, nachdem ich ihre Worte mehrmals gelesen habe, habe ich mich fertiggemacht.

Ich habe mir vorgenommen heute freizumachen, das heißt, keine Termine, keine Verpflichtungen, nur das, worauf ich Lust habe. Ich laufe in die Küche, um mir einen Kaffee zu kochen, hole dann die Zeitung aus dem Briefkasten und mache es mir am Küchentresen gemütlich. Das Radio ist an, die üblichen Lieder sind zu hören.

Eigentlich wollte ich nicht sofort auf Lisys Nachricht reagieren, aber es kribbelt mir in den Fingern, ihr was zu schreiben, weshalb ich nun mein Handy herhole und den Chat aufmache. Meine Augen huschen nochmal über ihre liebevolle Nachricht, ein Lächeln breitet sich dabei auf meinem Gesicht aus. So süß! Ich muss nie lange überlegen, um ihr zu schreiben, es kommt mir immer sehr spontan von der Seele.

Nachdem ich die Nachricht abgeschickt habe, hole ich mir eine Schüssel aus dem Schrank heraus und fülle sie mit Müsli auf. Ich esse in Ruhe und lese dabei die heutige Zeitung. Danach entscheide ich mich gedanklich, zum Sportcenter zu gehen. Ich war gefühlt ewig nicht mehr da, es wird langsam Zeit, dass ich wieder auf meinen Körper achte. Ich schaue an mir herunter, obwohl ich nicht zugenommen habe, sind meine Muskeln etwas schlaffer geworden. Ich bin nicht eitel, aber ich möchte mich trotzdem fit halten.

***

Der Tag verläuft ruhig, ich bin zufrieden, als ich nach Hause fahre. Ich weiß noch nicht recht, was ich mir zum Essen machen werde. Ich habe mir vor Kurzem dieses Küchengerät gekauft, damit ich gesund und abwechslungsreich essen kann. Noch habe ich es nur einmal benutzt, und zwar um Eier zu kochen! Ich wollte aber heute versuchen ein Gratin zu zaubern. Das Rezept habe ich mir schon ausgesucht und dafür die Ingredienzen gekauft. Es sollte also nicht so schwierig werden!

Es ist früh abends, wenn ich jetzt anfange, dann könnte ich um neunzehn Uhr etwa mit dem Essen fertig sein! Ich mache das Gerät an, rufe das Rezept auf und fange an, die Anweisungen zu befolgen. Da klingelt es an der Tür!

Oh nein! Wer kann es denn sein? Meine Küche sieht aus wie ein Schlachtfeld, da ich alle Lebensmittel auf der Fläche verteilt habe ... Ich eile zur Tür, in der Hoffnung, die Person schnell abwimmeln zu können. Ich schaue nicht mal durch das Guckloch, sondern mache die Tür mit Schwung auf.

Da steht sie, Lisy!

Sie hat den Kopf gesenkt, ihre Augen sind gerötet und verweint, sie sieht wahrlich miserabel aus, aber auf eine niedliche Art, wenn es überhaupt sowas gibt!

Ich bin erstmal geschockt und brauche einen Moment, bevor ich reagieren kann, mit so einem Besuch habe ich nicht gerechnet.

„Lisy! Was ist passiert? Meine Güte, komm herein, bitte ..." Ich mache eine einladende Handbewegung in Richtung des Flures.

Sie geht an mir vorbei, sofort habe ich ihren Duft in der Nase, mein Herzschlag beschleunigt sich.

„Es tut mir leid, Stefan, wenn ich dich störe. Ich wusste nicht, wo ich hingehen soll ..."

Sie schaut mich etwas verloren an.

„Es war ein Fehler, ich sollte wieder gehen", sagt sie hektisch.

Ich komme aus meiner Starre heraus.

„Nein, bitte geh nicht, du hast mich überrascht, das ist alles. Ich habe nicht erwartet, dich heute zu sehen, vor allem so, so ... was ist passiert, Lisy?" Ich mache die Eingangstür zu und leite sie bis zur Küche.

Als sie die volle Arbeitsfläche sieht, sagt sie: „Oh, wolltest du jetzt kochen? Erwartest du jemanden?" Sie guckt erschrocken zu mir.

„Nein, keine Sorge, ich erwarte niemanden, und ja, ich wollte das neue Küchengerät ausprobieren und damit ein Gratin machen, vielleicht magst du mir helfen?", frage ich sie ungezwungen.

Ich hoffe, sie dadurch zu entspannen. Sie zieht ihre Jacke aus und kommt zu mir herüber.

„Wo ist das Rezept?", fragt sie nur.

„Nun, es ist im Gerät, es ist direkt mit dem Internet verbunden. Ich brauche nur die Anweisungen zu befolgen, die auf dem Bildschirm beschrieben sind, siehst du?" Ich zeige ihr das dann direkt.

„Oh, cool! Ich habe schon öfter davon gehört, habe aber keins. Ich bevorzuge das Essen komplett allein zu machen." Sie lächelt mich schwach an.

Sie will anscheinend noch nicht über das sprechen, warum sie hier ist, deshalb bohre ich nicht weiter.

„Möchtest du einen Kaffee, Lisy? Oder was anderes trinken? Einen Wein vielleicht?", frage ich sie höflich.

„Einen Wein, das wäre wunderbar, danke dir. Kann ich dir beim Kochen helfen?"

„Ja, gern, nur zu, ich bin ein lausiger Koch, mit deiner Hilfe schaffen wir es garantiert."

Sie fängt an, das Gemüse zu schnibbeln. Ich fülle unsere Gläser mit einem Rotwein auf und gehe zu ihr, um es ihr zu reichen. Als sie das Glas nimmt, berühren sich unsere Finger und der Raum füllt sich mit Elektrizität auf, sie schaut mich voller Erwartung in den Augen an.

„Auf dich, Lisy!", sage ich und lasse das Glas an ihrem erklingen.

Sie führt das Glas an ihre vollen schönen Lippen und schaut mir dabei zu.

Ich würde sie jetzt am liebsten in den Arm nehmen und sinnlich küssen, an ihren Lippen knabbern und ihren Geschmack in mir aufnehmen.

Stattdessen schreite ich etwas zurück und mache mit dem Rezept weiter.

Wir sprechen wenig und nur über allgemeine Sachen, das Gratin ist jetzt im Ofen, es sieht sehr gut aus und könnte tatsächlich auch was werden. Ich gehe davon aus, dass sie mit isst, weshalb ich anfange, den Tisch für zwei zu decken. Da sie nichts sagt, fühle ich mich bestätigt und mache weiter. Es ist sehr schön zu sehen, wie unbeschwert wir miteinander umgehen.

Das Essen steht auf dem Tisch, es riecht verführerisch. Sie bedient mich mit einer riesigen Portion und nimmt sich eine kleine auf den Teller. Schweigsam fangen wir an zu essen.

Ich habe Hunger, da ich seit heute Morgen nichts mehr zu mir genommen habe, und was soll ich sagen, es schmeckt himmlisch.

„Es schmeckt wunderbar, vielen Dank, dass du mir geholfen hast!", sage ich.

„Ich habe kaum was gemacht, das Gerät hat die meiste Arbeit gehabt!", erwidert sie.

„Deine Präsenz macht das Essen unvergesslich!" Ich zwinkere ihr zu, da muss sie lachen.

„Charmeur!"

Sie hört aber plötzlich auf und wird sehr ernst im Gesicht, Kummer zeichnet sich in ihren Augen ab.

„Stefan, Tom und ich sind nicht mehr zusammen!"

Die Bombe ist geplatzt und lässt mich geschockt zurück. Ich lasse die Gabel mit einem Klirren auf den Teller fallen.

Ich schaue sie ungläubig an. Sie fängt an zu erzählen, am Anfang langsam, zögernd, danach immer fließender, in einem Schwung. Sie lässt nichts weg, erzählt mir alles, was passiert ist, wie es passiert ist, seit wann es schon so geht, ich höre gebannt zu, bin fassungslos! Sie tut mir unheimlich leid. Ich gehe zu ihr hin, hocke mich auf die Knie vor ihr und nehme sie in den Arm. Es ist das Einzige, was ich jetzt tun kann, zu versuchen, sie zu trösten. Ich kann spüren, wie viel Schmerz und leid sie ertragen musste.

Ich verstehe nun besser, warum sie die letzten Wochen so abwesend war. Sie ist durch die Hölle gegangen. Sie zittert in meinen Armen, ihre Tränen benässen mein Shirt, aber es ist mir egal, ich halte sie fest und wiege sie, bis sie aufhört zu weinen. Danach führe ich sie zum Sofa, wo sie sich einkuschelt, ich hole ihr eine Decke, die ich auf ihr ausbreite, und mache mich daran, den Tisch abzuräumen.

Später komme ich zu ihr zurück mit der Flasche Rotwein in der Hand und fülle ihr Glas wieder auf.

„Macht es dir was aus, wenn ich hier übernachte?", fragt sie leise und guckt dabei so traurig drein. „Ich kann heute nicht zurück, das packe ich nicht!", fleht sie mich an.

„Du kannst hierbleiben, so lange du willst, Lisy!" Mein Magen macht gerade einen Freudentanz.

„Ich habe gerade Tom geschrieben, dass ich erst morgen früh wieder da bin, so hat er Zeit, zu packen."

„Ist in Ordnung. Sollen wir uns etwas anschauen? Auf andere Gedanken kommen?", frage ich etwas nervös.

„Sehr gern! Stefan?"

Ich schaue sie fragend an.

„Vielen Dank! Vielen Dank, dass du für mich da bist, ich weiß nicht, was ich sonst gemacht hätte ..."

Ich will was erwidern, aber sie stoppt mich, indem sie ihre Hand hebt.

„Ich weiß um deine Gefühle für mich, deshalb ist es nicht fair, dass ich zu dir mit meinen Problemen komme. Das tut mir leid, wenn ich dich damit belästigt habe. Ich habe mir nichts dabei gedacht, als ich zu dir kam. Es war mehr instinktiv, ich wollte dich einfach sehen, ich habe dich als Menschen gebraucht und vielleicht eben, weil du mich liebst, habe ich dich am meisten gebraucht. Du warst da, du bist da für mich, du gibst mir die Sicherheit, die ich im Moment brauche. Dafür möchte ich mich herzlich bedanken."

Ich bin verblüfft über ihre Offenheit, in ihren Augen liegt so viel Aufrichtigkeit, sie glitzern noch von den Tränen. Sie ist wunderschön, ohne zu denken, lehne ich mich nach vorne und gebe ihr einen zärtlichen Kuss auf die Lippen. *Bin ich zu weit gegangen?*, frage ich mich kurz darauf, löse mich von ihr, um ihr wieder Freiraum zu geben. Sie hält mich fest und nimmt mein Gesicht in ihre Hände. Sie neigt den Kopf und küsst mich mit so viel Leidenschaft, dass sich mir der Kopf dreht, ich kann an nichts mehr denken. Nur dieser Moment ist wichtig!

Ich suche mir den Weg an ihren Lippen vorbei, in ihren Mund, und treffe auf ihre Zunge, die ich mit meiner erkunde. Sie schmeckt noch nach dem Gratin, aber auch nach ihrem Duft aus Vanille und Rosen. Mein Herz rast, ich kann nicht aufhören. Sie schmeckt wundervoll, alle meine Sinne sind auf sie konzentriert. Ich merke, wie mein Glied an der Hose reibt und immer dicker wird. Sie hat ihre Arme um meinen Nacken gelegt und zieht mich enger zu sich, ich lehne halb auf ihr und kann in ihre wunderbaren Augen sehen, als sie diese aufmacht. Sie sind voll Feuer und Sinnlichkeit. Jetzt zerrt sie an meinem Shirt und schiebt eine Hand darunter. Ich muss nach Luft schnappen. Sie macht mich wahnsinnig, wenn wir so weitermachen, dann kann ich nicht mehr aufhören. Ich versuche, mich von ihr zu lösen. Sie schaut mich überrascht und verwirrt an.

„Lisy!", sage ich atemlos, „ich weiß nicht, ob es klug ist, hier weiterzumachen."

Ich setze mich wieder hin.

„Ich will nicht der Mann sein, mit dem du an deinem Ehemann Rache genommen hast."

Sie muss hart schlucken, ich sehe, wie ihr Puls schnellt. Ihre Reaktion auf mich ist ein Traum.

„Stefan, so ist es nicht. Ich will dich seit dem ersten Tag, als wir uns begegnet sind. Ich wollte es nie wahrhaben, weil ..., wegen Tom. Aber es hat sich jetzt alles geändert. Ich will es nicht mehr leugnen und so tun, als ob. Bitte, Stefan, ich brauche dich jetzt, es ist keine Rache. Ich gebe mich dir hin, weil ich es will, und weil ich für dich so viel empfinde. Sobald du in meiner Nähe bist, denke ich nur noch daran, dich zu berühren, zu küssen. Wenn du nicht bei mir bist, denke ich ständig an dich und warte sehnsüchtig auf ein Zeichen von dir. Vielleicht ist das Liebe, vielleicht auch nicht, ich kann es noch nicht definieren, ich weiß nur, dass ich dich will! Hier und jetzt!"

Als sie das sagt, kann ich nicht mehr an mich halten, ich ziehe sie an mich und nehme ihren Mund wieder in Besitz, sie stöhnt in meinen Mund, es macht mich heiß. Mein Puls schnellt in die Höhe, ich will mehr. Sie schiebt ihre Hand wieder unter mein Oberteil, ein Schauer läuft mir dabei über den Rücken. Mein Penis ist so dick und gefüllt, dass es wehtut. Ich reiße an ihrer Bluse bis sie aufgeht und löse mich kurz von ihr, um ihre Brüste zu betrachten. Sie trägt einen blauen gespitzten Büstenhalter, es sieht sehr sexy aus, ihr Bauch hebt und senkt sich schnell. Ich senke meinen Kopf, um ihre Haut zu riechen, mein Herz geht auf! Sie riecht wie für mich gemacht, ich lasse meine Zunge an ihrem Bauch entlang gleiten, schiebe meine Finger unter ihren Büstenhalter, um die Knospen zu umfassen, die darunter liegen. Sie schreit kurz auf. Ich lege ihre Brust frei und bahne mir mit meiner Zunge den Weg bis zu ihrer Spitze. Sie hebt mir ihre Hüfte entgegen und flüstert meinen Namen. Ich bin entzückt über ihre Reaktion.

Ich habe so lange auf sie gewartet, ich will mir Zeit lassen, sie kosten, necken, schmecken. Sie ist so sexy, so berauschend. Ich habe mein Shirt ausgezogen, ihre Haut berührt meine, als ich ihren Mund wieder nehme und ihre Nippel richten sich auf, sie drücken sich gegen meine Brust, was mich vor Wonne erschauern lässt.

Vorsichtig öffne ich ihre Hose und lasse diese ihre Beine hinuntergleiten. Liegend auf dem Sofa schaut sie mich an, sie ist heiß, ihre Augen brennen auf meiner Haut, sie ist voller Leidenschaft. Ich schaue an ihrem Körper herab und merke, wie sie eine Gänsehaut bekommt. Sie sieht fantastisch aus, ihre Hüfte ist wohlgeformt, ihre Brüste sind voll, ihre Haut weich wie Samt. Sie hat lange schlanke Beine. Langsam führe ich meine Hände von ihren Knöcheln hoch, entlang der Innenbeine bis zu ihrer heißen Mitte, die sie mir entgegen streckt. Ihr Stöhnen macht mich an, ich habe Mühe, mich zurückzuhalten. Ich senke meinen Kopf zu ihrer süßen Muschi, atme ihren heißen Duft ein und gleite mit meiner Zunge auf ihre Klitoris, sie windet und wendet sich, so stark ist ihr Verlangen, ich halte sie mit meinen

Händen fest, um schneller mit meiner Zunge um ihre Klitoris zu kreisen. Sie stöhnt laut und schreit meinen Namen, als ich einen Finger in ihre Spalte führe. Sie ist so feucht, so bereit für mich, es raubt mir den Verstand. Ich ziehe meine Hose samt Unterhose herunter, mein Penis ist groß, geschwollen und voller Erwartung. Ich bin schon mehr als bereit für sie. Sie schaut mich benebelt an und fleht mich an, sie zu nehmen.

Kapitel 30

Lisy

(März 2022)

Er macht mich wahnsinnig, mein Körper verlangt so sehr nach ihm, dass es schmerzt. Ich war noch nie so bereit! Ich fürchte mich etwas, aber die Sehnsucht ist so stark, dass sie alles überdeckt. Ich will ihn, ich brauche ihn, wie die Luft zum Atmen. Wie er da vor mir steht! Wie ein Adonis! Sein bestes Stück ist groß und so verlockend, ich kann es kaum erwarten, ihn endlich in mir zu spüren, ich will von ihm erfüllt werden. Er lässt sich so viel Zeit, das macht mich verrückt, ich kann nicht mehr warten, ich war schon zwei Mal kurz davor zu explodieren.

Er ist so zärtlich und dabei so bestimmt, das liebe ich, mein Bauch ist voll mit Schmetterlingen, die darauf warten, den Höhepunkt zu erreichen. Meine Vagina ist heiß und zieht sich zusammen bei seinem Anblick. Ich spüre, wie nass ich bin, bereit für ihn!

Ich packe sein Glied an und umfasse ihn mit meinem Mund, ich schmecke seine Männlichkeit, es macht mich hungrig nach mehr. Alle meine Sinne sind auf ihn fokussiert. Er stöhnt so laut, mein Herz rast vor Freude in meiner Brust. Ich bearbeite seine Hoden zärtlich, massiere sie und necke sie. Ich merke, wie er sich versteift. Er zieht sich aus meinem Mund zurück.

„Ich will dich so sehr, Lis, lass mich in dir kommen."

Er lehnt sich zu mir herunter, schaut mir direkt in die Augen, sein Blick ist so intensiv und gleichzeitig voller Liebe. Ich ziehe ihn näher zu mir, seine Haut an meiner zu spüren lässt mich stöhnen. Er sieht so heiß aus. Seine vollen dunklen Haare, meine Hände vergraben sich darin, und seine hellen grünen Augen, die mich zum Schmelzen bringen, schon beim ersten Mal, als ich ihn gesehen habe. Als sein Penis sich an meinen Eingang herantastet, kann ich kaum an mich halten.

„Sag meinen Namen, Baby", flüstert er mir zu.

„Stefan!", schreie ich auf, als er in mich langsam hineinglei-tet, es fühlt sich so fantastisch an.

Er zieht sich wieder heraus und gleitet wieder hinein. Er füllt mich komplett aus. Er wird immer schneller, sein Atem passt sich seinen Rhythmus an. Es ist so schön, ich kann es kaum glau-ben, ich spüre, wie die Hitze sich in meinem Inneren ausbreitet.

„Oh Gott, Lisy, du bist so verdammt geil!"

Meine Haut kribbelt bei seinen Worten, ich nähere mich langsam dem Höhepunkt.

„Stefan, komm mit mir, bitte, ich kann nicht mehr!", raune ich ihm ins Ohr.

Da stößt er tief in mich ein und ich explodiere in tausend Teile, die Welle ist so hoch, sie nimmt alles auf ihrem Weg mit, Stefan schreit als er sich in mir entlädt und seinen Höhepunkt erreicht.

Wir liegen einfach da, ohne Kraft, verschlungen, schwer atmend. Mein Körper noch vollgepumpt mit Endorphinen. Ich bin glücklich und gesättigt. Er hebt seinen Kopf und küsst mich zärtlich auf die Lippen. Es könnte nicht besser sein. Mir wird immer klarer, dass meine Gefühle für ihn nicht nur körperlicher Natur sind. Mit ihm kann ich in die Zukunft blicken, mit ihm kann ich Berge verset-zen. Ich hoffe, dieses Gefühl hält an. Ich lasse mich noch etwas trei-ben, kuschle mich in seine Arme, spüre seine Wärme und rieche seinen betörenden Duft. Er hält mich fest und küsst meine Haare.

Da fällt mir etwas ein.

„Hast du ein Kondom benutzt?"

Er schaut mich überrascht an.

„Nein, ich dachte, du nimmst die Pille ..."

Wir gucken uns beide verdutzt an und schreien unisono: „Oh, Scheiße!"

***

Es war eine helle Aufregung als wir merkten, dass wir unge-schützt miteinander geschlafen haben und ich dadurch schwan-ger werden könnte. Ich weiß, dass ich mein Zyklus im Kopf haben müsste, aber ich vergesse immer mir aufzuschreiben, wann meine letzte Periode war und da es mit Tom nie ein Problem ist, er hat sich nämlich sterilisieren lassen, habe ich mir nie wirklich damit beschäftigt. Bis jetzt!

Dass ich nicht vorher auf die Idee gekommen bin!

Auf jeden Fall, nachdem der erste Schock vorüber war, haben wir angefangen zu spinnen und uns zu fragen, was wäre, wenn ... Da hat Stefan mir seinen innigsten Wunsch, eine Familie zu gründen, offenbart. Er tat mir so leid, dass er wegen seiner Frau seinen Wunsch so lange unterdrückt hat, bis es nicht mehr realisierbar war, denn wer möchte noch ein Kind mit fünfzig bekommen?

Ich konnte aber heraushören, dass er absolut nicht abgeneigt wäre. Nur, ich kann seinen Wunsch leider nicht teilen, ich kann mir nicht vorstellen, nochmal Mutter zu werden, mir die Nächte um die Ohren zu schlagen. Ich bin so froh, dass meine Kinder jetzt so groß und selbstständig sind, ich genieße meine wiedergewonnene Freiheit und bin absolut nicht bereit dazu, sie aufzugeben. Ich kann ihn verstehen, wäre ich jünger, würde ich sogar darüber nachdenken.

Jedenfalls etwas später gehen wir ins Bett und sprechen über alles, was uns gerade in den Sinn kommt. Nach einer Weile fängt Stefan an, über seine Schwester zu sprechen, was ihr passiert ist, wie er sich gefühlt hat und was er jetzt immer noch dabei empfindet. Es ist so ergreifend, so unvorstellbar auch, wenn ich darüber nachdenke, was er in so jungen Jahren erlebt hat. Wie frustrierend und deprimierend es für seine Eltern sein musste, als die Suche nach ihr abgestellt wurde. Ich bin unfassbar berührt von seiner Aufgeschlossenheit. Er liegt einfach da, neben mir, die Augen an die Decke gerichtet, ich habe mich in seinen Armen eingekuschelt und lausche seiner Stimme. Ich kann spüren, wie es ihm nahe geht, von ihr zu sprechen. Er sucht immer noch nach ihr, er hat sie nicht aufgegeben. Mir fehlen die Worte, deshalb kuschele ich mich noch näher an ihn heran und umarme ihn fest. Ich bin den Tränen nah, die Geschichte geht mir unter die Haut, ich würde ihm so gern helfen, aber nach so vielen Jahren ...!

Ich will ihm die Hoffnung nicht nehmen, deswegen bleibe ich still liegen, als ob er meine Gedanken lesen könnte, sagt er dann:

„Sie ist nicht tot, Lisy, das weiß ich ..."

„Wie kannst du dir so sicher sein, Stefan? Es ist schon so lange her ..."

„Es ist ein Gefühl, ich weiß, keiner kann es verstehen, aber solange ich nicht den Beweis in den Händen halte, dass sie nicht mehr am Leben ist, werde ich weiter nach ihr suchen."

Ich rutsche zu ihm hoch und gebe ihm einen Kuss, unsere Blicke treffen sich und ich sehe in ihm eine Mischung aus Schmerz, Hoffnung und Liebe. Er rollt sich über mich und nimmt meinen Mund in Besitz. Sein Kuss ist so leidenschaftlich, dass mein Bauch wieder Purzelbäume schlägt und meine Mitte sich zusammenzieht. Ich habe ein Shirt von ihm an, das ich vor dem zu Bett Gehen angezogen habe. Er schiebt es hoch und entblößt dabei meine Brüste, die sofort vor Aufregung hart werden. Er nimmt eine Knospe in seinen Mund und lässt mich dabei stöhnen. Ich bin wieder voller Lust, ich begehre ihn so sehr. Ich stoße ihm mein Becken entgegen, er löst sich etwas von mir, sein Mund immer noch auf meinem. Er versucht an den Nachttisch zu gelangen, ich vermute, er sucht ein Kondom und kann mir ein Kichern nicht verkneifen. Er muss ebenfalls lachen, dreht sich dann um, um besser an die Schublade heranzukommen, ich fange an ihn zu liebkosen, sein Oberkörper ist so muskulös und männlich, sein Geruch betörend. Ich lasse meine Zunge an seinen Bauch entlanglaufen und schmecke dabei Salz, Moschus und seinen eigenen Geruch. Er lehnt sich wieder über mich, ein Kondom in der Hand, sein Penis an meinen Bauch gepresst, ich kann spüren, wie hart er schon ist, ich kann es kaum noch aushalten, so sehr wünsche ich mir, dass er mich endlich nimmt. Hastig zieht er sich den Gummi über sein Glied und platziert dieses an meiner heißen Mitte, ich zucke vor Wonne zusammen. Ich bin so erregt, ich kann schon die Feuchte zwischen meinen Schenkeln spüren und da kommt er langsam in mich, es ist so gut, so perfekt! Wir nehmen uns Zeit, wir wollen diesen Moment auskosten, genießen, als ob es kein Morgen gäbe.

Drei Mal schlafen wir in dieser Nacht miteinander, es ist fantastisch und jedes Mal verliebe ich mich ein bisschen mehr in ihn. Irgendwann schlafen wir ein und als nach ein paar Stunden der Wecker erklingt, weiß ich erstmal nicht mehr, wo ich mich befinde, bis ich mich zu ihm drehe, Stefan. Seine schönen grünen Augen sind schon offen und auf mich gerichtet. Sein Blick ist so intensiv, dass meine Haut anfängt zu kribbeln. Ich habe also nicht geträumt, denke ich.

„Lisy, ich liebe dich! Ich würde dich am liebsten nicht mehr loslassen."

Ich muss hart schlucken. Ich weiß in dem Moment nicht, was ich antworten soll, es ist bei mir immer noch sehr chaotisch, ich muss erstmal mit der neuen Situation klarkommen. Ich hebe meine Hand und streichele ihm zärtlich die Wange, ich kann schon die Bartstoppeln unter meinen Fingern spüren. Ich halte seinem Blick stand und küsse ihn sanft, bevor ich mich umdrehe und aufstehe. Ein neuer Tag beginnt und ich muss nach Hause zu meinen Kindern, in der Hoffnung, Tom nicht über den Weg zu laufen.

Ich fahre vorher an der Apotheke vorbei, um die Pille danach zu kaufen. Ich kann es immer noch nicht glauben, wie leichtsinnig ich gewesen bin. Mein Leben ist kompliziert genug, ein Baby hätte darin keinen Platz. Als ich dann in unsere Einfahrt einbiege, sehe ich, dass Toms Auto immer noch da steht und erstarre vor Angst.

Ich habe keine Lust auf Konfrontation, ich bin schon bereit umzukehren, als er aus dem Haus kommt, die Haare zerzaust, die Augen gerötet.

Er hat anscheinend nicht viel geschlafen, ich kann ihn aber absolut nicht bemitleiden. Da rührt sich bei mir nichts außer Wut. Er hat mich monatelang hintergangen, das tut weh, vor allem, weil ich nicht weiß, warum?! Wir waren mal ein Team, unzertrennlich. Ich hielt ihn für meinen Seelenverwandten, ich kann nicht sagen, wann sich das geändert hat. Ich will mir auch jetzt nicht damit den Kopf zerbrechen. Er hat mich natürlich gesehen und läuft auf mich zu. Ich sitze immer noch im Wagen, der Motor ist an. Er klopft an die Scheibe, damit ich diese aufmache.

„Was ist?", frage ich genervt. „Warum bist du noch hier?"

„Ich wollte die Jungs nicht allein lassen, sie sind ziemlich durcheinander. Sie verstehen nicht, warum ich weg muss."

„Hast du denn nicht gesagt, was du gemacht hast?"

Er schaut mich schuldbewusst an.

„Ich konnte es nicht, sie sind noch so jung, es muss doch nicht sein."

„Und ob es muss!", schreie ich fast. „Sie sind groß genug, um es zu verstehen! Warum hast du nicht einfach gesagt, dass du dich neu verliebt hast? Verdammt, Tom, muss ich das auch noch für dich erledigen?"

„Ich habe ihnen gesagt, dass ich für einige Zeit weg muss, dass wir eine Pause machen und so ..."

„Eine Pause?!" Ich bin so wütend. „Willst du mich veräppeln? Das sollen sie verstehen? Warum in aller Welt bist du nicht bei der Wahrheit geblieben? Es ist keine Pause, Tom. Ich will dich nie wiedersehen, du bist nicht mehr mein Mann!"

Jetzt habe ich es gesagt, das, was ich die ganze Zeit befürchtet habe. Ich kann es nicht mehr rückgängig machen.

Er schaut mich verblüfft und so verloren an, dass ich fast Mitleid mit ihm habe, wäre ich nicht so wütend auf ihn.

„Lisy, es tut mir leid, ich wollte das so nicht. Ich liebe dich immer noch und will euch nicht verlieren, Lisy, bitte!", fleht er mich an.

„Das hättest du dir früher überlegen sollen, bevor du mit ihr ins Bett steigst!"

Er merkt anscheinend, dass es keinen Zweck hat und dreht sich zum Gehen um, den Kopf hängend, läuft er zu seinem Wagen. Als er einsteigt, schaut er mich noch ein letztes Mal an. Ich fahre dann zurück, um ihn herauszulassen.

Er ist weg, weg aus meinem Leben, und mir bleibt nur eine Leere anstelle meines Herzens. Ich schüttle mich und zwinge mich dazu ins Haus zu gehen. Meine Kinder brauchen mich jetzt mehr denn je und ich brauche sie ebenfalls. Ein Kapitel geht zu Ende, dafür fängt ein Neues an. Wir schaffen das ...

Kapitel 31

Stefan

(März 2022)

Ich bin noch geflasht von letzter Nacht, es übertrifft alle meine Träume. Es war unglaublich schön mit ihr und ich kann mir mein Leben nicht mehr ohne sie vorstellen. Ich hätte nie gedacht, dass sie so schnell ihren Platz in meinem Herz findet. Sie ist gerade weggefahren, zurück zu ihrem ‚alten‘ Leben, wie ich es für mich nenne.

Der Sex mit ihr war fantastisch, ich habe mich seit Langem nicht mehr so wohl und so zufrieden gefühlt. Wenn ich darüber nachdenke, dass sie meinen Samen in sich trägt, dass es wachsen könnte und zu einem menschlichen Wesen werden könnte, wird mir ganz komisch zumute. Ich weiß, wir haben darüber gesprochen, dass es nicht infrage kommt, da wir beide nun zu alt dafür sind. Doch die Vorstellung ist so herrlich, ich wäre auf jeden Fall bereit. Mein Herz zieht sich zusammen, dieser Wunsch wird niemals in Erfüllung gehen. Ich verfluche mich dafür, so dumm gewesen zu sein.

Ich muss schnell auf andere Gedanken kommen, deshalb entscheide ich mich, zu meinem Bruder zu fahren. Es ist Samstag, sie sind bestimmt noch zu Hause, wer weiß, vielleicht kriege ich noch was zum Frühstück! Ich laufe wie in Trance durch das Haus, rieche noch ihr Parfüm, es bringt mich zum Lächeln. Ich bin glücklich! Ich sammle meine Sachen und gehe aus der Wohnung.

Diesmal entscheide ich mich zu Fuß zu meinem Bruder zu laufen, so kann ich die frische Frühlingsluft genießen. Meine Gedanken schweifen immer wieder zurück zu Lisy. Sie ist eine so tolle Frau, als sie gestern vor meiner Tür stand, war ich hin und weg. Sie hat mich ausgesucht, um Trost zu finden! Ich hätte aber niemals gedacht, dass es so enden würde. Die Gewissheit zu haben, dass sie mich braucht, lässt mich auf Wolke sieben schweben. Sie hat meine Berührungen erwidert, sie war so zärtlich zu mir.

Als ich bei meinem Bruder ankomme, habe ich ein breites Grinsen auf dem Gesicht. Robert macht die Tür auf. Ein Blick, und er weiß schon Bescheid! Er kennt mich wie kein anderer. Mein Leben hat eine neue Seite aufgeschlagen, ich schaue voller Hoffnung in die Zukunft.

Danksagung

Vielen Dank, dass Sie mein Buch gelesen haben. Ich hoffe, es hat Ihnen gefallen und Sie haben Lust auf mehr bekommen, die Geschichte geht weiter. Im nächsten Buch, ‚Schatten des Lebens – Trauer und Überleben‘, sind wir im Jahr 1964 unterwegs.

Ich möchte mich ganz herzlich bei meiner Freundin Christa bedanken, die mir eine große Stütze war, sowie bei meinem Mann, der meine Fragen immer geduldig beantwortet hat. Meine Eltern, die mich unterstützt und immer motiviert haben weiterzumachen. Meine Kinder, die mir durch ihre Fantasie Anregungen gegeben haben. Ich bedanke mich auch bei Mireille, die mir Hoffnung mit ihrem positiven Feedback gemacht hat.

Es war für mich eine fantastische Erfahrung, ich würde es nicht mehr missen wollen.

Ich freue mich über jede konstruktive Kritik, die mir hilft, weiterzukommen. Sie können diese, sowie ihre Kommentare, gern an folgende Facebook-Adresse versenden: Lexa Stein oder auf Instagram: @15lexast74

Vielen Dank!

Ihre Lexa

EIN HERZ FÜR AUTOREN A HEART FOR AUTHORS À L'ÉCOUTE DES AUTEURS MIA KAPΔIA ΓIA ΣYΓΓPA
 hjärta för författare UN CORAZÓN POR LOS AUTORES YAZARLARIMIZA GÖNÜL VERELIM SZÍVÜ
 für autori ET HJERTE FOR FORFATTERE EEN HART VOOR SCHRIJVERS TEMOS OS AUTOR
zinkért serce DLA AUTORÓW EIN HERZ FÜR AUTOREN A HEART FOR AUTHORS À L'ÉCOUTE
AO BCEЙ ДУШОЙ К ABTOPAM ETT HJÄRTA FÖR FÖRFATTARE À LA ESCUCHA DE LOS AUTORE
MIA KAPΔIA ΓIA ΣYΓΓPAΦEIΣ UN CUORE PER AUTORI ET HJERTE FOR FORFATTERE EEN HA
VER ... OINKÉRT SERCE DLA AUTORÓW EIN HERZ FÜR A
SCHRIJ ... AO BCEЙ ДУШОЙ К ABTOPAM ETT HJÄRTA FÖR Ю

Die Autorin

Lexa Stein wurde 1974 in Raon-l'Étape in Frankreich
geboren und ist mehrsprachig aufgewachsen. Nach
der Schule ließ sie sich zur Fremdsprachenkorres-
pondentin ausbilden und arbeitet heute als Export-
managerin im Vertrieb.
Schon als Kind entdeckte sie ihre Liebe zum Lesen
wie zum Schreiben. Sie schrieb auf Französisch,
Englisch und Deutsch Gedichte und verschlang
damals wie heute unzählige Bücher. Der Traum
von einem eigenen Buch begleitet sie schon lange
und erfüllt sich nun endlich mit „Sehnsüchte des
Lebens – die Gegenwart".
Lexa Stein lebt mit ihrem Mann, ihren zwei Kindern
und einem Hund auf dem Land in Nordrhein-
Westfalen und geht gern golfen.